Maeve Brennan

New York, New Yor

W0070013

Zu diesem Buch

Maeve Brennan ist berühmt für ihren scharfen Blick. Was sie sieht, Trauriges und Komisches, Alltägliches und Bizarres, fügt sich zu staunenswerten, unvergesslichen Geschichten. Von 1954 bis 1981 schrieb sie Kolumnen für den *New Yorker* über ihr New York – über das Leben in den kleinen Restaurants, in den billigen Hotels, in den Parks und auf den belebten Straßen rund um den Times Square und im Greenwich Village. Maeve Brennan fängt wie mit einem Schmetterlingsnetz Eindrücke und Beobachtungen ein. Ihre unstillbare Neugier gilt einer Stadt im steten Wandel und den Menschen, die dort zu Besuch oder zu Hause sind.

»Wenn Maeve Brennan durch die Straßen wandelt und ihren Blick über Passanten wie Szenerie schweifen lässt, tritt sie in die Tradition des Flaneurs, hinterlässt freilich eigene literarische Spuren. Mit ihrer sezierenden, extrem subjektiven Aufmerksamkeit, die sie dem Unscheinbaren, dem Herkömmlichen schenkt, verschafft sie ihm gleichsam Bedeutung, ohne es deswegen deuten zu müssen.« *Nathalie Mispagel, literaturkritik.de*

Die Autorin

Maeve Brennan, 1917 in Dublin geboren, war Schriftstellerin und Journalistin. 1934 zog sie mit ihrer Familie nach New York. Von 1949 bis Anfang der 1970er Jahre arbeitete sie für den *New Yorker* und heiratete dessen Chefredakteur St. Clair McKelway. Maeve Brennan starb 1993 in New York.

Im Unionsverlag ist außerdem lieferbar: *Tanz der Dienstmädchen.*

Der Übersetzer

Hans-Christian Oeser, 1950 in Wiesbaden geboren, arbeitet als Übersetzer, Herausgeber und Autor in Berlin und Dublin. Er hat u.a. Werke von Mark Twain, Ian McEwan, F. Scott Fitzgerald und Claire Keegan ins Deutsche übertragen. 2010 wurde er mit dem Heinrich Maria Ledig-Rowohlt-Preis ausgezeichnet.

Mehr über Buch und Autorin auf *www.unionsverlag.com*

Maeve Brennan

New York, New York

Erzählungen

Aus dem Englischen von Hans-Christian Oeser

Unionsverlag

Die Originalausgabe erschien 1998 unter dem Titel *The Long-Winded Lady.*
Notes from The New Yorker bei Mariner Books/Houghton Mifflin Company,
Boston, New York.
Die deutsche Erstausgabe erschien 2012 im Steidl Verlag, Göttingen.

Die deutsche Fassung entspricht der von Maeve Brennan unter dem Titel
The Long-Winded Lady selbst zusammengestellten Erstausgabe, erschienen
bei William Morrow & Company, New York, 1969, und enthält nicht die der
Ausgabe von 1998 postum hinzugefügten Texte.

Die Zitate von Ludvík Vaculík sind seinem *Manifest der 2000 Worte* in der
Ausgabe der Wochenzeitung *Freitag* vom 15. August 2008 entnommen.

Im Internet
Aktuelle Informationen, Dokumente, Materialien
zu Maeve Brennan und diesem Buch
www.unionsverlag.com

Unionsverlag Taschenbuch 734
© der englischen Originalausgabe:
1998 by The Estate of Maeve Brennan
c/o Russel & Volkening Inc.
© der deutschsprachigen Ausgabe:
2012 Steidl Verlag, Göttingen
© der Taschenbuchausgabe by Unionsverlag 2016
Neptunstrasse 20, CH-8032 Zürich
Telefon +41 44 283 20 00
mail@unionsverlag.ch
Alle Rechte vorbehalten
Reihengestaltung: Heinz Unternährer
Umschlaggestaltung: Martina Heuer, Zürich
Umschlagbild: Ullstein USA, New York, Metropolitan Opera
Druck und Bindung: CPI – Clausen & Bosse, Leck
ISBN 978-3-293-20734-9

Für W.S.

Vorwort
der Autorin

Die siebenundvierzig hier versammelten Prosastücke wurden zwischen 1953 und 1968 für den *New Yorker* verfasst. Sie erschienen in der Kolumne »The Talk of the Town«, immer eingeleitet von einer Wendung, die vom einen zum anderen Mal nur wenig variierte. Es war eine schlichte Wendung – »Wir haben eine weitere Mitteilung von unserer Freundin, der langatmigen Lady, erhalten« oder »Unsere Freundin, die langatmige Lady, hat uns wie folgt geschrieben«. Wenn ich dieses Buch jetzt durchlese, ist es, als würde ich Fotos ansehen: Die langatmige Lady zeigt die Schnappschüsse, die sie bei einer langen, langsamen Reise nicht *durch,* sondern *in* New York, der beschwerlichsten, rücksichtslosesten, ehrgeizigsten, konfusesten, komischsten, traurigsten, kältesten und menschlichsten aller Städte, aufgenommen hat. Manchmal glaube ich, dass im Inneren von New York ein Trojanisches Pferd verzweifelt darauf wartet, wieder hinauszugelangen, aber in letzter Zeit erscheint mir New York eher wie eine gekenterte Stadt. Gekentert, wenn auch nicht gesunken, denn die Bewohner harren aus, und die meisten können sogar noch lachen, während sie sich an diese Insel klammern, die das große Dilemma ihres Lebens ist.

Selbst nach mehr als fünfundzwanzig Jahren hält sich die langatmige Lady noch immer nicht für eine »echte« New Yorkerin. Wenn es eine Bezeichnung gibt, die auf sie zutrifft, dann eine, die auch für viele andere gilt: Sie ist eine sesshafte Reisende. Als Reisende interessiert sie sich zwar für das, was sie sieht, ist aber nicht sehr neugierig, nicht einmal wissbegierig. Sie ist keine Touristin, keine Forschungsreisende. Ungewöhnliche Lokalitäten müssen sich in unmittelbarer Nähe zu ihrem gerade aktuellen Wohnort befinden, damit sie sie entdecken kann. Nie hat sie wie andere den Drang verspürt, die Stadt bis in den letzten Winkel zu erkunden. Große Teile des städtischen Lebens sind ihr unbekannt. Sie weiß fast nichts über die Lower East Side, noch weniger über die Upper East Side und schon gar nichts über die Upper West Side. Sie glaubt, dass kleine, preiswerte Restaurants die eigentlichen Herdfeuer der Stadt New York sind. Sie geht nur selten ins Theater oder Kino, in Kunstgalerien oder Museen. Sie mag Festzüge. Sie wünscht sich Straßenmusik – umherziehende Geiger oder Sänger, Drehorgeln ohne Äffchen. Sie ist der Meinung, dass man den schönsten Blick auf die Stadt von der Bar oben auf dem Time-Life Building hat. Aber auch den Blick aus den Fenstern ebenerdiger Restaurants mag sie. Sie hasst es, sich beim Essen eingesperrt zu fühlen. Sie wünscht sich die alten Longchamps Restaurants mit ihren

Orangetönen, Indianer-Mosaiken und künstlichen Pflanzen zurück. Sie wünscht sich, Tom Costello wäre nicht gestorben. Sie mag Taxis. Mit dem Bus oder der U-Bahn fährt sie nur, wenn sie versucht, das Rauchen aufzugeben. Wird ein berühmtes, schönes altes Haus abgerissen, findet sie es albern, es dadurch in Erinnerung zu behalten, dass man an dem Betonsockel des Neubaus, der an seine Stelle getreten ist, eine Gedenktafel anbringt. Sie trauert um den Stern Bros. Department Store und um Wanamaker's und all die zerstörten Hotels, darunter auch das Astor. Wenn sie sich umsieht, ist es nicht das befremdliche oder exotische Verhalten der Menschen, das sie interessiert, sondern der Moment, da sich in ihrem ganz gewöhnlichen Verhalten etwas zeigt, womit sie vertraut ist. Hingezogen fühlt sie sich zu dem, was sie wiedererkennt, oder doch halbwegs wiedererkennt, und so halten diese siebenundvierzig Prosastücke siebenundvierzig Momente des Wiedererkennens fest. Jemand hat einmal gesagt: »Wirklich sind wir nur in Momenten der Freundlichkeit.« Momente der Freundlichkeit, Momente des Wiedererkennens – falls es überhaupt einen Unterschied gibt, dann nur einen geringen. Ich glaube, wirklich ist die langatmige Lady dann, wenn sie, wie hier, über einige der Dinge schreibt, die sie in der Stadt, die sie liebt, gesehen hat.

1969

9

Sie waren beide um
die vierzig

Jemand hat einmal gesagt: »Ein ausgewachsenes Kind besteht zu fünf Sechsteln aus Erinnerung.« Vermutlich war das eine Art Scherz, aber gestern Abend, um Viertel nach neun, sah ich zwei ausgewachsene Stadtkinder – Leute mittleren Alters – zusammen die Sixth Avenue entlanggehen, und bei jedem von ihnen war, dem Augenblick zuliebe, den sie miteinander verbrachten, das Erinnerungsvermögen gänzlich außer Kraft gesetzt. Sie waren völlig ineinander vertieft. Er war vernarrt, sie stolz. Sie war trunken vor Hochmut, aber ihre verächtliche Miene passte nicht wirklich zu ihrem harten Gesicht. Er war anders. Für ihn war der Zustand der Seligkeit etwas Natürliches, und seine Miene veränderte sich höchstens, um den Grad seiner Zufriedenheit mit sich und der Welt zum Ausdruck zu bringen. Er stammte aus einem der spanischsprachigen Länder, und ich vermute, dass er erst kürzlich hierhergekommen ist. Sie zeigte ihm ihr Stadtviertel – die Sixth Avenue zwischen der 40. und der 50. Straße, wo trotz der Tatsache, dass in diesem Jahr zahlreiche Häuser abgerissen wurden, um Platz für die neuen Wolkenkratzer zu schaffen, noch immer möblierte Zimmer und billige Hotels zu finden sind. Sein Haar war dicht – schwarz und glänzend wie Schuhcreme. Er hatte große, sanfte braune Augen und glatte Haut und trug einen kleinen halbmondförmigen Schnurrbart. Er war der typische Latino, sie glich einer Figur von Hogarth, mit den Gesichtszügen der Plantagenets. Ihre Stirn war hoch, und sie hatte kleine blaue Augen, eine beherrschende knochige Nase und einen schmalen Mund. Ihre Oberlippe formte einen perfekten Amorbogen – ein blasses Rosa, kein Lippenstift –, aber ihre Haut hatte das schlechte, gedehnte Aussehen weißer Baumwollhandtücher, wie sie in billigen Absteigen üblich sind. Ihr Haar, so oft gebleicht und gefärbt, dass es zu einem rauen Rostrosa verwittert war, lag brettsteif auf ihrem Rücken, wie eine Mähne oder das Haar einer Perücke, bevor es gebürstet, gekämmt und zu Locken gedreht wird. Beide waren um die vierzig und hatten dieselbe Größe (etwa einen Meter sechzig) und dasselbe Gewicht (um die siebzig Kilo), und beide hatten kurze Beine, einen fassförmigen Körper und einen kurzen Hals. Sein linker Arm und seine linke Hand und ihr rechter Arm und ihre rechte Hand waren ineinandergeschlungen. Sie gingen nebeneinander her, als würden sie den langen, langen Mittelgang vom Altar entlangschreiten, vor dem sie gerade getraut worden waren. Wenn man sie so sah, konnte man sich Scharen von Freunden und Verwandten vorstellen, die zuschauten und darauf warteten, ihnen aus der Kirche ins

Freie zu folgen. Als ich sie zuerst bemerkte, näherten sie sich gerade der Nordostecke 49. Straße/Sixth Avenue und wollten eben die Fahrbahn überqueren, um ihren Bummel Richtung Downtown fortzusetzen. Auf dem Gehsteig tummelten sich zahlreiche Menschen, und die beiden ausgewachsenen Kinder lösten sich aus der Menge, mehr noch, sie lösten sich aus der weiten, dunklen Ferne, die hinter ihnen lag. Jetzt, da die Häuserblocks auf der Westseite der Avenue halb abgerissen, halb verfallen sind, bietet die Sixth Avenue bei Nacht einen geradezu unheimlichen Anblick. Es ist, als ob die Gegend einem Angriff ausgesetzt war und die Trümmer nie beseitigt worden sind, und es herrscht freie Sicht bis hin zur 50. Straße, wo die schimmernden Klippen des Time-Life-Wolkenkratzers aufragen und zum ersten Mal seit ihrer Errichtung vor neun Jahren in ihrer Gänze zu sehen sind. Die beiden waren mir aufgefallen, weil sie so bedächtig und so dicht nebeneinander gingen und weil ihr Kleid etwa acht Zentimeter über ihre Knie reichte. Sie trug ein ärmelloses, vorn geknöpftes Kleid aus blassrosa Baumwolle, das mit grünen Blättern und cremefarbenen Blüten bedruckt war, es hing gerade von ihren Schultern und war mit einem Volant gesäumt. Ihre nackten Beine waren von Hautmalen, blauen Flecken und dunkelblauen Krampfadern entstellt, und sie trug flache braune Mokassins, die wie Hauspantoffeln mit Weiß und Gold bestickt waren. Sie hatte keine Handtasche bei sich, nicht einmal einen Geldbeutel – überhaupt kein Gepäck.

Sie war in der Nähe ihrer Wohnung, war nur für ein paar Minuten ausgegangen, um mit ihrem Freund einen kleinen Verdauungsspaziergang zu machen. Er hatte versucht, sich ihrer saloppen Kleidung anzupassen, indem er ohne Krawatte und Mantel ging. Er trug eine marineblaue, am Bund recht stramm sitzende Hose, ein einfaches weißes Hemd, dessen Ärmel bis zu den Ellbogen aufgekrempelt waren, und offene Ledersandalen, die seine gestreiften Socken zur Geltung brachten. Als die beiden die 44. Straße überquert hatten und weiter Richtung Downtown gingen, wurde sie auf eine Modellküche aufmerksam, die im Hotpoint-Ausstellungsraum im Eckgebäude zu sehen war, und sie traten ans Schaufenster heran, blieben Seite an Seite stehen und spähten hinein. Es war eine sehr ausgefallene Küche in Schokoladenbraun und changierenden Gelbtönen, und der geblümte Paravent, der als Hintergrund diente, wies ein »Fenster« auf, das einen Sommerhimmel und blühende Hartriegelzweige zeigte. »Die Farbzusammenstellung gefällt mir nicht besonders«, sagte sie, und er rückte näher, sodass ihre Körper sich von den Schultern bis zu den Knien berührten, und er wandte den Kopf zu ihr und strahlte sie an. Er nickte bewundernd, sagte aber nichts. Sie betrachteten die Küche einen Moment lang, dann trat sie zurück, und er mit ihr, sie blickten auf, und sie las das Schild über dem Fenster. »Hotpoint Kitchen Planning«, las sie. Er begann, das erste Wort zu buchstabieren. »*Hotpoint*«, sagte sie. »Ottpoyn«, schien er zu sagen. »Nein«, sagte sie. *»Hotpoint.«* Mir kam der Gedanke, sie könnte sich umdrehen und sehen, dass ich sie anstarrte. Seine Miene würde sich kaum verändern, ihre dagegen schon, und der wollte ich nicht ausgesetzt sein. Wenn der Hochmut von ihrem Gesicht wiche, was würde ich sehen? Verzweiflung, bilde ich mir ein. Nicht die passive, in sich gekehrte Verzweiflung, die sich stumm auslebt, sondern die rasende Verzweiflung, die alles in Reichweite zu Asche verbrennt. Ich überließ sie ihrem Englischunterricht, wandte mich ab und ging nach Hause.

28. September 1968

Ein rätselhafter Aufmarsch
von Männern

In dieser Stadt gibt es mehr Aufmärsche, als irgendeiner
von uns ahnt. Erst gestern gab es einen, von niemandem
gesehen und bewundert außer von zwei Polizisten und
mir. Dabei war es eine richtige Parade mit Männern in
Reih und Glied und im Gleichschritt, und mit Marsch-
musik. Es war morgens gegen Viertel vor acht Uhr, und es
war Sonntag. Mir war nach einem Kaffee zumute, und ich
stand gerade in der 44. Straße, genau auf der Hälfte des
Blocks zwischen der Fifth und der Sixth Avenue, und überlegte, ob ich ins Algonquin gehen sollte, das so klein und
vertraut ist, oder lieber etwas weiter Richtung Osten ins
Biltmore, das so groß und vertraut ist, als ich in der Fifth
Avenue Musik spielen hörte und zur Straßenecke eilte, um
zu sehen, was vor sich ging. Ich weiß nicht, wie viele Männer da marschierten, aber es waren genug, um die Avenue
einen Block weit zu füllen und dabei an den Rändern genügend Platz zu lassen, und genau so marschierten sie, in
exakter Formation. Sie waren in dunkle Anzüge gekleidet,
und Schulter an Schulter marschierten sie die leere Avenue
entlang und blieben der leeren Gebäude und leeren Fens-

ter wegen unerkannt. In all den Gebäuden gab es niemanden, der sie gehört, und niemanden, der sie gesehen hätte. Als ich sie sah, passierten sie gerade die 45. Straße und bewegten sich in gleichmäßigem Tritt Richtung Uptown. Auf diese Entfernung wirkten sie wie eine geometrische Figur, wie eine ernste geschlossene Gesellschaft, und ich musste an Leichenprozessionen, das Hinaustrommeln aus dem Korps, Hungermärsche, Exekutionen, Revolutionen, Einberufungen und Streiks denken. Einer der beiden Polizisten, die ich bemerkt hatte, stand an der Ecke der 47. Straße auf der gegenüberliegenden Seite der Avenue, der andere dagegen ganz in meiner Nähe an der 45. Straße. Ich ging auf ihn zu und fragte ihn, was der Aufmarsch zu bedeuten habe. »Ich weiß es nicht«, antwortete er. Er war sehr groß und hatte ein rosiges Gesicht und ein fröhliches Lächeln. Ich fragte: »Haben Sie wirklich keine Ahnung, worum es geht?«, und er schüttelte den Kopf und antwortete: »Keine Ahnung.« Ich sagte: »Aber es könnte doch alles Mögliche sein«, und dachte an Atomwaffen, die Russen, Verschwörer, politische Komplotte, Mordanschläge und Trojanische Pferde. Die Stadt schien verlassener denn je, jedermann schlief, und ich dachte: Bis zum Chaos ist es nur ein kleiner Schritt. Ich wunderte mich über den Polizisten. Dann fragte er: »Haben Sie vor, hinter ihnen herzugehen?«, und ich verneinte, machte mich wieder auf den Weg die Avenue hinunter, entschied mich fürs Biltmore, ging dorthin und trank meinen Kaffee.

Dass ich zwischen dem Algonquin und dem Biltmore wählen musste, lag daran, dass Schrafft's sonntags nicht geöffnet ist.

14. Juli 1962

Die Einsamkeit ihres Ausdrucks

Gestern Nachmittag – ich saß in einem Taxi – sah ich einen sehr großen alten Mann, der auf der Seventh Avenue nach Norden ging. Er kam am Metropole Café vorbei, das fast genau gegenüber vom Latin Quarter Building und vom Playland liegt. Das Metropole ist ein Twist-Palast und hat riesige Glastüren, die den Blick in sein schummriges Inneres freigeben. Es scheint ständig etwas los zu sein dort drinnen, aber ich habe noch nie genau herausfinden können, was, weil vor den Türen immer ein so großer Andrang herrscht – die Menschen spähen an Köpfen, Hälsen und Schultern vorbei, um zu sehen, was es zu sehen gibt. Selbst in der Gluthitze gestern hatte sich eine dichte Menge versammelt. Es war ein entsetzlicher Tag. Es gab kaum noch Luft zum Atmen, und in der Hitze leuchteten die großen Reklamebilder der fast nackten Darsteller des Metropole noch fleischlicher als sonst. An diesem verschwitzten Durcheinander ging der alte Mann vorbei, als sei es gar nicht vorhanden. In seiner Gleichgültigkeit lag keine Verachtung. Er wohnt hier in der Nähe, und ich vermute, dass er den Broadway als gegeben hinnimmt. Ich habe ihn schon mehrfach gesehen, aber wie viele alte Leute wirkt er in diesem drückenden Wetter isolierter und gebrechlicher. Gestern hatte er sein Jackett zu Hause gelassen und keinen Schlips umgebunden. Er trug ein weißes Hemd, das am Kragen und an den Manschetten zugeknöpft war, und seine Hose, die, besonders um die Taille herum, recht weit war, wurde von dunklen, gestreiften Hosenträgern gehalten. Sein Strohhut war cremefarben, er trug große schwarze Stiefel, und sein Gehstock hätte einen scharfen Abdruck im Staub hinterlassen, hätte der vielbegangene Beton des Broadway je Gelegenheit, Staub anzusammeln. Er ging auf seine gewohnte Art, nicht sehr schnell, und so aufrecht er konnte. Man konnte sehen, wie seine Knie arbeiteten. Er schenkte niemandem Beachtung und suchte auch selbst nicht danach. Man hätte meinen können, er verließe sich auf die Einsamkeit seines Ausdrucks, um an sein Ziel zu gelangen. Es gibt ziemlich viele sehr alte Menschen, die in diesem überdrehten Stadtteil wohnen, von dem man niemals annehmen würde, dass er auch eine Wohngegend ist. Die schäbigen Hotels und Pensionen in den Seitenstraßen dienen den Besuchern all der Theater, Nachtklubs und Restaurants, die das Lichtermeer des Broadway ausmachen, als Nachtquartier, und einige von ihnen nehmen etwas länger Quartier, bis sie sich schließlich ganz ansiedeln. Derzeit bewohne ich zwei große Zimmer in einem Hotel in der 49. Straße, das dieses Jahr sechzig wird. Die Zimmer haben sehr hohe Decken und Fenster nach drei Seiten hin. Sie liegen im hinteren Trakt des Hotels, im elften Stock, und über die niedrigen Dächer der kleinen Häuser in der 48. Straße hinweg blicke ich direkt auf die große, glatte Rückseite eines anderen Hotels, das etwa dasselbe Alter und dieselbe Höhe wie dieses zu haben scheint. Mein Hotel ist zwölf Stockwerke hoch, und auf dem Dach gibt es eine Ansammlung von Zimmern, die man Penthouse nennt. Das Penthouse hat sechs Zimmer und zwei Gemeinschaftsbäder. Das Hotel, das ich dort drüben sehe, ist aus verblasstem und verschmutztem rosa und gelbem Backstein erbaut und verfügt ebenfalls über ein Penthouse. Woraus dieses erbaut ist, weiß ich nicht, aber es ist schwarz gestrichen. Es ist eine Kajüte im Himmel und macht das Dach, auf dem es sich befindet, zum Deck eines Schiffes. An einem Ende ist noch genügend Dach übrig für eine Terrasse, die von einer blassrosa gestrichenen Steinmauer begrenzt wird. Ich finde, dass ich ziemlich hoch oben im Himmel wohne, elf Treppen hoch, und die schwarze Kajüte mit ihrer rosa Terrasse ist ungefähr in Augenhöhe, aber wenn ich daran vorbeischaue, über die Stadt hinweg nach Süden, wandert der Blick nach oben und weiter und weiter nach oben, denn die Gebäude werden höher und höher, die Mauern immer nichtssagender und verschlossener. Es ist eine unregelmäßig ansteigende Aussicht, hier und da von einem schmalen Lichtstrahl unterbrochen, der anzeigt, dass die großen Gebäude nicht unmittelbar aneinandergrenzen, sondern von kleinen, hartnäckigen Überlebenden wie den alten fünfstöckigen Häusern der 48. Straße, hier zu meinen Füßen, daran gehindert werden. Wenn ich hinüber nach Westen blicke, wo die Seventh Avenue auf den Broadway trifft, kann ich das Latin Quarter Building sehen, das nicht viel größer ist als ein sehr großer Schuppen. Ich kann den Gehsteig am Latin Quarter Building sehen und die Passanten, die ihn entlanghasten, um ihren Geschäften nachzugehen, oder die verweilen, um durch die Glasscheiben des Playland zu schauen. Playland ist der überdachte Vergnügungspark, der fast das gesamte Erdgeschoss des Latin Quarter Building einnimmt. Die Passanten und die Schaufensterbummler spiegeln sich im Glas des Playland, und dort spiegelt sich auch der ständig fließende Verkehrsstrom auf seinem Weg nach Downtown. Das ist also in Richtung Westen, nur einen halben Block von mir entfernt. In Richtung Osten kann ich das Empire State Building fast in seiner ganzen hässlichen Höhe sehen. Das Empire State Building ist mindestens fünfzehn langgestreckte Häuserblocks entfernt. Es scheint sehr nahe, aber wo man auch steht, das Empire State Building wirkt immer so, als wollte es mit jedem anderen Gebäude der Stadt Ellbogenkontakt haben. Das Hotel mit dem schwarzen Penthouse und der rosa Terrasse zeigt eine glatte, schmucklose Rückseite voll kleiner Fenster her, in denen weiße Gardinen und Jalousien zu sehen sind, die auf- und zugezogen werden. In einem der Zimmer zwei Stockwerke unterhalb des Dachs hat eine sehr alte Dame ihr Zuhause. Ich sehe sie an ihrem Fenster. Jetzt, bei heißem Wetter, schiebt sie ihr Fenster so weit wie möglich nach oben, lässt es offen und bindet ihre Gardinen zurück – weiße Stores, wie sie für Hotelzimmer typisch sind, vermutlich ebenso fadenscheinig wie die, die ich habe –, um so viel Licht und Luft wie möglich einzulassen. Auf ihrem Fensterbrett hat sie zwei Töpfe mit roten Geranien und einen weiteren mit einer sehr kleinen Grünpflanze. Manchmal schiebt sie ein viereckiges weißes Tuch unter die beiden Geranien. Das Tuch, das an zwei Ecken straff gespannt ist, hängt schlaff herab, bis es zu trocknen beginnt, dann erwacht es mit einem leichten Flattern zum Leben. Neulich sah ich die alte Dame abends an ihrem Fenster sitzen, mit dem Gesicht nach Westen, oder vielmehr zur Westwand ihres Zimmers hin. Ihr Haar ist vollkommen weiß. Sie las anscheinend einen Brief, den sie schräg vors Gesicht hielt, wie man es mit einer Zeitung macht. Es war einer jener glücklichen Abende, wenn der glühend heiße Sommertag sich bernsteingelb verfärbt, bevor er sich in die verschiedenen Schattierungen des Zwielichts auflöst, und in dem sonderbaren Glanz sah die aufragende Skyline der Stadt südlich von hier monumental und einsam aus. Das Empire State Building veränderte plötzlich die Farbe und verlor seine Aura der Selbstzufriedenheit. Nichts war mehr wirklich gewiss, ausgenommen die Tauben, die reglos auf der westlichen Mauer der rosa Terrasse aufgereiht waren, und darunter die alte Dame, die ruhig ihren Brief las. Ohne den Kopf zu wenden, hielt sie die rechte Hand mit dem Blatt Papier darin aus dem Fenster, streckte den Arm aus und ließ das Papier los. Es flatterte hinab und davon, und sie las weiter, denn es gab noch ein zweites Blatt. Sie blickte nicht hinaus. Sie sah nicht die bernsteinfarbene Luft, und sie bemerkte nicht den blau-violetten Dunst, der durchsichtig an ihrem Fenster vorüberschwebte und eine sehr schüchterne kleine östliche Brise mit sich führte. Ein zweites Mal streckte sie den Arm aus, ließ das Blatt Papier los und fuhr in ihrer Lektüre fort. Das dritte Blatt folgte den beiden ersten unsicher die Hotelmauer hinab, und sie erhob sich und verschwand sogleich im Dunkel ihres Zimmers. Die entschlossene Art, wie sie sich von ihrem Fenster und ihren Geranien abwandte, hatte etwas sehr Hausfrauliches. Sie wohnt im zehnten Stock, aber genauso gut hätte sie sich auch von ihrem Fenster im Erdgeschoss abwenden können, nachdem sie ein Stündchen mit ihren Nachbarinnen getratscht und deren Einkaufstaschen in Augenschein genommen hätte, um zu sehen, wer was zu Abend aß. Ziemlich viele ganz gewöhnliche Lebensweisen verschwinden, wenn die Menschen beginnen, in der Luft zu wohnen.

1969

Im Zug der Linie A

Gestern Abend im Zug der Linie A fand ich keinen Sitzplatz mehr, aber ich konnte mich gut an der Stange am
Ende eines der Sitze festhalten und die Beauty-Kolumne
des *Journal-American* lesen, das sich der Mann neben mir
vors Gesicht hielt. Plötzlich spürte ich eine leichte Berüh-
rung am Arm, und als ich hinabschaute, war ein anderer
Mann eben im Begriff, sich von seinem Platz zu erheben.
»Möchten Sie sich setzen?«, fragte er. Nun ja, ich sagte, was
mir als Erstes in den Sinn kam, so erstaunt und erfreut war
ich, in der U-Bahn einen Sitzplatz angeboten zu bekommen. »Oh, vielen Dank«, sagte ich, »aber ich steige an der
nächsten Station aus.« Er lehnte sich zurück, und damit war
die Sache erledigt, aber ich fühlte mich richtiggehend
erhöht und dachte, was für ein netter Mann er sein müsse,
und ich fragte mich, wie wohl seine Frau sein mochte,
und dachte, wie gut sie dran war, einen so höflichen Mann
zu haben, und dann fiel mir plötzlich ein, dass ich ja gar
nicht an der nächsten Station aussteigen wollte, sondern
erst an der übernächsten, und ich fühlte mich ganz furchtbar. Ich nahm mir vor, trotzdem schon an der nächsten Station auszusteigen, aber dann dachte ich: Wenn ich an der

nächsten Station aussteige und auf den nächsten Zug warte, werde ich meinen Bus verpassen, und der fährt nur jede Stunde, und das wäre nun wirklich albern. Also beschloss ich, die Situation, so gut es ging, durchzustehen, und als der Zug langsam in die nächste Station einfuhr, starrte ich den Mann so lange an, bis ich seinen Blick auf mich gelenkt hatte, und dann sagte ich: »Eben fällt mir ein, das ist ja gar nicht meine Station.« Dann dachte ich, er könnte glauben, ich wolle ihn bitten, aufzustehen und mir seinen Sitzplatz abzutreten, und so sagte ich: »Aber ich will mich trotzdem nicht setzen, denn ich steige an der nächsten Station aus.« Mit meinem Gesichtsausdruck bedeutete ich ihm, dass ich das alles ziemlich komisch fand, und er lächelte gequält, nickte, lüftete seinen Hut, setzte ihn wieder auf und sah weg. Er war einer von diesen kleinen, ziemlich mürrischen oder traurigen Männern, die immer in die Ferne blicken, wenn sie zu Ende gesprochen haben. Ich war ziemlich stolz darauf, dass ich die Willensstärke besessen hatte, nicht auszusteigen und meinen Bus zu verpassen, nur weil ich mich vor einer kleinen Peinlichkeit fürchtete, aber als die Zugtüren sich schlossen, spähte ich hinaus, und da war sie, die 168. Straße. »Ach verflixt!«, sagte ich. »Das war ja doch meine Station, und jetzt habe ich meinen Bus verpasst!« Ich kochte vor Wut und hatte ziemlich laut gesprochen, und ich kam mir äußerst töricht vor und schaute nach unten. Der Mann, der mir seinen Sitzplatz angeboten hatte, musterte mich aus den Augenwinkeln, und ich sagte: »Ist das nicht dumm? Das war meine Station. Ich hätte an der 168. aussteigen müssen.« Ich musste lachen, so schrecklich war das alles, aber er sah weg, und der Zug ratterte zur nächsten Station, und ich stieg aus, so schnell ich konnte, und sauste zum Bahnsteig für die Züge nach Downtown und nahm den Bummler-Zug zur 168. Straße, aber natürlich hatte ich meinen Bus um eine Minute, vielleicht auch zwei verpasst. Ich wusste nichts mit mir anzufangen und ging ziellos in der 168. Straße umher. Schließlich betrat ich eine schäbig eingerichtete, aber freundliche Bar und trank einen Martini, der zu warm war, aber sehr wohltuend, und mich nur 50 Cent kostete. Während ich an ihm nippte und versuchte, ihn mir einzuteilen, bis der Moment gekommen wäre, wo ich einen guten Platz in der Schlange für den Bus ergattern könnte, ohne allzu lange in der Kälte herumstehen zu müssen, fragte ich mich, wie ich mit dem Mann in der U-Bahn hätte umgehen müssen. Hätte ich seinen Sitzplatz angenommen, wäre ich vermutlich in der 168. Straße ausgestiegen, und das hätte bedeutet, dass ich, kaum dass ich mich hingesetzt hätte, auch schon wieder hätte aufstehen müssen, und das wäre ihm sicherlich sonderbar vorgekommen. Und ich hätte geradezu gierig gewirkt. Und seinen Sitzplatz hätte er auch nicht zurückbekommen, denn kaum wäre ich aufge-standen, hätte ihm eine andere gierige Person den Platz weggeschnappt. Er schien ein eher zurückhaltender Mann zu sein, überhaupt nicht aggressiv. Mir ist gar nicht wohl bei dem Gedanken, wie sehr er es bedauert haben muss, mir seinen Sitzplatz angeboten zu haben. Manchmal ist es sehr schwierig, sich richtig zu verhalten.

15. Februar 1958

Balzacs
Lieblingsspeise

In der 48. Straße, unweit der Sixth Avenue, gibt es eine
Buchhandlung, in der hauptsächlich Taschenbücher und
preisreduzierte Exemplare verkauft werden – Restbestände.
Neulich war ich dort und sah mich ein wenig um. Es war
Samstag und ziemlich kühles Wetter. Die Ladentür war zur
Straße hin geöffnet. Jetzt, nach der Mittagszeit, verirrten
sich nur wenige Kunden in den Laden. Es war ein träger
Nachmittag, und die Stadt gab sich liebenswert und
erschöpft – Beschwerden hörte ich keine. In New York ist
eine solche Siesta-Stimmung bemerkenswert und, mitten im
Herzen der Stadt, eigenartig. Es herrschte eine rätselhaft
vergnügte Atmosphäre, als hätten sämtliche Bürger die
ihnen in diesem Quartal zustehende Menge Zeit zugeteilt
bekommen und festgestellt, dass sie mehr als genug davon hatten – Zeit in Hülle und Fülle, mehr, als sie sich je
ausgemalt hätten. Im Buchladen war es ganz still. Man
hätte weit weg sein können, in einer viel älteren Stadt, wo
man neben Antiquaren nach Büchern stöbert. In gemäch-
lichem Tempo schlenderten die Kunden aufmerksam zwischen den Werken von Henry James und Rex Stout, von

Françoise Mallet-Joris und Iwan Turgenjew, von Agatha Christie und all den anderen umher, und als ich mich genauer umsah, tauchten vor meinen Augen noch mehr Namen auf. Ich hatte mir bereits zusammengesucht, was ich zu kaufen beabsichtigte – fünf Bücher, die ich unter dem Arm trug –, und blätterte in einem weiteren Buch, dessen Titel mir entfallen ist, da stieß ich auf eine Beschreibung von Balzacs Lieblingsspeise. Am liebsten aß er Brot, bestrichen mit Sardinen, die er zu Paste zerdrückt und mit irgendeiner Zutat gewürzt hatte. Was hatte Balzac seiner Sardinenpaste hinzugefügt? Ich blätterte zurück und war gerade dabei, die Stelle noch einmal nachzulesen, denn ich fand, das Rezept hörte sich köstlich an, als meine Ohren von harschen Stimmen beleidigt wurden, die direkt vor dem Eingang herumkreischten – Leute, die Bemerkungen über die Bücher im Schaufenster machten. »He, Marilyn Monroe ist reduziert worden!«, brüllte eine Männerstimme. »Von fünf fünfundsiebzig auf eins zweiundneunzig!« Quiekendes Gelächter, dann sagte eine Frauenstimme (es musste ein richtiger alter Drachen sein): »Warte, bis sie nur noch einen Dollar kostet.« »Zu viel! Zu viel! Ein Dollar ist zu viel!«, brüllte der Mann, und dann stürmten diese Schreckgestalten den Laden, und ich setzte meine Brille ab, um sie zu mustern. Grausamkeit und Dummheit und roher Lärm – sie waren zu dritt, ein Mann, eine Frau und noch eine Person, die ich aber nicht sehen konnte, weil sie von dem hohen Drehregal verdeckt wurde, über das alle drei

30

sich lustig machten. Sie riefen sich Namen und Titel zu und gaben eine Menge müder Kalauer von sich, womit sie allen anderen den Spaß verdarben, und ich zahlte für die Bücher, die ich unter dem Arm trug, und machte mich davon. Ich ging hinüber zum Le Steak de Paris und bestellte mir Sardinen und Brot, aber als ich anfing, die Sardinen zu zerdrücken, konnte ich mich nicht mehr daran erinnern, welche Zutaten Balzac verwendet hatte. Es war nicht weiter schlimm. Sardinen auf Brot schmecken sehr gut. Ich sagte mir, das es keinen Sinn hatte, über die Hyänen in der Buchhandlung nachzudenken. Eines schönen Tages wird ihre Fähigkeit, Gewalt zu provozieren, jemanden provozieren, der gewaltbereit ist. (Sagte ich mir.) Sie werden über ihre eigenen Schnürsenkel stolpern. Die Zeit wird es weisen. Sie werden nie etwas anderes kennen als den elenden Appetit des Neids. Wie Äsops Hirtenjunge, der zum Spaß immer »Wolf!« schrie, werden sie die Erfahrung machen, dass Menschen, die einmal zu oft über andere höhnen, am Ende selbst den Schaden davontragen. Mir ist es gleich. Die kleine Buchhandlung hat bis spät geöffnet, und noch heute Abend werde ich hingehen, um das Buch zu finden, in dem ich geblättert hatte und das beschreibt, wie Balzac seine Sardinenpaste zubereitet hat. Noch bevor der Abend zu Ende ist, werde ich genau wissen, was des Meisters Lieblingsspeise war, und ich werde auch wissen, wie diese heutzutage schmeckt.

21. September 1963

Der finstere Fahrstuhl

Ich mag Fahrstühle nicht besonders, und gegen die beiden Fahrstühle des Hotels, in dem ich wohne, habe ich eine regelrechte Abneigung entwickelt. Es sind ganz gewöhnliche Fahrstühle, allerdings ohne Liftboy, sicher und solide, aber sie verhalten sich, als seien sie gefährlich. Sie knarren, und wenn sie in einem Stockwerk anhalten, machen sie einen hilflosen kleinen Hüpfer, und oft halten sie im verkehrten Stockwerk an. Heute Morgen habe ich einen von ihnen mit noch geringerer Begeisterung betreten als sonst. Vor ein paar Nächten hatte es im Hotel einen kleinen Brand gegeben, und Teile der oberen Stockwerke und die beiden Fahrstühle waren vom Löschwasser der Feuerwehrleute klatschnass geworden. Seitdem riechen die Fahrstühle nach verkohlten Matratzen und feuchtem, altem Putz und Zement, und der dünne Teppichboden ist noch nicht getrocknet. Ich wohne im achten Stock, und als ich heute Morgen in den Fahrstuhl stieg, drückte ich die Taste »1« fürs Erdgeschoss und die »Tür-zu«-Taste, damit die Türen sich ohne Verzögerung schlössen. Die Türen schlossen sich rasch, und der Fahrstuhl setzte sich in Bewegung, und dabei gingen alle Lichter aus, die Deckenbeleuchtung und die Signalleuchte, alle. Da stand ich nun in einer pechschwarzen Kiste. Ich tastete nach dem metallenen Handlauf, an dem man sich festhalten soll, falls der Boden nachgibt, aber ich konnte ihn nicht finden, und der feuchte Teppichboden unter meinen Füßen bewegte sich wie schwabbeliges Fett. Es war eine gespenstische Fahrt in die Tiefe. Als die Türen endlich aufgingen, fand ich mich im Erdgeschoss wieder, und ich ging hinüber zur Rezeption und sagte zum Empfangschef: »In den Fahrstühlen geht das Licht nicht.« Er sah mich traurig an. »Ich weiß«, sagte er. »Sie arbeiten schon den ganzen Morgen daran.« Dann wandte er sich dem Vermittlungspult zu, denn er ist nicht nur Empfangschef, sondern auch Telefonist und hat darüber hinaus noch andere Aufgaben zu erfüllen. Es war sehr heiß im Foyer. Die Luft war schal und abgestanden, und der Ventilator hinter dem Tresen surrte ängstlich. Ich ging auf den Ausgang und auf die weiße Marmortreppe zu, die zur Straße hinunterführt, aber neben der Eingangstür gibt es jeweils eine öffentliche Telefonzelle, und mir fiel ein Anruf ein, den ich hätte erledigen sollen, bevor ich mein Zimmer verließ. An der Tür der Zelle zur Rechten hing ein »Außer Betrieb«-Schild – eines der beiden Telefone ist eigentlich immer außer Betrieb –, die andere wurde von einem Mann mit Beschlag belegt, der eine Zigarre rauchte. Er hatte die Tür offen gelassen und streckte sein rechtes Bein hinaus, damit er seinen Schuh bewundern konnte, der aus strohfarbenem Leder und mit einem Lochmuster verziert war. Er sagte:

»Wo bist du um halb zwei? Dann rufe ich dich an. Wie wär's mit zwei Uhr, wo bist du um zwei? Wo bist du zwischen halb zwei und zwei?« Ich nahm auf einer kleinen Sitzbank Platz, um zu warten. Die Bank ist mit orangefarbenem Kunstleder bezogen, und die Wand dahinter wird von einer in schwermütigem Braun gehaltenen Ansicht der Stadt New York vom Hafen aus eingenommen. Ich saß seitlich auf der Sitzbank, weil ich den Mann in der Zelle nicht anstarren wollte, und betrachtete die unwirkliche Skyline der Stadt, in der ich lebe, und dann starrte ich auf die Seitenwand des Empfangstresens, in die ein viereckiges Loch geschnitten ist, damit der Empfangschef sehen kann, wer das Hotel betritt. Das Loch wird von einer etwa fünfzehn Zentimeter hohen Topfpflanze verziert. Früher war das Foyer ungefähr drei Mal so groß wie jetzt, aber das Einzige, was von seiner vormaligen Pracht geblieben ist, sind die hohe verschnörkelte Decke und rechts die Marmortreppe, die nach oben führt. Der jetzige Tresen, der einem umgedrehten Schuhkarton ähnelt, drückt sich dicht an die Wand gegenüber den Fahrstühlen, und die Stirnwand zwischen dem Tresen und den Fahrstühlen ist mit Spiegelelementen versehen, die von Glasknöpfen gehalten werden. Einer der Spiegel ist in Wahrheit eine Tür, die in ein winziges Büro führt, aber meist ist sie geschlossen, sodass die Wand nicht unterbrochen wird. In rechtem Winkel zur Spiegeltür, gleich neben den Aufzügen, befindet sich die Tür zu einem dunklen, höhlenartigen Lagerraum, wo in stummem Frieden eine Herde alter, ausgedienter Fernsehgeräte ruht. Einer der Fernseher hat noch einen Funken Leben in sich, und manchmal lässt der diensthabende Hotelpage die Tür einen Spaltbreit offen, setzt sich auf die Kante seiner orangefarbenen Kunstlederbank und sieht sich an, was gerade zu sehen ist. Dann stützt der diensthabende Nachtportier die Ellbogen auf den Tresen und schaut ebenfalls zu. Allmählich fragte ich mich, ob mein Anruf es wert war, so lange zu warten. Ich wollte nicht auf die laute, brütend heiße Straße hinaustreten und nach einer anderen Telefonzelle suchen, und ich wollte nicht in diesem finsteren Fahrstuhl wieder nach oben fahren. Jemand kam die Treppe von der Straße herauf, und ich blickte über die Schulter und sah eine grauhaarige Dame von etwa siebzig Jahren, die hier wohnt. Sie hat ein Zimmer ohne Bad und hält sich oft im Foyer auf. Schlechte Laune steht ihr im Gesicht geschrieben, schlechte Laune und Arroganz, und ihre Augen huschen voll unfreundlicher und aufdringlicher Neugier umher. Dauernd hat sie Streit mit jemandem, und dauernd beschwert sie sich. Zwei Mal habe ich mitanhören müssen, wie sie den jungen Verkäufer im Lebensmittelgeschäft nebenan beschimpfte, und einmal habe ich sogar gesehen, wie sie sich mit einem der kleinen Zigeunerkinder anlegte, die auf der Straße herumlungern. Sie wirkt, als wollte sie sich unbedingt mal jemanden vorknöpfen, um einen besseren Menschen aus ihm zu machen. Als sie die Treppe heraufstieg, war offensichtlich, dass ihr das heiße Wetter zu schaffen machte. Sie war müde. Sie sah aus, als hätte sie noch nie einen schlimmeren Tag erlebt. Sie trug einen langärmeligen Strickpullover aus beiger Seide und einen braunen Tweedrock. Ihr straff gebundenes Haar steckte wie gewöhnlich unter einem Netz, und sie trug ihre Handtasche und eine kleine braune Papiertüte mit ihren Einkäufen. Wir dürfen im Hotel nämlich kochen. Sie ging an mir vorbei und blieb an der Rezeption stehen, aber der Empfangschef telefonierte gerade. Während sie darauf wartete, ihn ansprechen zu können, legte sie eine Hand auf den Tresen und blickte zurück auf die Straße, der sie entronnen war. Im Foyer ist es zwar nicht kühl, aber es ist auch nicht allzu hell und immer ruhig. Dies ist bestimmt das einzige Hotel in New York, in dem vom Foyer keine Bar und kein Laden abgehen. Als der Empfangschef zu Ende telefoniert hatte, sprach die grauhaarige Dame ihn in ihrem gewohnt markanten Tonfall an. Mit dieser Stimme hätte sie gut Befehle erteilen können. Sie fragte: »Funktioniert die Fahrstuhlbeleuchtung wieder?« »Noch nicht«, antwortete der Empfangschef. »Wann wird sie wieder funktionieren?« »Das kann ich Ihnen nicht sagen«, antwortete er, »weil ich es nicht weiß. Sie arbeiten schon den ganzen Morgen daran.« »Das haben Sie mir schon einmal gesagt«, erwiderte sie. »Ist der Hoteldirektor da?« »Ich weiß es nicht«, antwortete der Empfangschef. »Ich habe ihm drei Nachrichten hinterlassen, dass er mich anrufen soll«, sagte sie. »Was wollen Sie damit sagen, Sie wissen nicht, ob er da ist?« »Ich weiß, was ich weiß«, entgegnete der Empfangschef verzweifelt, »und ich weiß nicht, ob er da ist.« Damit ging er ans andere Ende des Tresens und versteckte sich in einer Nische, wo Akten aufbewahrt werden. Angesichts seiner Gleichgültigkeit reckte die grauhaarige Dame das Kinn und überließ sich wieder der Betrachtung des Straßentrubels. Sie ist eine hochgewachsene Frau, und als sie merkte, wie hilflos sie war und wie viel Angst sie vor dem Fahrstuhl hatte, war ihr Gesichtsausdruck der einer Kaiserin, die sich einer mordlustigen Volksmenge gegenübersieht. Sie war ganz Kraft und Würde. Dann drehte sie sich um und legte die wenigen Schritte zum Fahrstuhl zurück, und im Gehen verflüchtigten sich ihre schlechte Laune und ihre Arroganz und ihre Bitterkeit, und ich glaube, in die finstere und muffige Kiste nahm sie nichts mit als den Mut, mit dem sie geboren wurde. Der Mann in der Telefonzelle steckte ein weiteres Zehncentstück in den Schlitz und fuhr fort, sich zu streiten, und ich stand auf und trat hinaus ins grelle Getöse der 49. Straße. Als ich später, irgendwann am Nachmittag, zurückkehrte, funktionierte die Fahrstuhlbeleuchtung wieder, und ich fuhr vergleichsweise sicher in die Höhe. Ich frage mich, was die grauhaarige Dame wohl empfunden haben mag, als sie ihr Zimmer erreichte. War es, aufgrund der widrigen Umstände, eine Niederlage für sie, oder war es, dank ihres Verhaltens angesichts dieser widrigen Umstände, ein Sieg? Vermutlich empfand sie nichts als Erleichterung, weil sie sicher zu Hause angekommen war.

1969

37

Broccoli

In dieser Stadt beginnt die Mittagessenszeit um halb zwölf.
Um halb vier haben selbst diejenigen, die zuletzt eintreffen
und am längsten bleiben, ihren Tisch geräumt. Danach ist
in den Restaurants bis fünf Uhr kaum Betrieb, man kann
ohne Reservierung hingehen und sich am Tisch seiner
Wahl einrichten, kann sich in der verschwenderischen Einsamkeit eines kleinen Meeres stiller weißer Tischdecken
ungeniert umsehen, so neugierig oder teilnahmslos, wachsam oder träge sein, wie einem gerade zumute ist – mit
anderen Worten, man kann an einem öffentlichen Ort
ganz man selbst sein und sich doch für einen höflichen
Menschen halten. Es hat einen ungeheuren Vorzug, sich
unbeobachtet zu glauben. Die kleinen Lokale, die ich mag,
sind selbstsüchtig genug, um die ruhige Nachmittagsstunde
für sich zu behalten, daher ging ich heute ins Longchamps
in der 59. Straße, das ein großes Fenster zur Madison Avenue hin hat – zur eleganten, lebensbejahenden Madison
Avenue. Ich setzte mich nicht ans Fenster. Ich ging zu einer
Nische im hinteren Teil des Raums, die mir einen weiten
Blick über die leeren Tische bis hin zur Straße bot. Eine der
Nischen in dieser Longchamps-Filiale hat einen geflickten

Sitz. Es ist eine Nische, die dem rückwärtigen Teil des Restaurants zugewandt ist. Der Flicken aus breitem grauem Klebeband hat die Form eines Rotkreuz-Kreuzes, viereckig und scharf umrissen. Es ist ein beruhigender Gedanke, dass die große Longchamps-Kette zu einer so winzigen, geradezu hausfraulichen Sparmaßnahme greift und dabei so präzise zu Werke geht. Neben diesem Flicken hatte ich auch schon gesessen, als ich das letzte Mal im Longchamps in der 59. Straße war, also muss es im Sommer gewesen sein, denn ich würde niemals mit dem Rücken zum Fenster sitzen wollen, außer bei heißem Hochsommerwetter, das mir verhasst ist. Seither ist das Jahr wieder um etliche Wochen geschrumpft, und inzwischen ist Herbst. Die Speisekarte im Longchamps ist groß und umfangreich, aber ich bestellte, was ich immer bestelle: gegrillte Seezunge mit den für das Longchamps typischen Beilagen, und dann sah ich mir die Speisekarte noch einmal genauer an und gab eine zusätzliche Bestellung auf, frischen Broccoli mit *sauce suprême*. Als das Essen kam, lag der Broccoli in einer eigenen Schüssel, daneben stand eine kleine Gefährtin – eine silberne Sauciere mit einem Löffel. Alles war sehr heiß. Der Kellner nahm den Saucenlöffel und sah mich fragend an, aber ich sagte: »Nein, lassen Sie sie einen Moment stehen.« Als ich die Seezunge aufgegessen hatte, wandte ich mich dem Broccoli zu. Wie der Kellner zuvor nahm ich den Saucenlöffel und wollte ihn eben zum Broccoli führen, legte ihn dann aber rasch wieder in die Sauciere. Ich konnte mich nicht mehr daran erinnern, welches Ende des Broccoli man isst. Ich konnte mich einfach nicht mehr daran erinnern. Ich hätte den Kellner seine Arbeit machen lassen sollen. Ich versuchte, mir andere Gemüsesorten in Erinnerung zu rufen, die so ihre Tücken haben, aber ihr Name, ihr Aussehen, alles über sie war mir entglitten. Jetzt fallen sie mir wieder ein – Spargel, Frühlingszwiebeln und so fort –, aber vorhin konnte ich mich nicht entsinnen. Ich hatte einen Aussetzer und konnte gar nichts tun. Der Broccoli bestand aus zarten Röschen und köstlich aussehenden Stielen. Die Frage war nur, über welches Ende man die *sauce suprême* gießt. Nach einer Weile nahm ich den Löffel, tröpfelte etwas Sauce neben den Broccoli und stocherte mit der Gabel darin herum, und dann legte ich die Gabel hin und ließ ihn stehen. Ich nahm mein Buch zur Hand und fing zerstreut an zu lesen. Der Kellner kam, trug alles ab und brachte den Kaffee. Freundlicherweise erwähnte er den Broccoli nicht. In dieser Art persönlichen Scheiterns liegt weder Moral noch Vernunft und schon gar keine Gerechtigkeit, wie Sie verstehen werden, wenn Sie das nächste Mal versuchen, zwei Ihrer alten Freundinnen miteinander bekannt zu machen, und sich an den Namen der einen nicht mehr erinnern können.

2. November 1963

Eine Schuhgeschichte

Vor ein paar Tagen hastete ich über die Park Avenue, als mein linker Fuß plötzlich wegknickte und ich beinahe hingefallen wäre, aber ich konnte mich gerade noch halten und erreichte die Straßenecke und den Gehsteig. Als ich nachschaute, stellte ich fest, dass mein Fuß zwar in Ordnung, der Absatz meines linken Schuhs jedoch durchgebrochen war. Ich war richtig wütend, denn die Schuhe waren erst eine Woche alt. Ein Taxi fuhr vorbei, ich hielt es an, stieg ein und nannte dem Fahrer den Namen des Geschäfts, in dem ich die Schuhe gekauft hatte. Ich wollte hineingehen und den Geschäftsführer zur Rede stellen. Dann begriff ich, dass ich viel wirkungsvoller würde auftreten können, sozusagen, wenn ich ein Paar brandneuer, teurer Schuhe aus einem anderen Geschäft anhätte, statt in den Schuhen, die man mir angedreht hatte, hereingehumpelt zu kommen. Ich bat den Fahrer, mich zu Bergdorf Goodman zu bringen, und dort ging ich in den Delman Shoe Salon, erzählte dem erstbesten Verkäufer, was mir zugestoßen war, und lauschte seinen mitfühlenden Worten. Ich setzte mich, und er vermaß meine Füße, dann ging er davon und kehrte gleich darauf mit mehreren Paar Schuhen zurück. Ich entschied mich für ein Paar. Das Einzige, was mir daran nicht gefiel, war die Art, wie die Zierschleifen angenäht waren. Die Schleifen saßen schief, und ich wollte sie gerade. Der Verkäufer sagte, die Änderung sei leicht zu bewerkstelligen, aber das Mädchen, das derlei Arbeiten verrichte, sei gerade in der Mittagspause und komme erst in etwa zwanzig Minuten zurück. Ich sagte, ich würde warten, er ging mit den Schuhen davon, und ich lehnte mich zurück und stellte mich darauf ein, mir die Zeit zu vertreiben. Ich begann, das Gespräch zweier Damen zu belauschen, die neben mir saßen und Abendsandalen verglichen. Sie unterhielten sich über die bevorstehenden Wahlen, und gerade eben über Senator John Fitzgerald Kennedy.

Eine der beiden sagte: »Er ist einfach zu jung. Er ist zu *jung*.«

Die andere sagte: »*Viel* zu jung.«

Die erste sagte: »Dreiundvierzig Jahre alt. Das ist lächerlich.«

Schon wurde ich ganz fröhlich. Ich bin dreiundvierzig. Natürlich wusste ich aus der Zeitung, dass Senator Kennedy und ich im selben Jahr geboren sind, aber bis zu diesem Augenblick war mir die enge Verbindung zwischen uns nie bewusst gewesen. Ich hoffte, die beiden Damen würden weiter das Alter des Senators kritisieren, doch stattdessen wandten sie ihr Augenmerk den Sandalen zu und gelangten zu dem Schluss, dass von den Paaren, die sie gesehen hatten, keines in Betracht kam, und sie erhoben sich und gingen fort. Nun hatte ich nichts mehr zu belauschen. Meine neuen Schuhe waren noch nicht in Sicht, also konnte ich das Geschäft nicht verlassen. Ich beschloss, in die fünfte Etage hinaufzufahren und zu schauen, ob noch Artikel aus dem Schlussverkauf übrig waren, den die meisten Geschäfte um diese Jahreszeit anbieten. Als ich im fünften Stock ankam, stellte ich fest, dass es noch eine riesengroße Auswahl gab. Alle preisreduzierten Kleider hingen in Reihen an großen Doppelgestellen. Ich begann eben, das Gestell mit meiner Kleidergröße zu durchstöbern, da merkte ich, dass neben mir jemand eine Melodie summte – jemand, der hinter einem der Kleidergestelle verborgen war. Die Melodie war »I've Grown Accustomed to Her Face«, und das Summen nahm allmählich an Lautstärke zu, aber nur so, dass es zwar vorhanden, aber kaum hörbar war, wie es mitunter bei einer gut gewarteten Klimaanlage der Fall ist. Ich fand kein Kleid, das mir gefiel, und so ging ich um das Gestell herum, um herauszufinden, wem die Stimme gehörte, der ich lauschte. Es war eine Dame, die sich bei Größe vierzig umtat und ziemlich viele Schnäppchen fand. Sie hatte drei Kleider über dem Arm, und während ich sie noch betrachtete, entdeckte sie ein weiteres, das anzuprobieren sich lohnte. Jedes Mal, wenn sie etwas von Interesse sah, wurde ihr Summen ein wenig lauter, und als sie mit etlichen Kleidern zur Ankleidekabine ging, stimmte sie fast einen leisen Triumphgesang an. Mir ist schon öfter aufgefallen, dass Frauen summen, wenn sie Kleider aussuchen, aber diese Dame war die begeisterungsfähigste Käuferin, die ich je gehört habe. Da ich selbst nichts Rechtes gefunden hatte, fuhr ich wieder nach unten, um mich nach meinen neuen Schuhen zu erkundigen. Sie waren fertig, und ich zog sie an. Der Verkäufer packte meine alten Schuhe in eine Tüte und reichte mir diese, und ich dankte ihm und fragte ihn nach seinem Namen.

Er sagte: »Mr Sugarman«, und gab mir seine Karte.

Ich sagte: »Ich sollte diese Karte lieber an einem sicheren Ort verwahren«, und legte sie in meinen Reisepass, den ich stets bei mir trage, und zwar seit dem Tag, als mir ein Taxifahrer sagte, dass ich, sollte ich wegen verkehrswidrigen Überquerens der Straße festgenommen werden, im Streifenwagen abtransportiert würde, wenn ich keinen gültigen Ausweis bei mir führte.

Ich sagte zu Mr Sugarman: »Jetzt sind Sie in meinem Pass. Das heißt, Sie werden die ganze Welt bereisen.«

Mr Sugarman sagte: »Oh, ich hoffe, ich werde nicht seekrank.«

Ich sagte: »Wenn Sie seekrank werden, gebe ich Ihnen Bescheid.«

Ich trat hinaus auf die Fifth Avenue und ging Richtung Downtown. Es war ein herrlich sonniger Tag, nicht zu warm, und alle gingen sehr schnell. Ich kam an der St. Thomas Church vorbei, die ich zum ersten Mal vor zwanzig Jahren gesehen hatte, als ich mich schon für ziemlich erwachsen hielt. Ich dachte, wie erstaunlich es doch ist, so viele Jahre am Leben gewesen zu sein und so viele Gesichter betrachtet und so viele Wörter gehört und so viele Wörter gesagt und so unterschiedliches Wetter erlebt zu haben, und noch immer für jung gehalten zu werden. Ich segnete Senator Kennedy, und dann segnete ich Vizepräsident Nixon, weil auch der jung ist. Ich hegte freundliche Gedanken gegenüber jedem über dreiundvierzig und ebenso gegenüber jedem unter dreiundvierzig. Ich dachte an den Kult, der in Amerika mit der Jugend getrieben wird, etwas, das viele beklagen und das auch ich schon so manches Mal beanstandet habe, und ich dachte, dass mir, nun da ich erkannt hatte, dass dieser Kult um die Jugend im Grunde auch einen Kult um mich bedeutet, diese Frage nichts mehr ausmachen würde. Ich war so angetan von mir, dass ich an dem Geschäft, in dem ich meine schlechten Schuhe gekauft hatte, schnurstracks vorüberlief und ganz vergaß, hineinzugehen und mich zu beschweren. Inzwischen glaube ich, dass ich mir nicht mehr die Mühe machen werde, die Schuhe umzutauschen.

27. August 1960

In der Grosvenor Bar

Heute sah ich einen Mann, der zur richtigen Zeit am richtigen Ort das Richtige tut und es *weiß*. Bestimmt ist er auch genau der Mann, der im Takt bleibt, wenn wir anderen alle aus dem Takt geraten. Sein Gespür für den richtigen Zeitpunkt ist sehr ausgeprägt. Er weiß, wann er schweigen und wann er reden muss. Vielleicht weiß er alles. Vielleicht kennt er all die Fragen zu all den Antworten, die ich habe. Ich hätte ihm folgen sollen. Als ich heute Nachmittag in die Grosvenor Bar stürzte, um dem Regen zu entfliehen, saß er am Tresen, ganz allein am hinteren Ende des Tresens, mit dem Rücken zu dem leeren Speisesaal, der sich hinter ihm erstreckte. Eigentlich stürzte ich nicht in die Bar – ich wurde hineingeschwemmt, von einem Wolkenbruch, der ganz und gar unfair ohne jede Vorwarnung niederprasselte. Vorher war lediglich ein schwacher Nieselregen gefallen, das war alles. Das Grosvenor Hotel steht an der Ecke 10. Straße/ Fifth Avenue, und ich kenne es gut, weil ich seit Jahren in diesem Viertel wohne. Es hat eine ausgesprochen nette Bar mit kleinen Tischen an der Wand, und der Speisesaal dahinter ist geräumig und von einer höflichen Hotelatmosphäre. Heute Nachmittag sah es darin *sehr* höflich aus – all die sau-

46

beren Tischtücher und keine Gäste. Heute ist Sonntag, und es war fürs Mittagessen zu spät und fürs Abendessen zu früh. Ich setzte mich an eines der großen Fenster, durch die man, wären sie nicht mit Stores und Übergardinen verhängt, auf die 10. Straße blicken könnte, mir war sehr kalt, und ich fragte mich, ob ich mir vielleicht eine Lungenentzündung geholt hatte. Der Barkeeper kam herüber, legte eine kleine Papierserviette vor mir auf den Tisch und sagte: »Was für 'n Regen«, und ich bestellte einen Martini. Es war nicht zu früh für einen Martini. Der Mann am Tresen trank allem Anschein nach einen Scotch mit Wasser. Er war mittleren Alters und hatte ein sehr großes Gesicht. Den rechten Ellbogen hatte er auf den Tresen gestützt, und daneben, an der Kante, hing sein schwarzer Schirm. Er blickte über die gesamte Länge des Tresens hinweg durch die gläserne Eingangstür in den Regen hinaus, und seine Miene war nachdenklich. Dann wandte er sich dem Barkeeper zu, um ihm beim Mixen meines Martinis zuzusehen, und der Barkeeper fing seinen Blick auf und sagte fröhlich: »Was für 'n Regen«, bekam aber keine Antwort. Als er mir meinen Drink gebracht hatte, ging der Barkeeper zurück, blieb, die Hand auf den Tresen gelegt, stehen und starrte hinaus in den Regen und auf drei Damen in Baumwollkleidern, die zusammengedrängt im Eingang standen. Von Zeit zu Zeit drehte sich eine der Damen um und sah zu uns herein.

Es war eine friedvolle Szene, bis ein hochgewachsener, hagerer Mann in einem völlig durchweichten Baumwollanzug von der Straße hereinstürmte, kurz stehen blieb, um den Barkeeper um einen Scotch mit Soda zu bitten, und dann gleich nach hinten ging, um sich in dem leeren Speisesaal umzuschauen. Er war klatschnass, und seine Schuhe schmatzten bei jedem Schritt, aber er war sehr gut gelaunt und zeigte ein strahlendes Lächeln. Er sagte zum Barkeeper: »An der Ecke Madison Avenue/56. Straße musste ich zwanzig Minuten auf ein Taxi warten, aber ich hab's geschafft.« Der Barkeeper schüttelte den Kopf und sagte: »So 'n richtiger Regentag.« Der strahlende Mann erfreute sich an dem Drink, mit dem er sich belohnte. Ein, zwei Mal blickte er auf die Straße hinaus, dann sagte er zu dem Barkeeper: »Gibt's hier noch 'ne Bar oder 'n andern Ort, wo jemand warten könnte?« Der Barkeeper antwortete: »Nur das Foyer«, und wies mit einer Kopfbewegung und einer Geste auf die Tür zum Foyer, die sich am hinteren Ende des Tresens befindet. Der strahlende Mann stapfte mit schmatzenden Schuhen davon und verschwand im Foyer. Gleich darauf kam er zurück. Er wirkte wie am Boden zerstört. Er sagte: »Das ist ja gar nicht das Fifth Avenue Hotel.« Der Barkeeper sagte: »Das ist das *Grosvenor* Hotel. Tut mir leid, Sir.« Und der am Boden zerstörte Mann sagte: »Ich dachte, das Fifth Avenue Hotel wäre 10. Straße, Ecke Fifth.« Der Barkeeper sagte: »Sie hätten zur 9. Straße, Ecke Fifth gemusst«, setzte dabei eine teilnahmsvolle Miene auf und warf einen kurzen Blick auf den schweigsamen Mann, der aber weiterschwieg. Der am

Boden zerstörte Mann eilte hinaus auf die Straße. Der Regen prasselte noch immer herab, und die Damen im Eingang warteten geduldig darauf, dass er nachließ. Ich fragte mich, warum sie sich nicht in ihr Schicksal ergaben und hereinkamen. Niemand kam herein, und nichts geschah, bis der Schweigsame plötzlich aufstand und seinen Schirm an sich nahm. Der Barkeeper sagte: »Danke, Sir.« Endlich ergriff der Schweigsame das Wort. Er sagte: »Wie gut, dass es schon geregnet hat, als ich von zu Hause weg bin, sonst hätte ich meinen Regenschirm nicht mitgenommen.« Und er ging auf und davon, an den triefenden Damen vorbei, und als er unter dem Vordach hinaustrat, spannte er den Regenschirm auf, hielt ihn frohlockend über sich und ging gemächlich zur 11. Straße.

4. August 1962

Ein chinesischer Glücksspruch

Gestern Abend war die U-Bahn wie immer überfüllt, und so musste ich im Stehen mitfahren und meine Arme um die mittlere Stange des Waggons schlingen. In meinen Händen hielt ich eine Ausgabe des *Life*-Magazins, die ich mir in der Station an der 59. Straße am Zeitungsstand gekauft hatte. Ich las das Magazin von hinten nach vorn – nicht aus Neigung, sondern weil mich das Gleichgewicht, das ich zwischen meiner rechten Schulter und der Stange zu wahren suchte, dazu nötigte, die Seiten mit der Linken umzublättern. Ich beschreibe meine Körperhaltung mit einiger Sorgfalt, denn sie war die Ursache dafür, dass ich auf geradezu unredliche Weise von der Karriere einer Miss Jerry Stutz erfuhr, und könnte bis zu einem gewissen Grad für die beunruhigende Wirkung verantwortlich sein, die ihre Bemerkungen, die ich gleich zitieren werde, auf mich ausübten. Miss Stutz ist eine hübsche junge Frau mit dunklem Haar, die ein Luxusapartment hat, ein französisches Dienstmädchen und ein sehr großes Büro. Ich betrachtete die Fotos – wie gesagt, von hinten nach vorn –, wandte mich schließlich der ersten Seite des Artikels zu, auf der eine Menge Informationen über Miss Stutz und ihre Karriere zu einer einzigen langen Spalte zusammengedrängt waren, und las, dass sie erst dreiunddreißig Jahre alt ist und kürzlich zur Vorstandsvorsitzenden von Henri Bendel ernannt wurde. Der Vorstandsvorsitz von Henri Bendel, das ist wahrlich für eine Frau jeden Alters, sogar für einen Mann, eine große Aufgabe, und ich war sehr beeindruckt und las gleich weiter. Und so stand es in *Life:* »Vorstandsvorsitzende Stutz, eine logisch denkende Person, sieht in ihrem rasanten Aufstieg in ihre jetzige Position eine vollendete Logik am Werke. Sie studierte am Mundelein College in ihrer Geburtsstadt Chicago im Hauptfach Journalistik, arbeitete nebenher als Modell und schrieb nach ihrem Hochschulabschluss ein Jahr lang Werbetexte für Mode. Danach wurde sie Redakteurin des *Glamour*-Magazins für Accessoires und lernte alles über Schuhe. Als die 223 Millionen Dollar schwere General Shoe Corporation 1954 I. Miller Shoes erwarb, stellte sie Jerry als Modekoordinatorin ein. Ein Jahr später wurde sie – ein Bruch mit der industrieweiten Abneigung gegen weibliche Führungskräfte – Vizepräsidentin von I. Miller Shoes und Generaldirektorin der Einzelhandelsfilialen, und die Verkäufe schnellten um zwanzig Prozent in die Höhe. Die General Shoe Corporation, die auch Bonwit Teller und Tiffany kontrolliert, erwarb Bendel und übertrug Ende 1957 die Leitung der umtriebigen Jerry Stutz. ›Ich schätze, es wird Jahre dauern, bis hier alles richtig läuft, aber ich habe großes Interesse daran, dass es vorangeht‹, sagt sie gelassen. ›Mein erster Grundsatz lautet: Wenn man eine neue Stelle antritt, sollte man die Menschen im Auge haben, nicht die Zahlen. Hat man erst einmal die richtigen Leute gefunden und gibt ihnen Freiheit, kann man gar nicht scheitern.‹«

Nun, ich las diesen letzten Satz ein zweites Mal, und dann las ich ihn ein drittes Mal. »Hat man erst einmal die richtigen Leute gefunden und gibt ihnen Freiheit, kann man gar nicht scheitern.« Die Worte erinnerten mich an etwas, aber es fiel mir nicht ein, woran sie mich erinnerten. »Hat man erst einmal die richtigen Leute gefunden und gibt ihnen Freiheit, kann man gar nicht scheitern.« Ich rollte meine Ausgabe des *Life*-Magazins zusammen und stopfte sie in die Strohtasche, die an meinem Arm hängt, wann immer ich in die Stadt fahre. Wieder und wieder sagte ich mir Miss Stutz' Satz vor, wobei ich die Betonung auf unterschiedliche Wörter legte, um zu prüfen, ob ich nicht den Grund für die Unruhe entdecken könnte, die sie in meinem Kopf anrichteten. Ich fürchte, meine Gedanken gerieten dabei ein wenig auf Abwege. Ich konnte nicht einmal ansatzweise erraten, wie Miss Stutz die richtigen Leute erkennt, gestattete mir jedoch allerhand maliziöse Mutmaßungen, wie sie den richtigen Leuten Freiheit gibt, wenn sie sie erst einmal im Auge hat. Bringt sie sie aufs Dach von Henri Bendel? Oder in den Central Park? Gibt sie allen auf einmal Freiheit, dem ganzen Schwarm, oder einem nach dem anderen? Im Morgengrauen, oder wann?

Falls durch ein Missgeschick einmal der Falsche aus dem Schlag ausbricht, wie bekommt man ihn wieder hinein? Mit einer Hand auf jeder Schulter? Mit beiden Händen auf dem Scheitel? Mit einem Netz? Was geschieht, wenn sich der Falsche aus dem Staub macht? Die ganze Zeit über musste ich an all die Leute denken, die die richtigen Leute für Henri Bendel wären, aber anderswo arbeiten. Was unternahm Miss Stutz, um sie ausfindig zu machen und *ihnen* Freiheit zu geben? Mir zum Beispiel. Da stand ich nun in der U-Bahn, aber es war ja durchaus denkbar, dass ich in Wirklichkeit die Richtige für Henri Bendel war. Ich war ziemlich verblüfft über Umfang und Reichweite der Vision, die Miss Stutz' Worte bei meiner alltäglichen unter-irdischen Flucht nach Hause und zum Abendessen in mir heraufbeschworen, und ich wünschte, mir würde einfallen, woran sie mich erinnert hatte, denn allmählich hatte ich das Gefühl, dass mein Gehirn, wenn es mir nicht einfiel, für immer einfrieren würde und ich nie mehr an irgend-etwas anderes denken könnte außer an: »Hat man erst ein-mal die richtigen Leute gefunden und gibt ihnen Freiheit, kann man gar nicht scheitern.«

Natürlich, so schlimm war es nun auch wieder nicht, doch in den vergangenen paar Wochen hat mich dieses unangenehm nagende Gefühl nicht losgelassen, und von Zeit zu Zeit habe ich mir gewünscht, ich hätte mir die Aus-gabe des *Life*-Magazins nicht gekauft oder hätte mich geduld-et, bis ich zu Hause gewesen wäre, wo ich sie richtig hätte lesen können, die erste Seite zuerst. Dann, heute Morgen, als ich an meinem Schlafzimmerfenster stand und den zarten Schnee bewunderte, der gestern Abend gefallen war und der, das muss ich sagen, alles viel schöner aussehen lässt, fiel mir plötzlich ein, was Miss Stutz in meinem Kopf wachgerufen hatte, und natürlich war es die trivialste Sache der Welt – jene alte, uralte Geschichte über chinesische Glückskekse, die ich vor Jahren von einer Freundin gehört hatte. Meine Freundin hatte mir von einer anderen Freundin erzählt, die in diesem wunderbaren Chinarestaurant zu Abend gegessen hatte. Nach dem Essen hatte sie Glückskekse bestellt, und der Kellner hatte ihr vier davon gebracht, und sie hatte sie alle aufgebrochen und die darin enthaltenen kleinen Sinnsprüche gelesen. Nun, in den ersten drei Glückskeksen stand: »Ein Brief ist auf dem Weg und wird eintreffen« und »Wenn Sie vielseitig sind, wird Ihnen dies Selbstvertrauen schenken« und »Ja, Sie werden Glück haben«. Aber im vierten Glückskeks stand: »Hilfe! Ich bin Gefangener in einer chinesischen Bäckerei.« Nun, ich war sehr zufrieden mit mir. »Hat man erst einmal die richtigen Leute gefunden und gibt ihnen Freiheit, kann man gar nicht scheitern. – Hilfe! Ich bin Gefangener in einer chinesischen Bäckerei.« Und daran hatte ich mich die ganze Zeit über zu erinnern versucht, aber ich bin ja so froh, dass die Sache jetzt geklärt ist.

8. März 1958

Vom Hotel Earle aus

Ich hatte meinen Wohnsitz auf dem Land aufgegeben und fühlte mich bei dem Gedanken an eine Rückkehr in die Stadt sehr wohl, aber ich hatte so lange mit Packen gewartet, bis es zu spät war, um die Sache systematisch anzugehen, und als die Möbelpacker kamen, um meine Sachen ins Lagerhaus zu schaffen, wo sie bleiben werden, bis ich das richtige Apartment gefunden habe, war ich von meinen Besitztümern zu angewidert, als dass ich hätte zusehen können, wie der Möbelwagen die Auffahrt entlangkroch, und zu erschöpft, um mich über irgendetwas zu freuen. Dennoch, nach der Fahrt in die Stadt war es sehr angenehm, das kleine Hotel am Washington Square zu betreten, wo ich früher schon ab und zu gewohnt hatte und wo ich auch jetzt wieder wohne, während ich ein Apartment suche, und festzustellen, dass dort alles beim Alten geblieben ist – Smiddy, ein vertrautes Gesicht, bedient den Fahrstuhl, trägt einem das Gepäck, verkauft die Abendzeitungen, schließt die Tür auf, schaltet das Licht ein, bringt das Radio und bewundert die streunende Katze Minnie, die nicht mit meinen eigenen Katzen ins Tierheim gegeben werden konnte, weil sie gerade Junge bekommen hat. Ein bisschen schockierend war es, dass sich jemand mit einer Spritzpistole an Wänden und Decken zu schaffen gemacht und sie mit weiß-goldener Farbe besprüht hat und dass selbst die Möbel in den beiden Zimmern, die ich immer belegt hatte und die ich in schöneren, wenn auch abgeblätterten Farben zu sehen gewohnt war, nicht verschont geblieben sind, doch die steinerne Balustrade vor den Fenstern, die mir den Blick auf den Square versperrt, dafür aber eine gute Sitzstange für Tauben abgibt, war immer noch da, und als ich aus dem Badezimmerfenster blickte, das nicht zur Straße hinausgeht, sondern direkt auf die Mauer eines Apartmenthauses, sah ich voller Genugtuung, dass die Mieter dort ihre Rouleaus nachts noch immer nicht herabziehen, sodass man mühelos in sämtliche Zimmer spähen kann, und dass das Zimmer, das mir besonders gut gefällt, noch ganz genauso aussieht: ein Zimmer mit hoher Decke und mit einem Schreibtisch an der Wand gleich neben dem Fenster, auf dem eine Lampe mit grünem Schirm steht. Ich mag dieses Zimmer sehr, denn wenn alle anderen Lichter im Gebäude erloschen sind, brennt die grüne Lampe auf dem Schreibtisch noch immer, und manchmal sitzt jemand da und schreibt, und in solchen Nächten, wenn der Rest des Gebäudes wie ausgestorben ist, der Square irgendwie verzerrt aussieht und der Park dahinter schemenhaft, ergeben die Lampe und der Schreibtisch dort oben im Fenster ein äußerst befriedigendes städtisches Bild.

Nachdem ich Minnie beruhigt und ihr gezeigt hatte, wo ihre Wasserschale und ihr Katzenklo standen, wusch ich mir Hände und Gesicht, dachte einen Augenblick lang über die besondere Klebrigkeit von Umzugsstaub nach und ging dann hinaus, um zu Abend zu essen. Ich wusste auch schon, wo. Ich würde zum University Restaurant in der 8. Straße West gehen, aber vorher wollte ich ein paar Besorgungen machen, und so wandte ich mich vor dem Hotel nicht nach links, sondern nach rechts. Ich ging zur Sixth Avenue und folgte dieser bis zur 8. Straße, wo es ein sehr gutes Blumengeschäft gibt, Costos, das bis neun Uhr abends geöffnet ist. Die Floristin sagte: »Lange nicht gesehen«, und verkaufte mir eine Nelke. Während ich mir die Nelke ansteckte, dachte ich kurz über den Mangel an Blumengeschäften auf dem Land nach. Ich ging die 8. Straße entlang, bewunderte die Pasteten, die Lampenschirme, die Sardinenbüchsen und Marmeladengläser, die Trikots, die rosafarbenen und roten Strümpfe, die Herrenbekleidung, die Käsestücke, die Spielzeugmöbel und, bei Politi's, die Sachen aus Kaschmirwolle, den Granatschmuck und die Taschentücher aus Frankreich. Dann betrat ich den Eighth Street Bookshop, wo ich nicht ein bekanntes Gesicht hinter dem Tresen sah, aber, immerhin, die Bücher waren da. Ich kaufte mir Benedict Kielys *Poor Scholar* und eine Detektivgeschichte von Patricia Highsmith. Ich bekam die beiden Bücher für einen Dollar, einen großen Schatz und einen kleinen Schatz, einen Dollar für alle beide, und als ich zahlte, wunderte ich mich über die merkwürdige Gepflogenheit der Verlage, ihre guten Bestände als sogenannte »Restauflage« wegzugeben, kaum dass sie sie herausgebracht haben. Dann war ich – die Bücher unter dem Arm und alles bestens – bereit fürs Abendessen, wurde am Bordstein aber aufgehalten, weil der Verkehr so dicht war, und während ich wartete, wetteiferten in meinem Kopf eine Beobachtung und eine Hoffnung um Aufmerksamkeit. Ich blickte hinüber zu Sam Kramers Studio, und dort eilte gerade dasselbe kleine Grüppchen Leute – drei, vier Personen – die Stufen hinauf, das ich schon vor sechs Monaten, vor einem Jahr und vor sechs, sieben, elf und mehr Jahren dort gesehen hatte. Es kam mir vor, als hätte ich jedes Mal, wenn ich die 8. Straße entlangging, dieses oder ein ähnliches Grüppchen Sam Kramers Treppe hinaufstürmen sehen, nie aber nur eine Person. Vor allem aber dachte ich an den kleinen Tisch am Fenster des University Restaurants; meine Hoffnung war, er möge frei sein, damit ich dort sitzen und auf die Straße hinausblicken könnte.

Ich überquerte die Straße und betrat das Restaurant. Da war der Tisch, es saß niemand daran. Ich setzte mich. Bill Kravit, der Kellner, fragte: »Waren Sie fort?«, und ich bejahte und sagte, ich wolle einen Martini. Als er mir den Martini brachte, bestellte ich mein Abendessen, und dann schlug ich meine beiden neuerworbenen Bücher auf, blätterte darin und begann, die Straße zu beobachten. Es gibt immer Leute, die die Auslage des Village Smoke Shop auf der anderen Straßenseite betrachten, auch an diesem Abend standen sie da, zahlreicher als sonst, und sahen sich etwas im Fenster an. Ich beschloss, nach dem Essen selbst hinüberzugehen und nachzuschauen, was es dort zu sehen gab. Ich blickte weiter auf die Rücken der Leute, dann in das eine oder andere meiner Bücher, und einmal sah ich auf, und die Menge hatte sich vom Smoke Shop abgewandt und starrte auf den Gehsteig hinab. Bis auf ihre Köpfe konnte ich nichts Genaues erkennen. Mehr und mehr Menschen drängten sich um die Stelle, wo es etwas Interessanteres zu sehen gab als in der Auslage des Smoke Shop. Am Bordstein stand ein winziger ausländischer Wagen, und ohne lange darüber nachzudenken, entschied ich für mich, dass im Innern des Wagens wohl ein Hund eingeschlossen oder jemand eingeschlafen war oder dergleichen. Nach einiger Zeit traf ein Polizist ein, und seine gleichmütige Miene, als er hinabblickte, während alle anderen zu ihm hinaufblickten, verriet mir, dass die Ursache all der Aufregung, all des hektischen Hin und Hers auf der anderen Straßenseite, all der Nervosität, all des Unbehagens und Zögerns, worin sie auch bestehen mochte, bald beseitigt werden würde, und ich wollte, dass sie beseitigt würde. Die ganze Zeit über hatte außer mir niemand in dem langen, engen Raum des Restaurants das Durcheinander draußen bemerkt, aber jetzt rannte einer der Kellner hinaus, sprach mit ein, zwei Leuten und kam wieder zurück. »Drüben liegt eine tote Frau am Boden«, sagte

59

er, ruhig und atemlos zugleich. »Sie ist einfach tot umgefallen.« Nur ein paar Leute hörten ihn, und die beachteten ihn nicht weiter. »Sie ist nicht tot«, sagte ich. »Sie ist
gerade eben tot umgefallen«, sagte der Kellner zu mir.
»Eine Frau ist auf der Straße tot umgefallen«, sagte er zu
der jungen Frau an der Kasse, die gerade ein Telefonat
beendet hatte. Eine Frau zwei Tische von mir entfernt – die
anderen Tische waren inzwischen leer – sprach mich an.
»Gibt's da draußen wirklich einen Toten?«, fragte sie.
»Nein«, sagte ich. »Irgendwelche Leute haben in einem
Auto gesessen und sind von den Abgasen vergiftet worden,
und jetzt werden sie wiederbelebt.« Die Frau nickte und
wandte sich erneut dem Gespräch mit ihrer Begleiterin
zu, und ich widmete mich wieder Benedict Kiely. Meine
Kaffee-Eiscreme kam genau in dem Moment, als der Rettungswagen vorfuhr. Die Türen gingen auf, und nach einer
kurzen Verzögerung begannen einige Männer, eine Trage
hineinzuheben, und der Polizist stand breitbeinig dabei.
Beim ersten Versuch zielten die Männer schlecht, aber
beim zweiten Mal hievten sie die Trage unter Aufbietung
aller Kräfte geradewegs in den Rettungswagen, die Türen
schlossen sich, und der Rettungswagen fuhr weg. Der
Polizist drehte sich um und ging davon, und die meisten
Leute auf der Straße trollten sich. Ich aß meine Eiscreme
auf, beglich die Rechnung und verließ das Restaurant. Auf
der anderen Straßenseite sah ich eine Frau, die ich aus
einem der nahegelegenen Geschäfte kannte, und ich ging

auf sie zu und sprach sie an. Ich fragte sie, ob es zutreffe, dass es einen Unfall gegeben habe. »Eine Frau hatte einen Herzinfarkt«, sagte sie. »Eine noch recht junge Frau. Erst um die dreißig.« »Aber sie ist nicht tot?«, fragte ich. »O doch«, antwortete sie, »sie hatte einen Herzinfarkt.« »Aber ist sie gestorben?«, fragte ich. »Ja«, antwortete sie. Ich ging zum Hotel und in meine Zimmer. Minnie lag bei ihren Kätzchen, aber als ich hereinkam, hob sie den Kopf, und über den Rand des Korbes hinweg konnte ich erst ihre Ohren sehen, dann ihr ganzes schmales Gesicht. In ihren Augen leuchtete die beständige, entschlossene Sorge der hingebungsvollen Mutter. Das arme Ding, an diesem Tag hatte sie mit ihren Jungen eine weite Strecke zurückgelegt. Als ich sie berührte, schnurrte sie, aber eher mechanisch, wie mir schien. Sie blieb wachsam, und ich ging zu Bett. Ich hoffte, dass die Frau, die auf der Straße gestorben war, einen schönen Tag gehabt hatte. Ich weiß nicht, was ich *nicht* für sie hoffte. Ich hoffte, sie möge keine Angehörigen haben, die sie so sehr liebten, dass sie jahrelang trauern und ihr ganzes Leben lang darüber weinen würden, wie sie dort gelegen hatte. Kurz vor dem Einschlafen wurde ich von einem lauten Schrei draußen wachgerüttelt, gefolgt von Gelächter – eine Gruppe von Menschen auf der Straße, acht Stockwerke unter mir. Ich dachte kurz über die Tatsache nach, dass man auf dem Land niemals einen jähen menschlichen Schrei hört – und überhaupt nur selten einen menschlichen Laut. So endete der erste Abend nach meiner Rückkehr von dem Ort, wo ich gewesen war, zu dem Ort, wo ich jetzt bin – zu Hause.

18. Juni 1960

Das Farmhaus,
das nach Downtown zog

Heute, am Sonntag, dem 6. März, hörte ich im Radio, dass an diesem Vormittag ein zweihundert Jahre altes hölzernes Farmhaus von der 71. Straße/York Avenue bis hin zur Charles Street im Village transportiert worden ist – eine fünf Meilen weite Reise. Der Umzug war eine Rettungsaktion. Das Farmhaus sollte abgerissen werden, da es einem neuen Bauvorhaben im Weg stand. Ich wohne im Village, und ich wollte hinlaufen und mir das Haus anschauen – nachsehen, wie es ihm am ersten Abend außerhalb seiner urprüng-lichen Umgebung ergehen mochte. Charles Street ist eine hübsche Straße, eine gute Umzugsadresse für ein Haus. Als ich mein Apartment verließ, regnete es. Heute hat es den ganzen Tag geregnet – ein langer, trüber, träger Sonntag. Das Tageslicht verebbte von Minute zu Minute, verwischte die Ränder der Dächer und ließ die weiten Fluchten der Avenues geheimnisvoll erscheinen. Vergangene Nacht hatte es ein wenig geschneit, und heute ist es sehr dunkel draußen. Ich wohne in einer kleinen Straße, die vom Wa-shington Square Park abgeht, einer Straße, die von vielen Fußgängern benutzt wird, weil sie den Park mit der Sixth

Avenue verbindet, aber als ich heute, etwa eine Minute nach zehn, aus dem Haus trat, lag die Straße verlassen da, nass und einsam, ebenso wie der Park, dem ich nur einen flüchtigen Blick schenkte, bevor ich mich zur Sixth Avenue wandte; aber immerhin, das große Neonschild über Marta's Restaurant blinkte fröhlich, das Rot der Buchstaben im Regen verschwommen und kräftiger zugleich. Vor Jahren waren diese Häuser von bedeutenden Persönlichkeiten für ihre Familien erbaut worden, inzwischen sind sie längst in Apartmenthäuser umgewandelt worden, und Marta's ist eines jener alten Lokale im Village, die ursprünglich einmal »Flüsterkneipen« gewesen waren. Ich ging die Sixth Avenue hinauf zur Greenwich Avenue, wo unter freiem Himmel der große Obst- und Gemüsemarkt abgehalten wird, und obwohl heute Sonntag ist, war der Markt wie immer betriebsam, farbenfroh und voll großer, gutmütiger Männer in Schürzen, die Orangen und Äpfel und Nüsse und grüne Erbsen und alle möglichen Sachen – Grenadinen und Avocados und Melonen, all die Köstlichkeiten, die dort angehäuft sind – wogen und zählten und sortierten. Ich blieb auf der Greenwich Avenue, bis ich zur Charles Street kam, und als ich dort einbog, begann ich sofort, nach dem Farmhaus Ausschau zu halten. Ich konnte mir nicht vorstellen, wo man es hingepflanzt hatte. Charles Street ist eine schmale alte Straße, die an der Greenwich Avenue beginnt und in den Hudson münden würde, gäbe es nicht den West Side Highway, der sie daran hindert. In der Charles Street stehen meistenteils alte Häuser, die inzwischen in Mietwohnungen unterteilt sind, und hier und da findet sich ein wuchtiges, großes Apartmenthaus. Es ist eine attraktive Straße, nur dass sie bei Nacht, wie alle kleinen New Yorker Straßen, ein totes, bedrohliches Aussehen annimmt, weil sich neben dem Gehsteig Auto an Auto reiht – Stoßstange an Stoßstange stehen sie zusammengepfercht da und rauben dem Straßenzug alles Leben und allen Platz. Trotzdem ist es angenehm, dort spazieren zu gehen. Einige Bewohner hatten ihre Vorhänge nicht zugezogen, sodass ich einen Blick auf komfortable, friedliche Innenausstattungen erhaschen konnte: Zimmerecken, Teile von Armlehnen, schöne Decken, Kaminsimse, Bücherregale, Gemälde, Leute, die umhergingen – New Yorker bei sich zu Hause. Aber keine Spur von dem Farmhaus. Nicht zwischen der Greenwich Avenue und der Seventh Avenue, nicht zwischen der Seventh Avenue und der 4. Straße West, nicht zwischen der 4. Straße West und der prachtvollen, verschwenderischen Bleecker Street. Nachdem ich die Bleecker Street überquert hatte, wirkte die Charles Street noch dunkler und noch verlassener. Ich lief zur Hudson Street und zum Speicherviertel – das West Village, das sich allmählich zur besten Wohngegend des Village entwickelt, weil mehr und mehr Leute aus der verfallenen Gegend wegziehen, die früher das Herz des Village war. Die Hudson Street, breit, abstoßend und trostlos wie die übertriebene Version einer Stadtautobahn in einem Gangsterfilm, lässt sich furchtbar schlecht überqueren. Doch als ich auf den Gehsteig an der Nordwestecke Hudson Street/Charles Street trat, sah ich das Haus. Es hing in der Luft, ein gespenstisches Gebilde am Ende des Häuserblocks, an der Nordostecke Charles Street/Greenwich Street. Die Ostseite des Farmhauses ist dunkel gestrichen, aber die Vorderseite, die auf die Charles Street blickt, ist blütenweiß, und als ich mich näherte, sah ich den Schimmer, der den ganzen winzigen Bau definierte. Es war ein äußerst winziges Haus – viel kleiner als erwartet. Ein Kleinbauer musste es errichtet haben. Es hockte hoch oben in einem stabilen Käfig oder auf einem Floß aus schweren Holzbalken über einem keilförmigen, verunkrauteten Grundstück, und die alten Backsteinspeicher überragten es wie stämmige Kindermädchen. Es war ein windschiefes kleines Haus – schief auf seinem Hochsitz, krumm und schief aber auch in sich – und sah so schlicht und unwirklich aus wie die Kreidezeichnung eines Kindes, aber es war ein richtiges Haus mit richtigen Fenstern und einer richtigen Tür und einem flachen Dach, aus dem ein Schornstein ragte. Die Westwand hatte man noch nicht wieder angenagelt – sie lehnte wartend am nächstgelegenen Speicher –, aber man hatte diese Seite des Hauses mit einer großen Plastikplane verhängt, die heute Abend glitzernd im Regen flatterte. Die großen Bogenfenster über den Verladerampen von Tower's Warehouses Inc. auf der anderen Seite der Greenwich Street starrten mit feierlichem Ernst und einem dunkleren und solideren Glanz zurück. Das Haus war durch einen hohen Maschendrahtzaun geschützt, der um die ganze Straßenecke herumführte, und vor dem Zaun standen, ebenfalls um die ganze Straßenecke herum, gelbe Holzbarrikaden mit der Aufschrift POLIZEIABSPERRUNG BETRETEN VERBOTEN. Mit seinem Eintreffen ist das Farmhaus auf *Bedeutung* gestoßen. Das Grundstück, auf dem es steht, befindet sich in einem Winkel, der von der mächtigen Giebelwand eines riesigen Speichers in der Greenwich Street und der schmaleren Giebelwand eines alten Mietshauses in der Charles Street gebildet wird. Die beiden Schutzmauern sind fensterlos (keine spähenden Augen, keine Mieter, die nachts heimlich Abfall auf das Grundstück werfen), und es ist, als habe sich das alte Farm-haus in der Ecke eines gewaltigen, von Backsteinmauern umgebenen Gartens wiedergefunden. Dank der hohen Wände zum Norden und Osten hin und den Speichern auf den beiden gegenüberliegenden Straßenseiten, Charles Street und Greenwich Street, ist es ein sehr abgeschiedener Ort, aber in den hohen Fenstern des Hauses schräg gegen-über, in der Greenwich Street, sah ich erleuchtete Woh-nungen, und auch in den Häusern, die zur Hudson Street gehen, wohnen Leute, sodass die Gegend nachts oder an den Wochenenden nicht verödet wirkt. Das Haus hätte kei-nen besseren Ort finden können, um sich einzugewöhnen.

Inzwischen regnete es sehr heftig, und als ich davonging, kam ein Streifenwagen vorbei, der langsam in Richtung Westen fuhr, und die beiden Polizeibeamten blickten prüfend auf das Farmhaus – vermutlich, um nachzusehen, ob es noch da war. Ich ging den Weg zurück, auf dem ich gekommen war, und blieb am Zeitungsstand an der Ecke 8. Straße/Sixth Avenue stehen, um die *News* und die *Times* zu kaufen. Als ich nach Hause kam, las ich die Meldungen über das Haus und sah mir ein Foto an, das es an seinem alten Ort, Ecke 71. Straße/York Avenue, zeigte, wo es von hohen Mauern mit vielen Wohnungsfenstern umgeben war. Hier unten bei den Speichern, in der Nähe des Flusses, ist es viel besser dran. In den *News* las ich mein Horoskop und die Klatschspalten, und dann las ich diese Geschichte:

Zwölf hungrige Katzen
verschonen befreundete Taube

Budapest, 5. März (AP) – Für die dreizehn Haustiere einer bejahrten Ungarin erwies sich Freundschaft als stärker denn Hunger. Die Haustiere, die nach dem Tod ihrer Besitzerin acht Tage lang in einer Budapester Wohnung eingeschlossen waren, wurden gerettet, als Nachbarn die Tür aufbrachen. Diese fanden die zwölf Katzen der Frau, die, von Hunger geschwächt, in einem Zimmer lagen. Das dreizehnte Tier, eine Taube, war unversehrt, obwohl sie wehrlos in einem niedrigen Sessel lag.

Außer in unseren Köpfen besteht keinerlei Verbindung zwischen dem kleinen amerikanischen Farmhaus und den ungarischen Katzen und der ungarischen Taube, aber in unseren Köpfen erinnern uns solche Geschichten daran, dass wir immer warten, und auch daran, worauf wir warten – auf eine Atempause, eine Gnadenfrist, etwas Einfaches, das uns zum Staunen bringt. Ich fühle mich an Oliver Goldsmith erinnert, der vor zweihundert Jahren gesagt hat: »In diesem Traum des Lebens unschuldig die Einbildungskraft zu ergötzen – das ist Weisheit.«

18. März 1967

Eine verlorene Dame

Gestern sah ich eine verlorene Dame, die im University Restaurant in der 8. Straße West zu Abend aß. Sie kam allein, wirkte gehetzt und hielt mit einer Hand das kurze, glatte silberbeige Haar zurück, das ihr andauernd über das linke Auge fiel. Sie trug einen sehr sauberen Trenchcoat aus dem üblichen hellen Stoff und ein eng anliegendes Kleid aus dunkelgrauem Leinen. Sie war schlank und gut aussehend, mit sehr weißer Haut und blauen Augen, die mit unbewegtem, leidenschaftslosem Ausdruck im Restaurant umherblickten, als wäre sie es gewohnt, sich uninteressiert zu geben. Manche Menschen verleihen allem, was sie berühren, Bedeutung, die verlorene Dame hingegen schien nur hinzusehen, um auszuschließen. Sie betrachtete das University Restaurant, als sei es eine Tapete, die bemalt worden war, um wie das University Restaurant auszusehen, eine Tapete, bemalt von einem gewissenhaften Künstler, der alles sehr genau getroffen hatte – die Gäste in ihren Nischen, die altmodischen, in dunklen Farben gehaltenen romantischen Gemälde an den Wänden, die Salz- und Pfefferstreuer und die brennenden Kerzen auf allen Tischen, und am hinteren Ende des Saals die kleine Bar mit dem großen Barkeeper in seinem roten Jackett, der darauf wartete, Getränke zu mixen. Es war ein einzigartiger Anblick, der sich der Dame bot, als sie sich in dem Saal umsah, wo nichts wirklich war außer ihren eigenen blauen Augen.

Ihr Kellner war Torres. Er brachte die Speisekarte und reichte sie ihr, aber sie legte sie vor sich auf den Tisch, ohne einen Blick hineinzuwerfen. Als er sie fragte, ob sie einen Drink wünsche, schüttelte sie den Kopf und lächelte ihn an. »Sie warten noch«, sagte Torres liebenswürdig und ging davon. Vielleicht hatte er nicht bemerkt, dass er nur eine Figur auf einer Tapete war. Die verlorene Dame rauchte eine Zigarette. Mit größtem Gleichmut lehnte sie sich an die Rückwand der Nische. Offensichtlich wartete sie. Sie war etwa Mitte vierzig und hatte nichts Mädchenhaftes an sich. Ein Mann kam herein und ging so schnell auf ihre Nische zu, als wäre er ein einfahrender Zug. Er war groß und schmal, mit scharfen Ecken als Schultern, und auf seinem Weg von der Tür lächelte er breit. Sein Haar war von ungewisser Farbe, glänzend und schütter und von der Stirn glatt zurückgekämmt. Er trug eine dieser dünnen Aktenmappen aus Kunstleder, die einen umlaufenden Reißverschluss und keinen Griff haben, und als er sich hinunterbeugte, um seine Frau zu küssen, ließ er die Mappe auf seinen Platz ihr gegenüber fallen und setzte sich schwungvoll hin. Mit siebzehn hatte er bestimmt als sehr attraktiv gegolten, doch im Lauf der Jahre war sein klares Profil verkümmert und das Vielversprechende aus seinen inzwischen ängstlichen blauen Augen geschwunden. Als er sich im Saal umblickte, war kein Leuchten in ihnen, obwohl sie sehr erwartungsvoll dreinblickten und er ständig lächelte. Er beugte sich zu seiner Frau und nickte ihr zu, dann nahm er ihr die Zigarette aus der Hand, drückte sie im Aschenbecher aus, stand auf und stellte den Aschenbecher auf den Tisch der Nische hinter ihm, die frei war. Dann setzte er sich wieder hin, streckte die Hand aus und streichelte ihre Wange.

Nach kurzer Zeit kam Torres mit der Speisekarte, und der Ehemann nahm sie mit beiden Händen und begann, darin zu lesen. Torres fragte, ob er einen Drink wünsche, aber der Mann fuhr fort, die Speisekarte zu studieren, als habe er ihn nicht gehört, doch dann hob er die Augen und sagte zu seiner Frau: »Ich nehme an, du möchtest einen Drink.« Und ohne Torres anzusehen, sagte er: »Einen Scotch mit Wasser für meine Frau. Für mich nichts.« Torres ließ die beiden allein, und ich hatte den Eindruck, dass die Miene der verlorenen Dame sich erhellte, als sie sah, wie er zur Bar ging. Aber sie sah ihm nicht lange nach. Sie heftete ihre Augen auf ihren Mann. Sie hatte Haltung angenommen, als er sich setzte, und nachdem er ihr die Zigarette weggenommen hatte, hatte sie die Ellbogen auf den Tisch gestützt und die Hände unter ihrem Kinn gefaltet. Als ihr Drink kam, behielt sie eine Hand unter dem Kinn und hob das Glas mit der anderen. Sie hatte große, regelmäßige weiße Zähne, die leicht vorstanden, und schloss andauernd die Lippen über den Zähnen und spitzte sie dann, sodass sie aussah, als wollte sie jemandem einen kleinen Abschiedskuss geben. Es war ein schüchtern-kokettes Lächeln und ihre einzige Reaktion auf sein Geplapper – denn er hörte überhaupt nicht mehr auf zu reden. Er hatte seine Brille aufgesetzt, studierte mit größter Sorgfalt die Speisekarte und las ihr bestimmte Gerichte vor, doch währenddessen erzählte er ihr auch von dem Tag, der hinter ihm lag, von den Menschen, mit denen er gestritten, und davon, was er ihnen gesagt hatte. Sobald Torres zurückkam, blickte der Ehemann zu ihm auf und fragte mit ironischem Lächeln: »Ist das echte Zwiebelsuppe oder nur etwas, das sie Zwiebelsuppe nennen?« Dann blickte er auf die Speisekarte und wieder zu Torres und fragte: »Ist das Kartoffelpüree frisch? Ist es frisch zubereitet? Ich mag Kartoffelpüree, aber wenn es den ganzen Tag herumgestanden hat, will ich keins.« Er stellte weitere Fragen zu den Gerichten und hob dabei jedes Mal das Gesicht, um zu lächeln und Torres in die Augen zu schauen, und dann bestellte er sein Abendessen langsam und nachdrücklich, mit einer pingeligen, metallischen Stimme von der Art, die immer kurz davor ist, sich zu beschweren. Aber dabei lächelte er in einem fort, und seine Frau erwiderte sein Lächeln und hörte sich sein unablässiges Geschwätz an. Nur einmal hielt er inne. Er bestrich ein Stück Brot mit Butter und begann zu kauen, und während er kaute, nahm er die Flasche

Wein, die auf dem Tisch stand – im University Restaurant wird auf jeden Tisch eine Flasche gestellt –, drehte sie in den Händen und studierte das Etikett. Als das Brot aufgegessen war, stellte er den Wein beiseite und fing wieder an zu reden – über seinen Tag und über sich und, als das Essen kam, über das Essen, das er verzehrte. Die verlorene Dame hatte ihr Gericht sehr zügig bestellt, ohne einen Blick auf die Speisekarte zu werfen, sonst hatte sie kein Wort gesagt und langsam ihren Scotch mit Wasser getrunken. Nach dem letzten Tropfen setzte sie das Glas ab, blickte auf den Teller, den Torres vor sie hingestellt hatte, und sagte: »Ich habe keinen richtigen Hunger mehr.« Ihre Stimme war eine Überraschung – eine klare, sanfte, entschiedene Stimme, überhaupt nicht nuschelig oder schleppend –, noch überraschender aber war ihr Ton, denn es war derselbe Ton, in dem sie hätte sagen können: »Ich nehme den Shuttle nach Boston« oder »Heute Abend werde ich dich vergiften« oder »Es ist Zeit für eine neue Bratpfanne«. Ich dachte, ihr Mann würde kurz innehalten und sie wenigstens fragen, weshalb sie die beiden schönen Lammkoteletts verkommen lassen wolle, aber er redete einfach weiter, als hätte sie kein Wort gesagt. Dergleichen ereignet sich auf der Bühne, wenn jemand auftritt und dem Bösewicht einen Dolch in den Leib rammt, und der Bösewicht einfach weitermacht, ohne zu merken, dass in seiner Brust ein Dolch steckt, weil es nur ein Papierdolch ist. Ihre Stimme gehörte ganz ihr und machte keinerlei Zugeständnisse an ihren Mann. Wenige Minuten, nachdem sie gesprochen hatte, musste ich gehen, und das tat mir leid, denn ich war überzeugt, dass er als Nachspeise frische, selbstgebackene Kokos-Sahne-Creme-Torte bestellen würde, und ich wollte sehen, ob ich richtig geraten hatte. Ich glaube, einer der beiden war ein Erlöser – oder, wenn Sie Retter bevorzugen, ein Retter –, aber ob die verlorene Dame ihren Mann in der Hoffnung, ihn vor irgendetwas zu retten, geheiratet hatte oder in der Hoffnung, von ihm gerettet zu werden, weiß ich nicht.

27. Juli 1968

Die Blumenkinder

Dies ist ein Samstag im April. Zur Zeit wohne ich in der
Washington Place, zwischen der Sixth Avenue und dem
Washington Square Park, und als ich heute Morgen aus
dem Haus trat, stellte ich fest, dass sich die Straße vollkommen verändert hatte. Es ist eine schmale, kleine Straße,
ziemlich alt, mit genügend kleinen Sandsteinhäusern, um
eine Vorstellung davon zu bekommen, wie sie früher einmal
ausgesehen hat. Heutzutage haben wir es für gewöhnlich
mit einer schmutzigen kleinen Straße zu tun – schmutzig
und vernachlässigt und unter zwei Reihen geparkter Autos
halb begraben. Im Grunde wirkt die Straße meist wie eine
Abkürzung zum städtischen Müllabladeplatz. Heute Morgen hatte sich all das verändert. Nicht ein einziges Auto war
zu sehen, es war gefegt worden, und der Unterschied
sprang geradezu ins Auge. Ohne Autos und befreit von dem
Unrat, der die Rinnsteine verstopft und auf die Gehsteige
quillt, wirkte die kleine Straße jung und sorglos, ja festlich.
Einen ersten Anflug von Festlichkeit hatte sie schon vor ein
paar Tagen gezeigt, als an allen Bäumen und Laternen-
pfählen wie Gärtnereischildchen amtlich aussehende blass-
grüne Karten angebracht wurden. Die Karten waren eine

Mitteilung der Polizei, derzufolge heute, Samstag, wegen eines Umzugs hier nicht geparkt werden darf. Heute Morgen liefen zahlreiche Polizisten in der sauberen Straße umher, und einige von ihnen hatten bereits beide Gehsteige von einem Ende des Blocks zum anderen mit graublauen niedrigen Holzbarrieren abgesperrt. Ich fragte einen von ihnen, worum es bei dem Umzug gehe, und er antwortete: »Es ist kein Umzug, es ist ein Protestmarsch.« Ein Passant, der einen gestreiften Kinderwagen vor sich her schob, ergänzte: »Es ist eine Demonstration von Oberschülern.« Es handelte sich um eine Protestveranstaltung gegen den Vietnamkrieg in Vorbereitung auf die große Demonstration, die heute in einer Woche stattfinden soll.

Ich ging zur Sixth Avenue und bewunderte die sauberen Rinnsteine. Am Ende des Blocks stand eine der hölzernen Absperrungen mitten auf der Straße und blockierte den Verkehr. Als ich zur Ecke gelangte, kamen drei kleine Jungen des Wegs, die gerade an dem Parkplatz auf der Sixth Avenue vorbeigingen. Die Jungen erblickten die hölzerne Absperrung, die allein und unverrückbar mitten auf der Straße stand, rannten zu ihr hin und fingen an, daran herumzuturnen. Dabei blickten sie sich um, ob irgendjemand sie ermahnen würde aufzuhören. Doch niemand befasste sich mit ihnen, und sie hielten sich mit den Händen fest und stemmten sich mit ausgestreckten Armen hoch, schwangen dann halb herum und hingen kopfüber da. So schauten sie auf die Sixth Avenue und auf den Verkehr, der

Richtung Uptown vorübertoste. Dann kamen sie in die Ausgangsposition zurück, ließen die Füße auf den Asphalt sinken, stemmten sich erneut in die Höhe und ließen sich wieder nach unten hängen. Dabei grinsten sie und gaben fröhliche Laute von sich. Sie hielten sich mit sicherem Griff am Holz fest. Es war ein hübscher Zeitvertreib, aber er hörte so plötzlich auf, wie er angefangen hatte. Die drei ließen sich zu Boden fallen und rannten kichernd davon, in unser Kaufhaus, Lamston's neues Five-and-Ten-Cent. Ich setzte meinen Weg fort und machte ein paar Besorgungen, und als ich zur Washington Place zurückkam, war von den Demonstranten noch immer keine Spur zu sehen, also ging ich zum Mittagessen in Marta's Restaurant, auf halber Höhe des Blocks, und suchte mir einen Tisch, von dem aus ich auf die Straße blicken konnte. (Das Marta's, im Keller eines der kleinen Sandsteinhäuser, gibt es schon seit Jahrzehnten, und wenn das Restaurant nachts verriegelt, ja hinter einem Eisengitter regelrecht verrammelt wird, wirkt es so unzugänglich wie die Bank of England. Aber gestern früh war bei Marta's eingebrochen, das Restaurant ausgeraubt worden.) Draußen auf der Straße sah es genauso aus wie schon den ganzen Vormittag über – Polizisten schlenderten umher, und mit der gewohnten samstäglichen Ziellosigkeit trieb ein dünner Strom Passanten vorüber. Ich fragte mich, wo wohl die Demonstranten blieben.

Dann, ich hatte gerade mein Mittagessen beendet, blickte ich auf und sah, dass die Straße draußen sich belebt hatte.

Die Demonstranten waren eingetroffen, ohne dass ich irgendein Geräusch gehört hätte, doch als ich meine Rechnung bezahlt hatte und hinauseilte, ertönte eine Stimme von einem blauen Lautsprecherwagen, der fast direkt gegenüber vom Marta's geparkt war. Der Gehsteig vor dem Restaurant, wo ich stand, wimmelte jetzt von Menschen, die alle den Anweisungen der Polizisten – »Weitergehen« und »So gehen Sie doch weiter« – folgten und sich gemächlich voranbewegten. Die Beamten wirkten so ruhig und gelassen, als würden sie bei einer Schlange von Fans, die in ein Footballstadion strömen, für Ordnung sorgen. Auf dem Gehsteig herrschte keine drangvolle Enge, man hatte nicht das Gefühl, in einer Menge eingekeilt zu sein. Da waren Leute, die Kinderwagen schoben, Leute, die Wäschebündel oder Lebensmitteltüten trugen, Leute, die ihren Hund ausführten, und einige, die offenbar nur aus reiner Neugier gekommen waren. Im Schneckentempo schoben wir uns an den Absperrungen entlang, die uns daran hinderten, den Gehsteig zu verlassen, und über sie hinweg starrten wir auf die Demonstranten, allesamt noch Teenager. Ich schätze, im Schnitt waren sie nicht älter als sechzehn. Sie wirkten alles andere als erwachsen. Es waren an die vierhundert, die eine Hälfte vor dem Lautsprecherwagen, die andere dahinter. Der Lastwagen stand mit dem Kühler zum Washington Square Park und hatte die amerikanische Flagge gehisst. Es war eine sehr versteckte Protestveranstaltung. Nur die Leute, die die Washington Place an dem einen oder dem anderen Ende überquerten, hätten bemerken können, dass etwas Ungewöhnliches stattfand. Die Demonstranten standen hinter einer Reihe von Absperrungen, die jetzt in der Mitte der Straße aufgestellt waren und diese der Länge nach teilten, sodass die Straße zwischen dem Gehsteig, auf dem ich mich befand, und dem Lautsprecherwagen auf halber Breite geräumt war. Dieser freie Platz gehörte der Polizei, und die Polizei achtete darauf, dass er frei blieb. Die Demonstranten standen dicht beisammen – zwar nicht gedrängt, aber doch dicht beisammen –, und die meisten von ihnen hielten eine Narzisse oder hatten sich eine angesteckt, ein oder zwei hatten riesige gelbe Papierblumen in der Hand. Sie schwiegen. Sie trugen die Kleider, die sie an einem gewöhnlichen Schultag auch in der Schule getragen hätten, und wären ihre Gesichter nicht so jung und ihr Haar nicht so glänzend gewesen, hätten sie grau und unscheinbar gewirkt. Sie führten keine Transparente oder Plakate mit sich, aber ein selbstgefertigtes Spruchband am Lautsprecherwagen besagte in bunten Lettern: OBERSCHÜLER MOBILISIEREN. Uns auf dem Gehsteig, die wir weitergingen und sie anstarrten, beachteten sie gar nicht. Meist hatten sie den Blick auf den blauen Lautsprecherwagen geheftet.

Vom Lastwagen herab forderte ein junger Mann das Ende des amerikanischen Engagements in Vietnam. Er hatte dunkles, lockiges Haar und trug ein offenes Hemd und einen Wollpullover. Er besaß das Charisma, die Aufrichtigkeit und die eindringliche Stimme, die einen guten Redner ausmachen, war aber etwa eine halbe Generation älter als die Demonstranten, und seine Ansprache klang so, als sei sie für viel ältere Zuhörer gedacht. Als er geendet hatte, kam ein jüngerer Redner an die Reihe – ein junger Mann, der wie ein Oberstufenschüler aussah. Er trug Krawatte und Jackett, und er sprach ernst und voller Gefühl, war jedoch zu wenig aggressiv, um sich Gehör zu verschaffen. Und dann war da noch eine kleine Gruppe Mädchen im Schulalter, die versuchten, einen Song anzustimmen. Sie steckten die Köpfe zusammen und begannen tapfer zu singen, aber sie sangen ziemlich schief, und es war kaum ein Wort zu verstehen. Ständig wiederholten sie dieselbe Phrase, sodass zwar ein halbwegs melodiöser Singsang zustande kam, der Text jedoch verloren ging. Der erste Vers mochte »A man will« oder »A man must« lauten – irgendetwas dieser Art. Nachdem sie die Phrase einige Male gesungen hatten, hielten die Mädchen inne und versuchten, die Zuhörer zum Mitsingen zu bewegen. Eines von ihnen, ein lächelndes kleines Persönchen, hob die Stimme, erklärte den Jungen und Mädchen, die ihr zusahen, dass der Song sehr hübsch sei, und ermunterte alle, mit einzustimmen. Dann fing das Grüppchen wieder an zu singen, aber es herrschte Totenstille, und sie gaben auf und sangen nicht weiter. Als Nächstes sprach eine Frau, die ebenfalls eine halbe Generation oder noch älter war als die Schulkinder. Sie war streng in helles Khaki gekleidet, sprach leidenschaftlich und wirkte erregt. Ihr Auftreten auf dem Podium hatte sie offenbar einem jener Filme abgeschaut, in denen jemand versucht, den Pöbel aufzuwiegeln. Ihre Simme klang so hysterisch, dass die bloße Verpflichtung, ihr zuhören zu müssen, eine sofortige Krise auslöste, die jede andere Krise oder jedes Anliegen, das sie erörtern mochte, in den Schatten stellte. Die Demonstranten sahen ihr ohne jede erkennbare Anteilnahme zu.

Nach Osten hin, am Ende der Washington Place, befindet sich an der Südseite der Kreuzung, dort, wo früher das alte Holley Hotel und Holley Chambers gestanden haben, inzwischen ein riesiges Studentenwohnheim der New York University – ein hoch aufragendes, gepflegtes Gebäude, das, zumindest von außen, recht luxuriös aussieht. Dieses Studentenwohnheim heißt Hayden Residence Hall. In ihren Werbebroschüren preisen Grundstücksmakler immer Meeresfronten an – aber man muss schon Glück haben und reich sein, wenn das eigene Haus einen so unverstellten Ausblick haben soll. Hayden Hall hat ziemliches Glück mit seiner Front. Das Wohnheim geht auf den Washington Square Park mit seinen Bäumen, seinen Rasenflächen und Fußwegen, und eine Seitenmauer blickt auf die Washington Place, die noch in ihren schlechtesten Momenten eine interessante Village-Straße ist. Wir auf dem Gehsteig, die wir jedes Mal, wenn eine Gelegenheit sich bot, stehen blieben, bewegten uns so langsam voran, dass ich eine gute Weile brauchte, um die kurze Strecke vom Marta's zu der

Stelle zurückzulegen, wo ich mich Hayden Hall gegen-
überfand. In den Fenstern des Wohnheims standen ein
paar Leute, junge Männer und ein, zwei junge Frauen. Es
sind sehr hohe Flügelfenster, sodass jeder, der dort steht,
fast in seiner ganzen Größe zu sehen ist. Die Studenten, die
in den Fenstern standen, konnten weder den Lautsprecherwagen noch die Flagge erkennen, es sei denn, sie hätten
sich weit hinausgelehnt. Sie standen da, blickten geradewegs nach unten auf die Washington Place und schienen an
dem, was sie sahen, ungeheures Vergnügen zu finden. Die
Demonstranten ahnten offenbar nichts davon, dass sie
von oben beobachtet wurden, und blieben gehorsam dort
stehen, wo zu stehen man ihnen befohlen hatte. Ich nehme
an, sie waren auf tadelloses Benehmen bedacht, aber tadelloses Benehmen schien ihnen ohnehin selbstverständlich.
Plötzlich sauste von oben etwas auf die Köpfe der Demonstranten herab, die erschrocken auseinanderstoben –
sofern sie hinter den Absperrungen überhaupt ausein-
anderstieben konnten. Sie stoben auseinander, blickten zu
Boden und blickten dann hoch. Sie wurden mit großen,
weißen, in Wasser getränkten Papierknäueln beworfen,
die jetzt zerdrückt und triefend auf der Straße lagen. Ein
älterer, würdevoller Polizist – seiner blendenden Uniform
nach zu urteilen ein hoher Dienstgrad – eilte herbei und
deutete wütend zu den Fenstern von Hayden Hall hinauf.
Er trug weiße Handschuhe, und seine Hand wirkte sehr
groß. Es wurde nichts weiter herabgeworfen, und kurz

darauf ging er davon. Auch ich ging weiter. Ich wunderte mich über die Studenten in Hayden Hall. Ein einziger von oben geworfener Papierklumpen hätte die Demonstranten genauso erschreckt und gedemütigt wie die zwei oder drei, die sie geworfen hatten. Weshalb nur hatten sie sich die Mühe gemacht, mehr als einen zu werfen?

Jetzt ist es Abend, und die Washington Place sieht wieder so aus wie immer. Die Autos sind zurück, Stoßstange an Stoßstange auf beiden Seiten entlang der Gehsteige geparkt, und die Straße hat wieder jenes hinterhältige, vernachlässigte Aussehen angenommen, das typisch für nächtliche New Yorker Straßen ist, besonders in dieser Gegend, wo es viele enge Gassen gibt. So muss die Straße an jenem Freitag, in der Stunde vor dem Morgengrauen, ausgesehen haben, als ein junger Mann mit einem abgesägten Gewehr um die Straßenecke gerannt war. Er war weggerannt, nachdem er einem anderen jungen Mann das Gesicht weggeschossen hatte. Der tote junge Mann war auf Heimaturlaub aus Vietnam gewesen. Und so hatte die Straße gestern ausgesehen, als Diebe in Marta's Restaurant eindrangen, riesigen Schaden anrichteten und nur wegen einiger Schachteln Zigaretten, ein bisschen Alkohol und Bargeld ein erhebliches Risiko eingingen. Ich erinnere mich, wie die Straße heute Morgen aussah, als die drei kleinen Jungen auf der Polizeiabsperrung herumturnten: sauber, gefegt und erwartungsvoll.

29. April 1967

Herrenloses Geld

Einmal habe ich abends vor einem Restaurant namens The Old Place in der 10. Straße West einen Zwanzig-Dollar-Schein gefunden, der im Schnee umherwehte. The Old Place gehörte einer Dame namens Theresa Tarigo, die im Village jahrelang – jahrzehntelang – Restaurants betrieben hatte, und dieses war ihr letztes Lokal. Es ging drei Stufen hinunter in ein geräumiges, gemütliches Souterrain, und an kalten Abenden loderte immer ein Feuer im Kamin. An dem Abend, als ich in der 10. Straße West die zwanzig Dollar fand, war niemand zu sehen gewesen, doch an jenem Abend, als ich auf dem Gehsteig vor dem Le Steak de Paris in der 49. Straße West einen Ein-Dollar-Schein fand, herrschte auf der ganzen Straße Gedänge, wie fast immer, denn sie führt ins Theaterviertel. Außerdem war es ein warmer Sommerabend, und sämtliche Touristen in der Stadt strömten in Richtung Broadway und sahen sich unterwegs die Nebenvorstellung an, die ihnen die 49. Straße bot. Dann, am Decoration Day im Mai, ging ich durch die MacDougal Street zur 8. Straße. Es war fast ein Uhr mittags, und die ganze Gegend – der Washington Square Park, die vier Straßen, die ihn säumen, und all die Straßen, die zu ihm führen – war voller Menschen, die die Kunstausstellung unter freiem Himmel sehen wollten und das schöne Wetter begrüßten, das sich nach dem Sturm und Regen der ersten beiden Tage des langen Wochenendes eingestellt hatte. Die Künstler lächelten vor Freude und drehten die Köpfe wie Preisträger von einer Seite zur anderen, weil sie glaubten, endlich Glück zu haben. Ihre Gemälde leuchteten bescheiden im kühlen Sonnenschein. Vor dem Hotel Earle, neben der Treppe, die zu dem seit Jahren verschlossenen Seiteneingang führt, hob ich einen Penny auf und reichte ihn dem nächstbesten Künstler – einem ältlichen Mann, der auf einem Klapphocker kauerte. Er nahm die Münze entgegen und betrachtete sie unfreundlich, als handle es sich um einen lebenden Wurm, und er hielt und betrachtete sie auch dann noch, als ich ihm Glück wünschte und zur 8. Straße weiterging – noch immer der Boulevard des Village – und von dort zur Sixth Avenue, in der es von Männern, Frauen und Kindern nur so wimmelte. Sie alle trugen eine Miene zur Schau, als seien sie in einem Festzug von weit her gekommen, aus weiter Ferne, aus Downtown, wo die Silhouette der Dächer mit dem Himmel verschmilzt. Es war eine Menschenmenge, wie sie an Feiertagen auf Uferpromenaden spazieren geht – ein wenig ungepflegt und ordinär, aber doch interessiert. Die Künstler hatten ein lärmendes, aber dankbares Publikum. Ich wollte zu Mittag essen und nahm den Umweg zu Marta's Restaurant in der Washington Place. Wie früher beim The

Old Place geht es zu Marta's drei Stufen hinab in ein angenehmes Souterrain, und wie das Le Steak de Paris bietet es eine Aussicht – ein Fenster zur Straße. Marta's Fenster liegt zum Teil unterhalb des Straßenniveaus, sodass man, wenn man drinnen sitzt, halbe Männer und halbe Frauen sieht, ganze Kinder und auch ganze Hunde, von der Nase bis zur Schwanzspitze. Es ist zugleich beruhigend und aufregend, Menschen zu beobachten, ohne ihr Gesicht sehen zu können. Es ist wie Schäfchenzählen. Vor Marta's Restaurant habe ich noch nie Geld gefunden – weder Geld, das umherweht, noch Geld, das auf dem Boden liegt. Vermutlich hat jemand anderes es gefunden.

13. August 1966

Liebende im
Washington Square Park

Neulich morgens um sechs Uhr war der Washington Square Park ganz so, wie er sein sollte. Es war ein triefend grüner Morgen nach einer Regennacht. Die Luft war mild und frisch und leuchtete mit schillernder Unbeständigkeit, jener Unbeständigkeit, die auch der Farbe im Innern einer Muschel zu eigen ist. Es war ein Wochentag, ein gewöhnlicher Morgen, die Geschäftsstunden nahten, aber die flüchtige Erscheinung des Square ließ vermuten, dass sich alles Mögliche ereignen mochte – eine Operette, eine Harlekinade, eine Pantomime, eine Fantasie über Stadtgeschöpfe, die sich wechselseitig in die Falle gehen, oder über Landgeschöpfe, in die Stadt gelockt von Träumen, die sich als selbstgestellte Fallen erwiesen haben. Doch was für ein Stück es auch war, es würde kein Ende haben, es sei denn, zu verschwinden wäre Ende genug. Neulich morgens um sechs Uhr verströmte der Washington Square Park eine Aura von Ankunft und auch von Rückkehr. Die übersättigte Universitätsatmosphäre war von ihm abgefallen, und die ängstlichen akademischen Fassaden, die den Park umgeben, hätten ebenso gut aus Papier sein können, so unwirklich waren sie. Die Bäume, erfrischt von der Nacht und der feuchten Luft, regten sich mit einer Fröhlichkeit, die voller Echos schien – Echos von Heiterkeit, Echos von Scherzen, Echos von raschen Schritten, Echos von Freundlichkeit. Eine Dame, die vielleicht schon vor vierzig und dreißig und zwanzig und zehn Jahren im Park spazieren gegangen ist, hätte neulich morgens in ihm spazieren gehen und dabei feststellen können, dass sich eigentlich nicht viel verändert hat. Da war ein Paar junger Liebender, die hilflos miteinander stritten – sehr junge Liebende, ein Mädchen und ein Junge von etwa neunzehn Jahren. Als Kampfplatz – sie bewegten sich von Sitzbank zu Sitzbank – hatten sie die Nordwestecke des Parks, wo es eine große kreisförmig gemähte Stelle im Gras gibt, erkoren. Weit entfernt von ihnen, durch die Bäume ihren Blicken entzogen, saß ein einsamer, ebenso junger Musiker genau in der Mitte einer Bank, die genau in der Mitte der langen Reihe von Bänken an der Ostseite stand. Wie sie kehrte er der Straße den Rücken zu, und wie sie blickte er auf das Gras, die Bäume und den Springbrunnen. Neben sich hatte er einen prallen Kleidersack, eine Art Tornister, und er klimperte auf einer Gitarre und sang dazu mit so leiser Stimme, dass sich seine Worte, wenn auch nicht deren Bedeutung, verloren. Er war traurig. Und hinter ihm, auf der anderen Seite der University Place, hatte ein magerer, gepflegter Mann mittleren Alters mit dem Rücken zum scharfen Winkel des Eckgebäudes eine sehr kleine Leinwand auf eine Staffelei gestellt und war entschlossen, seine eigene Version dieses vollendeten Morgens festzuhalten. Als ich den Maler sah, war es wenige Minuten nach sechs. Ich war von der Washington Place auf der Westseite über den Square gegangen, und als ich den Park betrat, hatte ich das Mädchen allein auf einer Bank in ihrer Ecke sitzen sehen. Ihr junger Galan war noch nicht eingetroffen. Sie hielt ihre Handtasche auf dem Schoß und trug kurze schwarze Handschuhe. Sie war gekleidet, als sei sie auf dem Weg ins Büro – enges grünes Leinenkleid und hochhackige Schuhe. Sie hatte einen beeindruckenden schwarzen Haarschopf und hielt den Kopf leicht gesenkt, als sei sie schüchtern und warte allein an einem überfüllten Ort. Dann erschien *er.* Lässig kam er von der Sullivan Street herbeigeschlendert. Er trug ein hell kariertes Baumwolljackett, und für einen Mann, der sich Zeit zu lassen schien, überquerte er den Square sehr zügig. Als ich an dem Mädchen vorbeikam, sah ich ihn in einiger Entfernung gerade den Park betreten, und als ich den Kopf wandte, saß er bereits neben ihr – sehr dicht neben ihr. Aber schon nach kürzester Zeit stand sie auf, ging durch den Kreis davon und setzte sich auf eine Bank ihm gegenüber – weit genug, um ihm zu zeigen, was sie von ihm hielt, aber nahe genug, damit er mit ihr sprechen konnte, falls er sich dazu entschloss, seine Stimme zu heben. So saßen sie da, starrten einander eine Weile über die Entfernung, die Ödnis, hinweg an, und dann stand er auf, ging zu ihr hinüber und setzte sich erneut neben sie, diesmal aber stand sie sofort auf, ging wieder zu der ersten Bank, setzte sich, und sie begannen abermals, einander anzustarren. Aber nicht lange. Plötzlich erhob er sich und verließ den Park, und sie wandte den Kopf und sah ihm nach. Er schaute sich nicht um, doch als er den Gehsteig erreicht hatte, beugte er sich hinunter, um den Schopf eines winzigen weißen Pudels zu tätscheln, der von seinem Herrchen in den Park geführt wurde. Der Pudel war so klein, dass man normalerweise angehalten hätte, um ihn zu bewundern, über ihn zu lächeln oder ihn vielleicht sogar auf den Arm zu nehmen, aber sich ganz tief hinunterzubeugen, um ihn zu tätscheln, war so, als würde man sich hinunterbeugen, um einen Spatz zu tätscheln. Der junge Mann beugte sich hinunter. Als seine Hand den Kopf des Pudels berührte, wirkte er wie zusammengeklappt, und in dieser schwierigen Haltung verrenkte er den Hals, um dem Herrchen ins Gesicht zu sehen – vermutlich machte er ihm artige Komplimente über seinen kleinen Hund. Ich konnte mir die Qualen des Mädchens vorstellen, das mit ansehen musste, wie ihr junger Galan, kaum dass er sie allein, mit gebrochenem Herzen, zurückgelassen hatte, sich so ruhig und natürlich mit einem Wildfremden unterhalten konnte. Außerdem spürte ich ihre Verärgerung: Der junge Mann schien eigentlich nicht der überschwängliche Typ zu sein. Aber all das war binnen Kurzem vorbei. Der Pudel trippelte fröhlich in den Park, und der junge Mann – um sechs Uhr früh schon Tierliebhaber, Frauenpeiniger – schlenderte über die Straße und ging die Waverly Place entlang in Richtung Sixth Avenue. Weder zögerte er, noch blickte er zurück, und als er außer Sichtweite war, hörte das Mädchen auf, ihm nachzusehen, und wartete wieder. Ich ging zur Ostseite des Parks, wo ich den Gitarristen und den Maler sah, und als ich den Park verließ und die University Place hinunterging, blickte ich mich nach der Stelle um, wo das Mädchen gesessen hatte, aber da war niemand mehr. Ich hoffe, das Mädchen hat genug Verstand besessen, um dem jungen Mann nachzugehen und ihn einzuholen. Ich glaube nicht, dass er die Absicht hatte zurückzukommen.

30. Juli 1966

Ich wünsche mir eine kleine Straßenmusik

Es gibt Zeiten, da diese Stadt ihre Bewohner richtiggehend zu missbilligen scheint. In düsteren Augenblicken denke ich, dass wir hier zwar *über*-leben, nicht aber wirklich leben dürfen, geschweige denn uns vergnügen oder Freude empfinden an dem, was wir sehen, wenn wir aus unseren Fenstern blicken oder durch unsere Straßen gehen. Wenn wir schon die Kraft haben, morgens aus dem Bett zu steigen und uns fertig zu machen, um den Tag in Angriff zu nehmen, sollten wir doch auch die Freiheit haben, uns zu freuen, und ich glaube, dass uns die Freiheit, uns zu freuen, verwehrt ist, wenn unsere Sinne auf Schritt und Tritt von Straßen abgestumpft werden, die sich feindselig verhalten oder einfach nur trist sind. Heute Abend um sieben Uhr stand ich an der Ecke 44. Straße/Broadway und wartete darauf, dass die Ampel umsprang. Hier, wo ein riesiger eingezäunter Parkplatz das Grundstück des unlängst abgerissenen Hotel Astor einnimmt, herrschte ein einziges Gewühl. Der Broadway stirbt, aber die große Straße sieht noch fast genauso aus wie seit geraumer Zeit schon – ein grelles architektonisches Durcheinander mit billigen Ladenfronten und ein paar Lichtspielhäusern. Jetzt im Sommer, um sieben Uhr abends, hatten die berühmten Leuchtreklamen noch nicht begonnen, die Szenerie auszudehnen und zu beleben und zu jenem nächtlich glitzernden Skelett dessen zu verzerren, was sein könnte, wenn der Broadway, das Zentrum des Amüsements, seine eigene Bedeutung hätte unter Beweis stellen können. Die Leute, die sich auf den Gehsteigen drängten, bewegten sich stetig voran, schoben einander wie Schafe in einem Pferch, der kein Ende hat, nur dass dieser Broadway-Pferch ein Ende haben musste, denn einige Leute kamen zurück. Zumindest schienen es dieselben Leute zu sein. Nicht, dass die Menschen in der Masse gesichtslos waren, aber sie alle hatten den gleichen Gesichtsausdruck – nicht passiv, nicht wachsam, nicht erwartungsvoll, nicht enttäuscht: ein Massengesichtsausdruck, der nichts mitteilte, weil nichts darin geschrieben stand. In der Menge waren nur wenige Touristen auszumachen, falls es sich überhaupt um welche handelte, und es war kein Feiertag, ja nicht einmal Wochenende. Die Leute auf den Gehsteigen waren ganz gewöhnliche New Yorker nach Büroschluss. Ich dachte bei mir: Alle diese Menschen sind Schafe, und auch ich bin ein Schaf. Jemand hinter mir versetzte mir einen Stoß, aber ich blickte mich nicht um, aus Angst, dass er wütend werden und mich noch einmal schubsen könnte. Stattdessen schaute ich auf die Ampel und dachte: Es gibt zu viele Menschen auf dieser Welt. Ich sah hoch. Dort drüben stieg ein bleicher Mond auf, um sich ein Stelldichein mit der Nacht zu geben. In diesem Augenblick wünschte ich mir dringend eine kleine Straßenmusik: einen Mann mit einem Akkordeon, oder eine Blaskapelle, oder einen Dudelsackpfeifer, oder eine Drehorgel, oder eine Person mit einer kräftigen Stimme und einem melodischen Lied – etwas Überraschendes und Freundliches. Die Ampel sprang um, und zusammen mit all den anderen wartenden Menschen begann ich, den Broadway zu überqueren. Ich war auf halbem Weg, als ein wilder Schrei ertönte: »Vater, Vater!«, und ein junger Mann so rasch an mir vorbeistürmte, dass ich nur seinen Rücken sah. Es war ein sehr großer junger Mann, dick und unge- pflegt, in einem Tweedjackett, das ihm zu kurz war, und grauen Flanellhosen, und er lief so unbeholfen, als müsste er sieben Arme und sieben Beine unter Kontrolle bringen statt nur zwei. Er schien beide Knie gleichzeitig in die Luft zu werfen und hielt einen Arm in die Höhe wie Merkur. Dann sah ich an der Ecke einen Mann mittleren Alters, der allein dastand und seine Hände geduldig vor dem Bauch gefaltet hatte. Der Mann mittleren Alters war nicht sehr groß, und er war sehr dünn und gepflegt – eine auffällige Erscheinung in dunkelblauem Anzug und einem weißen Hemd mit dunkler Krawatte. Sein Gesicht war blass, seine Miene feierlich und fast streng. Als er seinen Sohn er- blickte, spitzte er die Lippen zu einem seltsamen, halb förmlichen, halb schüchternen Lächeln und streckte zur Begrüßung ganz förmlich die Hand aus. Aber dann, als der

Sohn zu ihm gerannt kam und seine Hand ergriff, konnte er nicht anders und fing an zu grinsen. Der Sohn beugte sich vor und küsste seinen Vater, der seinen Kuss erwiderte, und als sie sich von der Straßenecke entfernten, sah ich, dass der Sohn gar kein junger Mann war, sondern ein Junge, nicht älter als fünfzehn, vielleicht sechzehn, und dass er gar nicht dick war, sondern einfach nur in alle Richtungen gleichzeitig wuchs. Sein Haar war zerzaust, und während er mit rasender Geschwindigkeit drauflosplapperte, gestikulierte er mit den Armen. Dabei legte er andauernd eine seiner beiden großen Hände flach auf den Kopf – diese Hand, so hoffte er vermutlich, würde ihn daran hindern, wieder ein paar Zentimeter zu wachsen. Er trug eine große Brille, und sein rotes Gesicht glänzte. Er hatte die braunen Augen seines Vaters und die gerade, schmale Nase seines Vaters, vielleicht auch den ernsten Mund seines Vaters, aber das ließ sich nur schwer feststellen, weil er so viel lächelte und redete. Langsam gingen sie in Richtung Norden, als dem Sohn plötzlich einfiel, dass er noch etwas hatte sagen wollen. Er baute sich vor seinem Vater auf und fing wieder von vorn an zu reden, mit den Armen zu fuchteln und ihm den Weg zu verstellen, wie er es vor nicht allzu langer Zeit, als er noch ein kleiner Junge war, häufig getan haben musste. Der Vater blickte bewundernd zu seinem Sohn auf, er hörte jedes Wort, und man merkte, dass er sich danach sehnte, sein Kind, nur einmal noch, hochzunehmen und mit ihm auf dem Arm ein paar

Schritte zu tun. Es hätte nicht viel gefehlt, und der Junge hätte seinen Vater umarmt und in der Luft herumgewirbelt. Was für einen sonderbaren Streich hatte die Zeit den beiden doch gespielt – oder war es nur eine Sinnestäuschung, dass der Sohn so groß wirkte, während sein Vater dieselbe Körpergröße hatte wie ehedem? Es war, als hätte ein Kameramann für diese Szene mit vergrößerten Aufnahmen des Kindes gearbeitet, den Vater hingegen in Lebensgröße belassen. Inzwischen gingen sie wieder Seite an Seite, sie wanderten die Avenue entlang und entzogen sich in der Menge, die sich vor dem Criterion Theatre versammelt hatte, meinem Blick. Ich glaube, sie wollten irgendwo zu Abend essen. Vielleicht sind sie zum Howard Johnson's in der 46. Straße gegangen. Das ist ein hübsches Restaurant, besonders wenn man am Fenster sitzt, sodass man auf die vorübergehende Menschenmenge hinausblicken kann und erkennt, dass es, wenn man einen gewissen Abstand hat, auf dem Broadway keine Schafe gibt.

13. Juli 1968

Erwartungen

Ich wohne vorübergehend in einem dieser alten Häuser in der 10. Straße nahe der Fifth Avenue, und als ich heute Morgen in das drückende Sommerwetter hinaustrat, sah ich, dass die Regenschauer der vergangenen Nacht doch noch für Veränderung gesorgt hatten. Vergangene Nacht hatte es den Anschein gehabt, als sei der Regen nur deshalb gefallen, um uns zu enttäuschen, so spärlich war er gewesen, aber heute Morgen sah ich, dass genügend Wasser heruntergekommen war, um im Rinnstein Spuren zu hinterlassen. Tauben und Spatzen hüpften umher und benetzten ihre Schnäbel, und zumindest in einem Fall schafften sie es, ein begeistertes Bad zu nehmen. Gestern hatte ich an derselben Stelle, neben einem spindeldürren Stadtbaum, einen Spatz gesehen. Ganz ausgetrocknet und gewichtslos war er vor mir hergeflogen wie eine Kugel aus grauem Staub, daher glaubte ich trotz der Hitze, dass das Glücksgefühl der Vögel heute Morgen der unmissverständliche Auftakt zu einem neuen Tag war. Dort, im gastlichen Rinnstein, waren die Vögel wieder ganz sie selbst. Ich ließ sie zurück und ging weiter zur Sixth Avenue. Der Weg war mir vertraut, obwohl es Jahre her ist, dass ich hier

gewohnt habe, und das große, schäbige Ateliergebäude, das
früher einmal an der Nordseite des Häuserblocks gestanden hatte, abgerissen und weggräumt worden ist, um Platz
für ein besonders prahlerisches Apartmenthaus zu schaffen. Die Mauer des Apartmenthauses ist unten mit winzigen, briefmarkengroßen Kacheln in verschiedenen Grün-
tönen verkleidet, und kleine Flecken rohen Zements hier
und da zeugen davon, dass die Kacheln sich lösen. Sie fallen einzeln oder zu mehreren ab. An der Ecke 10. Straße/
Sixth Avenue gibt es einen Drugstore, und diesen betrat
ich, um mir eine Schachtel Zigaretten zu kaufen. Es ist ein
nettes, freundliches Geschäft, ein Laden für die Menschen
im Viertel. Wenn man eintritt, befindet sich die Theke mit
den Erfrischungsgetränken rechter Hand und die Medikamenten-Theke, wo man alles andere kauft, linker Hand.
Beide Theken erstrecken sich über die gesamte Länge des
Geschäfts, und in der Mitte stehen Vitrinen und die Dreh-
gestelle, auf denen Taschenbücher angeboten werden.
Wenn man an der Theke mit den Erfrischungsgetränken
sitzt, sieht man sich einem Spiegel gegenüber, auf dem für
Sandwiches, warme Gerichte und Eiscreme geworben wird,
und wenn man an der Medikamenten-Theke steht, sieht
man sich einer Wand mit übervollen Regalen gegenüber, in
die Flaschen und Gläser und Schachteln und Kästchen
gestopft sind, doch die ganze Breite der Regalwand sieht
man nie, denn auf der Theke stehen Schaukästen und
Behälter, und es bleibt nur eine schmale Lücke, durch die

der Verkäufer hinaussehen, mit den Kunden sprechen und sie bedienen kann. Heute Morgen war es kühl im Laden, und nach dem heißen Glast des Sonnenlichts wirkte das helle elektrische Licht geradezu mild. Bei diesem Wetter, wenn die Temperatur auf fast vierzig Grad ansteigt und man selbst sich an einem kühlen Ort befindet, betrachtet man jeden Menschen, der von draußen hereinkommt, wie man jemanden betrachten würde, der wie man selbst soeben einer Katastrophe entronnen ist. Von der Straße kam ein Junge herein, und er kam so forsch herein und bewegte sich mit solchem Lebensmut, das man ihn in jedem Fall betrachtet hätte, ganz gleich, wo man sich befand. Er war ungefähr sechzehn. Er trug nur Hemd und Hose, aber sein Hemd war sehr weiß, seine Hose ordentlich gegürtet, und er hielt sich sehr aufrecht. Es war ein gepflegter, glücklicher Junge. Während er an der Theke wartete, schaute er sich mit neugierigen Blicken im Laden um, wirkte jedoch unpersönlich und triumphierend, so wie Kinder es zuweilen sind, wenn sie etwas sehen, das sie zwar mögen, aber nicht wollen. Er zog eine flache lederne Brieftasche aus seiner Gesäßtasche und fing an, sich damit auf die linke Hand zu klatschen, und als der Verkäufer erschien, entnahm er der Brieftasche ein exakt gefaltetes Stück Papier und reichte es über die Theke. Der Verkäufer las das Papier, dann händigte er es dem Jungen wieder aus. Es war ein halber Bogen Briefpapier, und oben stand in fetten schwarzen Lettern der Name der Firma oder was immer es war. »Das geht nicht«, sagte der Verkäufer. »Ich kann die Unterschrift nicht akzeptieren. Der Brief muss hier unterschrieben werden.« »Aber er ist doch unterschrieben«, sagte der Junge. »Er muss hier, vor meinen Augen, unterschrieben werden«, sagte der Verkäufer. Der Junge versuchte noch einmal, das Papier über die Theke zu reichen, aber der Verkäufer schüttelte den Kopf. »Wenn ich es dir doch sage. Es geht nicht«, sagte er. »Ich dachte, wenn Sie den Briefkopf sehen«, sagte der Junge. »Versteh doch, ich kann dir nicht weiterhelfen«, sagte der Verkäufer und beugte sich vor, um mit einer Frau zu reden, die hinter dem Jungen wartete, aber der Junge unterbrach ihn. »Was, wenn ich ihn unterschreibe?«, fragte er. Der Verkäufer sah ihn hilflos an. »Wie oft soll ich es dir noch sagen?«, entgegnete er. »Ich kann dir nicht weiterhelfen. Da wartet eine Kundin.« Der Junge entfernte sich und begann, den Brief genau zu studieren, als habe sich erst jetzt herausgestellt, dass er in einer Sprache abgefasst war, die er nicht verstand. Als er den Drugstore verließ, hielt er noch immer das auseinandergefaltete Stück Papier in der Hand. Die Sixth Avenue, die auf jedem Zoll der langen Schneise, die sie durch die Stadt schlägt, laut und hässlich ist, muss ihm schrecklich vorgekommen sein, und sei es nur deshalb, weil er sich zu einem falschen Zeitpunkt in seinem Leben dort wiederfand. Ein übers andere Mal betrachtete er das Papier, dann blickte er ratlos die Avenue hinauf und hinunter. Er wusste nicht, wohin er sich wenden sollte. Er war noch ein

Junge und seine Vorstellungskraft so erschütterbar wie sein Selbstvertrauen. Er schämte sich. Durch die Glastür konnte ich ihn sehen, und auch die Hitze, die drückende Schwüle, die sich in den erschöpften Gesichtern der Passanten niederschlug. Eine Frau, die gerade vorbeiging, sah aus, als würde sie jeden Augenblick ohnmächtig werden, wenn sie den Blick nicht länger in die Ferne richtete, und als sie fort war, ging der Junge, der mit dem Rücken zum Drugstore stehen geblieben war, zum Bordstein, drehte sich um und blickte auf die Stelle über den Schaufenstern, wo der Name des Drugstore angebracht ist, und ich sah, wie sein Blick weiter nach oben zu den roten Ziegelsteinmauern wanderte. Dann faltete er sein Papier zusammen und ging Richtung Uptown.

Vor drei Wochen, an einem Samstagmorgen gegen halb zehn, sah ich jemand anderen, der versuchte, sich mit Hilfe eines Stück Papiers zu orientieren. Es war ein Mann auf der 48. Straße West zwischen der Sixth und der Seventh Avenue, aber näher zur Seventh Avenue hin. Dort, im Schatten der funkelnden Lichter des Broadway, gibt es ein Nest kleiner Häuser. Der Mann stand auf der Südseite der Straße neben einem hübschen grünen Lieferwagen, auf dessen Seite in sehr großen Lettern E is, T rockeneis, E iswürfel stand. Es war das einzige Auto in diesem Abschnitt der Straße, der gewöhnlich verstopft ist von Last- und Lieferwagen, die versuchen, Waren zuzustellen, und von dem Verkehr, der sich quer über die Insel in Richtung Osten wälzt. Keine Straße in New York ist belebter oder lauter oder, zumindest in diesem Block, greller als die 48. Straße. Aber dies war ein Samstagmorgen im Sommer, und es war ruhig. Die Restaurants, die das Erdgeschoss der meisten dieser kleinen Häuser einnehmen, würden zur Mittagszeit öffnen, aber bis dahin war es noch lange hin. Als ich den Mann erblickte, stand er mit dem Rücken zum Lieferwagen und sah erst auf ein Stück Papier in seiner Hand und prüfte dann die Nummern an den Haustüren in unmittelbarer Nähe und über den Restaurants. Sein Blick wanderte von dem Gebäude, in dem sich früher Zucca's Restaurant befunden hatte, das mit der blauen Tür und dem kleinen Balkon darüber, zu einem Restaurant namens Puerto Sagua und immer so weiter, er selbst aber rührte sich nicht von der Stelle. Dann drehte er sich um und betrachtete die Häuserfassaden auf der gegenüberliegenden Straßenseite. Er war jung, ein Schwarzer, vierundzwanzig oder fünfundzwanzig Jahre alt, trug keinen Hut und war mit einem marineblauen Anzug bekleidet, der ihm etwas zu groß war. Besorgt musterte er die Häuser auf der gegenüberliegenden Straßenseite und sogar einen Parkplatz neben den Häusern, als überlege er, ob die Nummer, nach der er Ausschau hielt, etwa zu einem Haus gehörte, das längst verschwunden war. Um die Lücke zu schaffen, wo sich jetzt der Parkplatz befindet, hatte man zwei oder drei Häuser abreißen müssen. Nur wegen dieser Lücke konnte ich ihn sehen. Ich wohnte im elften Stock im hinteren Teil eines sechzig Jahre alten Hauses, das zur 49. Straße geht. Nach hinten hinaus hat man eben doch die beste Aussicht. Ich konnte geradewegs auf die flachen, abgenutzten Dächer der niedrigen Gebäude blicken, die der Mann mit den Augen absuchte, und wenn ich nach rechts schaute, über den Parkplatz hinweg, konnte ich die 48. Straße sehen – und zwar beide Straßenseiten. An diesem Morgen stand nur ein einziges Auto auf dem Parkplatz, und das stand in eine Ecke gekauert, als habe jemand es vergessen. Der Mann zog immer wieder sein Stück Papier zurate. Es war offensichtlich, dass er keine Ahnung hatte, wo er sich befand. Er hat sich verirrt, sagte ich mir, ebenso wie der Lieferwagen, der so teuer aussah, dass er Chinchilla-Pelze oder importierte Pralinen oder Kleider aus Paris enthalten mochte statt Eis, Trockeneis und Eiswürfel. Der Mann starrte zur Seventh Avenue, wo die Lichter des Latin Quarter und des Playland im Tageslicht wie tot wirkten, und tat ein paar Schritte in diese Richtung, doch dann kehrte er zum Lieferwagen zurück und blieb wieder neben ihm stehen. Daraufhin blickte er zur Sixth Avenue, die fast die gesamte Länge des Häuserblocks von ihm entfernt war, schaute auf sein Papier, blickte wieder zur Sixth Avenue, dachte kurz nach, ging in Richtung Sixth Avenue und verschwand aus meinem Blickfeld.

Der Lieferwagen stand unbewacht, aber nicht ganz verlassen da. Unter dem Chassis spähte das schmale, schmutzige Gesicht einer Katze heraus, die sich vergewissern wollte, ob es ungefährlich sei, die Straße zu überqueren. Es war ungefährlich – Autos kamen keine –, und sie schoss über die Straße auf den Parkplatz, um wie jeden Tag die Mülltonnen zu inspizieren, die am Fuße des Gebäudes stehen, in dem ich wohnte, und hinter den kleinen Häusern, die mir den Rücken zukehrten. Jeden Morgen bei Tagesanbruch legt sich die kleine Katze vor die Tür, die früher zu Zucca's führte, und wartet darauf, dass jemand ihr Frühstück gibt. Neben dem ehemaligen Zucca's befindet sich das Puerto Sagua, und daneben Tony's Pizzeria. Jetzt flog die Pendeltür der Pizzeria auf, und ein sehr beleibter, würdevoller Mann kam heraus. Er hatte hellrotes Haar, seine Hemdsärmel waren hochgekrempelt, im Mundwinkel hing ihm eine Zigarette, und in der Hand hielt er einige Geschäftspapiere, die er im Gehen zusammenfaltete. Er ging um den Lieferwagen herum, öffnete die Tür, stieg ein, setzte sich, ließ den Motor an und fuhr, die Zigarette noch immer im Mundwinkel, davon. Er war so selbstsicher, dass er sich nicht einmal die Mühe machte, die Hand auf die Tür neben sich zu legen, um sich davon zu überzeugen, ob sie auch fest geschlossen war. Es war seine Tür, und sie wusste, was von ihr erwartet wurde, so wie er wusste, was von ihm erwartet wurde. Die Tür der Pizzeria zitterte noch von seinem triumphalen Abgang, und ich fragte mich, welche Opernszene aus Zorn, Schmerz oder Frohsinn sich wohl dort drinnen an der Registrierkasse abgespielt hatte. Was den verirrten Mann anbelangt, so glaube ich, dass er unterwegs war, um sich auf eine Stelle zu bewerben. Falls dem so war, hoffe ich, dass er sie bekommen hat. Wenn es denn wirklich eine Stelle war, was er erwartete.

7. August 1965

Gemarterte kleine Vögel

Ich wollte eine von diesen schlichten gläsernen Zitronen-
pressen kaufen, die normalerweise etwa neunundzwanzig
Cent kosten, und das nächste Geschäft, das mir einfiel, wo
ich sicher sein konnte, eine zu finden, war ein riesiges Five-
and-Ten-Cent-Kaufhaus in Midtown, also ging ich dorthin
und suchte das Untergeschoss auf, wo die Küchenuten-
silien ausliegen. Das Untergeschoss ist praktisch, nach Art
der Five-and-Ten-Cent-Kaufhäuser, angeordnet, mit langen, durch Gänge getrennten Tresen. Wenn man umher-
geht, bemerkt man, dass es keine Fenster gibt, dass die
Decke niedrig wirkt und die Lampen ein grelles Licht ver-
breiten, und man könnte meinen, man befinde sich auf
einem betriebsamen, die ganze Nacht geöffneten Basar, wo
jeder eilig seine Käufe tätigt, um aus der schweren, unter-
irdischen Luft so schnell wie möglich wieder ins Freie zu
gelangen. Es ist ein hektischer, nervöser Ort. Ich fand die
Zitronenpresse ohne große Mühe, und während ich auf das
Wechselgeld wartete, blickte ich hinüber zur Vogelabtei-
lung, einen Tresen von mir entfernt an der Wand. Normalerweise gelingt es mir, diese Vögel zu vergessen, aber die
Zitronenpresse hatte mich zu sehr in ihre Nähe geführt,

und ich ging hinüber und spähte in die Käfige. Drei Käfige enthielten Vögel. Es gab einen ziemlich großen Käfig mit Sittichen, einen kleinen Käfig mit drei winzigen Vögeln in kreidigen Braun- und Grautönen und einen ebenso kleinen Käfig, in dem sich winzige bunte Vögel drängten, orange und schwarz und gelb und rot. Ich zählte sie, es waren vierzehn, in einem Käfig, der für einen oder zwei bestimmt war, und als ich mit Zählen fertig war, sah ich, dass sie kein Wasser hatten. Es dauerte eine Weile, bis ich mich durchgefragt hatte, wer für die Vögel zuständig war, aber schließlich kam die Verkäuferin, und ich sah zu, wie der winzige Wassernapf gefüllt wurde, und danach ging ich. Das Schild neben dem Käfig besagte IMPORTIERTE FINKEN, und ich überlegte, aus welchem Land sie wohl importiert worden waren. Dauernd versuche ich, an die gewöhnlichen Stadtvögel zu denken, an die Tauben und Spatzen und so weiter, die frei umherfliegen und offenbar genug Nahrung finden, aber die gemarterten Finken gingen mir einfach nicht aus dem Kopf. Wenn ich wieder eine Zitronenpresse kaufen will, werde ich mein Bestes tun, mich daran zu erinnern, wo das nächste Haushaltswarengeschäft ist. Ein kurzer Umweg scheint mir ein geringer Preis zu sein für das Privileg, der Realität nicht ins Auge sehen zu müssen.

24. November 1962

Eine junge Dame
mit Schoß

Im Sommer beginnen die Samstagabende in New York sehr gemächlich. Selbst der Broadway kann den Einbruch der Dunkelheit, den die tausend Lichter benötigen, nicht beschleunigen, und der Broadway braucht diese tausend Lichter, um sich aus etwas Baufälligem und Verstaubtem in das zu verwandeln, was er wirklich ist: eine Insel unvorstellbarer Vergnügungen, wo die verbotene Frucht endlich in Reichweite hängt – zwar noch außer Sicht, aber doch in Reichweite, irgendwo hier, schon sehr nahe. Am Broadway gibt es etwas, das es zu Hause nicht gibt, und jeder, der diese großartige Straße entlangflaniert, beginnt danach zu suchen. Kein anderer Ort ist so aufdringlich und so geheimnisvoll, so leer und so lebhaft, so unwirklich und so vertraut, so privat und so laut. Den Broadway entlangzuflanieren ist, als wäre man ein Lotterielos – ein Lotterielos in einem Glaszylinder, das zusammen mit all den anderen Losen umhergeschleudert wird. Überall sind Augen. Ich beobachtete die Menschenmenge, die sich gestern Abend dort herumtrieb, sich durch das einsame Dämmerlicht schob, welches nach Sonnenuntergang einsetzt, in der

Stunde, da der Himmel leer und der Mond noch kraftlos ist. Hoch oben am ausbleichenden Himmel glommen schwach die vielen Lichter der Straße und lösten eine architektonische Fata Morgana aus, die wie der Abglanz einer anderen Stadt war – vielleicht jenes New York, das noch keiner gefunden hat. Die Menschenmenge auf dem Broadway war voll gespannter Erwartung, aber ein wenig zerzaust, als hätte sie einen langen Tag mit Besichtigungen hinter sich. Die klugen Leute waren übers Wochenende weggefahren oder warteten in ihrem eigenen Stadtteil auf den Beginn der Vorstellung. Als ich mich dem Latin Quarter näherte, löste sich eine junge Frau aus der Menge. Sie ging allein spazieren. Sie trug ein enges weißes Crêpekleid, viel weißer als Haut, und um Schultern und Busen hatte sie eine flauschige weiße Nerzstola geschlungen. Sie war sehr schlank und bewegte sich wie zwei Schlangen, während der Saum ihres Kleides um ihre Knie glitt. Sie war viel zu raffiniert, um ein sehr kurzes Kleid zu tragen. Sie zeigte ihre Knie und überließ den Rest ihrem Publikum – uns, uns allen. Wir alle sahen hin. Ihr Kleid war mehr als eng. Es war extrem eng. Niemand sah auf ihre Knie. Jeder sah auf ihren Schoß. Ihr Haar war golden und glänzte, und auch ihre Schuhe aus durchsichtigem Plastik mit Goldrand glänzten. Sie trug eine kleine Handtasche, ebenfalls aus durchsichtigem Plastik mit Goldrand, aber diese enthielt nichts weiter als einen goldenen Lippenstift, der wie ein Würfel umherrollte. Zuerst glaubte ich, sie hätte ihr Geld oben in ihre Strümpfe oder sonstwohin gesteckt, doch soweit ich sehen konnte, trug sie unter ihrem Kleid rein gar nichs. Wir alle starrten sie auf ganz unterschiedliche Weise an, und aus unserer Beachtung schöpfte sie die Aura der Gleichgültigkeit, die sie zu einem Star machte. Sie warf rasche Blicke nach rechts und links, um uns zu beweisen, wie sehr sie uns alle verachtete, und dann verschwand sie, und es gab nichts mehr zu sehen als uns selbst. Im Metropole Café auf der Ostseite der Seventh Avenue war wie fast den ganzen Tag und fast die ganze Nacht hindurch voller Betrieb. Die Fenster des Metropole sind verhängt, sodass man sich nahe der Glastür aufstellen muss, um einen kostenlosen Blick auf die fast nackten Mädchen zu werfen, die auf der Plattform hinter der Bar tanzen, trotzdem drängt sich dort stets eine faszinierte Menschenmenge, und stets gibt ein Polizist vernünftige Sätze wie »Bitte weitergehen« von sich. Unweit des Metropole, an der Ecke der 49. Straße, bietet ein sehr geräumiger Tabakladen Zigaretten und Zigarren aus aller Herren Länder feil, doch wenn man eine Schachtel einfacher amerikanischer Zigaretten verlangt, wird man an den Automaten verwiesen. In dem Block zwischen der Seventh und der Sixth Avenue ist die 49. Straße, eine von mehreren schmalen, kleinen Straßen, die in der überschüssigen Energie des Broadway schwelgen. Es ist ein baufälliger, von Bars und kleinen Restaurants gesäumter Straßenzug, und gestern Abend schwärmten Matrosen in weißen Uniformen wie Bienen um die Türen all der Bars und versuchten zu entscheiden, welche am fröhlichsten, am rauflustigsten oder am preiswertesten aussah – zumindest versuchten sie zu entscheiden, in welche sie überhaupt hineingehen wollten. Ich war auf dem Weg zum Le Steak de Paris, einem französischen Restaurant, das sich seit fünfundzwanzig Jahren in demselben Haus befindet, Nummer 121. Gestern Abend war es sehr ruhig dort – jedenfalls im Vergleich zu der Aufregung, die draußen auf der Straße herrschte. An der Bar hatte sich eine Reihe schicklicher Gäste eingefunden, aber die Tische im Vorderzimmer waren alle leer, und im Hinterzimmer war nur ein Tisch besetzt – von einem gepflegten, dunkelhaarigen jungen Mann, der, mit dem Rücken zur Wand, allein dasaß. Er hatte Glück, der junge Mann, konnte er doch friedlich in einem hübschen französischen Restaurant dinieren, das so nahe am Broadway liegt, dass er nur vor die Tür zu treten brauchte, wo aber so wenig Betrieb war, dass sich alle Aufmerksamkeit im Lokal auf ihn richtete. Er aß *scallopines de veau en crème,* und auf seinem Tisch stand eine halbe Flasche Wein. Wenn er nicht die Leute an der Bar beobachtete, las er in einem Taschenbuch – irgendetwas von Simenon. In der Tür, die zum Hinterzimmer führt, standen Francine, die Kellnerin, und Jo, der Kellner, beide aus der Bretagne, und warteten mit einer Gelassenheit, die weder Geduld noch Ungeduld verriet. Es war noch früh, fast noch taghell. Bald würden sich die ersten Stammgäste blicken lassen. Ich ging zur Sixth

Avenue. Das Schrafft's war voll von Leuten, die ihr Abendessen am Tresen einnahmen. Man braucht kein Gast zu sein, um zu wissen, was im Schrafft's vor sich geht. Die Straßenfassade besteht fast ganz aus Glas. Wie immer war die Menschenmenge auf der Sixth Avenue zielloser als die auf dem Broadway – zielloser und in sich gekehrter. Die Sixth Avenue ist schlichtweg eine Durchgangsstraße, die zwischen der Fifth und der Seventh Avenue liegt. Es gab Platz für eine Straße, es herrschte Bedarf an einer Straße, also baute man eine und nannte sie Sixth Avenue. Die Leute benutzen die Sixth Avenue, weil sie irgendwo herkommen oder irgendwo hingehen, aber als Promenade ist sie das reinste Niemandsland. Mir fiel wieder die junge Frau mit der Nerzstola ein. Sie musste eine Tasche in der Stola gehabt haben, in der sie Geld aufbewahrte. In diesem Fall, warum nicht auch den Lippenstift in der Tasche verstauen und die Handtasche zu Hause lassen? Sie musste einen wohlüberlegten Grund dafür gehabt haben, weshalb sie die Handtasche bei sich trug, und es musste ein zwingenderer Grund sein als der, dass die Handtasche zu den Schuhen passte. Ich wünschte, ich wüsste den Grund. Aber vielleicht gab es in der Stola ja gar keine Tasche.

3. September 1966

Der Morgen danach

Heute Morgen, Sonntag, wachte ich kurz vor sechs Uhr auf. Feuerwehrsirenen heulten, sie kamen bis dicht an mein Hotel, dann verstummten sie, und nachdem sie verstummt waren, ertönten ein paar laute Schreie und danach der Krach zersplitternden Glases, alles sehr vertraute Geräusche in dieser Seitenstraße des Broadway, in der sich alte Hotels und Pensionen, Bars und Restaurants und chemische Reinigungen drängen. In dieser Gegend scheinen dauernd irgendwelche kleinen Feuer auszubrechen. Ich stand auf, trat ans Fenster und konnte durch die hohe, schmale Lücke, die den Vorderflügel meines Hotels vom Nachbarhotel trennt, Rauchfahnen erkennen, die durch die Straße zur Sixth Avenue wehten, aber der Rauch war weiß, nicht schwarz, und bald wurde er durchsichtig und schien ungefährlich, und nachdem ich ein paar Minuten lang zugesehen hatte, ging ich wieder zu Bett, um noch ein Stündchen zu schlafen. Das Feuer war einen halben Häuserblock entfernt im Kellergeschoss eines Herrenausstatters ausgebrochen, und später am Morgen ging ich die 49. Straße entlang, um den Schaden zu besichtigen. Es war gegen halb elf, die Sonne schien, und ziemlich viele

Wochenendtouristen waren unterwegs, die ziellos umherschlenderten und sich offensichtlich fragten, was man an einem Sonntag in New York unternehmen konnte, um sich die Zeit zu vertreiben, bevor man wieder nach Hause aufbrach. Als ich am blitzblanken Hauptquartier der Heilsarmee vorbeikam, traten sieben oder acht Personen heraus, Männer und Frauen, alle in Uniform und alle gut gelaunt und tatkräftig aussehend, und wir gingen mehr oder minder gemeinsam zur Straßenecke. Das unglückliche Herrenmodengeschäft befindet sich an der Nordecke der Kreuzung Seventh Avenue/49. Straße, und an der Südecke blieb ich stehen und schaute hinüber. Das Geschäft war zerstört, die großen Schaufenster zerbrochen, und Männer in grünen Uniformen kehrten die Scherben zusammen. Auf dem Bordstein häufte sich Schutt aus nassem, verkohltem Holz, Blech und Stoff, und im Geschäft selbst konnte man reihenweise Hemden sehen, die noch immer fein säuberlich gestapelt in den Regalen lagen, und sämtliche Hemden sahen beschädigt aus. Wegen des Brandschadens würde es einen großen Ausverkauf geben. Der Gehsteig vor dem verwüsteten Geschäft war mit Gittern und Seilen abgesperrt, und die Passanten blieben einen Augenblick stehen, um das Durcheinander zu betrachten und den Männern in Hemdsärmeln zuzusehen, die mit Aufräumen beschäftigt waren. Die Männer, offenbar Angestellte des Geschäfts, hoben alles auf – kleine Rahmen, über die noch immer Hemden gespannt waren, einen rosa Plastikfuß, dem die Socke fehlte, die er gestern noch vorgeführt hatte, jämmerlich versengte und durchnässte Überreste – und warfen es in große braune Kartons, auf deren Seiten das Wort ZERBRECHLICH gedruckt war. Polizisten standen herum. Sie wären erstaunt gewesen, wenn Sie gesehen hätten, wie geschickt die Feuerwehrmänner den Brand unter Kontrolle gebracht und auf den eigentlichen Herd beschränkt hatten. Das Herrenmodengeschäft ist ziemlich groß, aber die Straßenecke, die es einnimmt, stellt nur einen Bruchteil des riesigen Gebäudes dar, und obwohl das Geschäft vollkommen zerstört und verrußt war, waren die Fenster des Restaurants unmittelbar darüber und daneben nicht in Mitleidenschaft gezogen worden und wiesen keinerlei Brandschäden, ja nicht einmal Rauchspuren auf. Hinter mir hörte ich vertraute Musik, und als ich mich umwandte, sah ich, dass sich meine Wegbegleiter von der Heilsarmee in Reih und Glied an meiner Ecke postiert hatten. Eine Heilsarmistin, eine ältere Dame, trat vor und begann zu sprechen. Sie hatte eine klare, hohe, deklamatorische Stimme, die weit trug. Sie kündigte an, man werde eine Hymne auf das Leben und auf die Schönheit singen, dann trat sie wieder ins Glied zurück, und alle fingen mit tapferen, unmelodischen Stimmen zu singen an. Genau neben mir hörte ich einen Mann sagen: »Wo ist der Broadway?«, und als ich aufblickte, merkte ich, dass die Frage nicht an mich, sondern an drei gut aussehende, sorgfältig gekleidete Leute gerichtet war, einen Mann und zwei Frauen, und sogleich begannen die drei, hilfsbereit in alle Richtungen zu blicken und Ausschau nach dem Broadway zu halten, während der Mann, der die Frage gestellt hatte, ihnen interessiert ins Gesicht sah und seine Frage wiederholte. »Wo ist der Broadway?«, fragte er. Beinahe hätte ich den Mund aufgemacht und ihm gesagt, dass er praktisch schon auf dem Broadway stand, aber dann betrachtete ich ihn eingehender. Er war groß und stand leicht gebückt da, trug weder Krawatte noch Jackett, und seine Hemdmanschetten flatterten. Sein großes, rosiges, unrasiertes Gesicht hatte einen gutmütigen Ausdruck, der jedoch jeden Augenblick in Hohn umschlagen mochte, und so blickte ich rasch wieder zum Feuer. Man weiß nie, was ein Mann mit einem solchen Gesichtsausdruck als Nächstes sagen wird. Um das ausgebrannte Geschäft herum stellten zwei fröhliche junge Polizisten jene gelben hölzernen Absperrungen auf, mit denen man ein wichtiges oder von einer Katastrophe betroffenes Areal abriegelt, und einer der Männer, die die Kartons füllten, richtete sich auf, sah zu ihnen hinüber, streckte seinen Rücken, musterte entmutigt seine schmutzigen Hände und wandte sich wieder seiner Arbeit zu. Ein Mann, den ich aus meinem Hotel kannte, kam hinzu und stellte sich neben mich. Er sagte: »Was für ein Feuer!« Ich sagte, mir täten die Männer leid, die an ihrem freien Tag herbeigerufen worden seien, um aufzuräumen. »Und das ist nichts im Vergleich zur Inventur«, sagte mein Freund. »Von jetzt an heißt es Inventur, Inventur, nichts als Inventur. Jedes Hemd, jede

Krawatte, jeder Knopf. Alles muss aufgelistet werden.«
Und er überquerte die Straße, um besser sehen zu können.
Die Heilsarmee hatte aufgehört zu singen, und als ich
mich umdrehte, sah ich, dass eine der jüngeren Frauen vor-
getreten war, um zu sprechen, und sah auch den Mann, der
den Broadway gesucht hatte. Er stand am Ende der auf-
gereihten Uniformen und hatte ein Gesangbuch in der
Hand, und als er dem Mädchen zuhörte, war seine Miene
aufmerksam und respektvoll, blieb aber auch, dank seiner
Fähigkeit, im Nu den Gesichtsausdruck zu wechseln,
irgendwie nichtssagend. Dann bemerkte ich, dass er weiße
Segeltuchschuhe trug. Zwei Frauen in geblümten Kleidern
gingen an mir vorbei, eine von ihnen trug einen kleinen
braunen Welpen, der viel zu jung aussah, als dass er von
seiner Mutter hätte getrennt werden dürfen. Sie kamen
vom Broadway und waren so in ihr Gespräch vertieft,
dass sie weder das ausgebrannte Geschäft noch die Heilsarmee noch sonst etwas anderes beachteten. Die beiden
wohnten im Viertel und machten einen Spaziergang in
Richtung Fifth Avenue, und der kleine Hund, der nicht
wusste, dass ihm nichts geschehen konnte, starrte verstört
um sich, als wäre er blind. Der Auftritt der Heilsarmee
neigte sich seinem Ende zu. Die ältere Dame, die zuerst
gesprochen hatte, trat vor und ergriff abermals das Wort.
»Falls Sie zu Besuch in der Stadt sind«, rief sie, »denken Sie
nicht nur ans Vergnügen.« Ich machte mich auf den Rück-
weg durch die 49. Straße. Die Zigeunerinnen waren noch

nicht in der Tür ihres mit Schmuck überladenen Salons aufgetaucht, der fünf Stufen über der Straße liegt, aber das
Lichtspielhaus nebenan, das mit den anstößigen Plakaten,
schien geöffnet und bereit für Kundschaft. Die Mitglieder
der Heilsarmee gingen zurück zu ihrem Hauptquartier,
alle schnellen Schrittes, aber jeder für sich, als strebten sie
auseinander, und der unrasierte Mann ohne sein Gesangbuch folgte ihnen dicht auf den Fersen. Er humpelte stark.
Seine Füße müssen in einem schrecklichen Zustand gewesen sein.

1969

Die beiden Protestierer

Heute Nacht um Viertel vor eins ging ich zu dem Delikatessenladen, der sich in demselben Gebäude befindet wie
mein Hotel, um mir Zigaretten zu kaufen. Das Hotel und
der Delikatessenladen sind in der 49. Straße West nahe der
Seventh Avenue, und um diese Uhrzeit ist es hier sehr
belebt. Die Straße wird zu beiden Seiten von Bars und kleinen Restaurants und anderen Nachtlokalen gesäumt, aus
den meisten Türen dringt laute Musik, und auf der Straße
herrscht reger Betrieb. Besucher des Broadway irren
umher und überlegen, wo sie ihr Geld am besten anlegen
können. An meinem Ende des Häuserblocks ragen die
Gebäude in die Höhe und sorgen für jenes plötzliche New
Yorker Dunkel – überhaupt kein Himmel mehr –, aber der
Gehsteig liegt im grellen Schein harter, verschiedenfarbiger
künstlicher Lichter, und überall ist es sehr laut und einsam.
In dem Delikatessenladen, einer mit einer hoher Decke
versehenen, vollgestopften Höhle, die in die Vorderfront
meines Hotels gehauen ist, standen vor mir ein Mann und
eine Frau an und überlegten, was für Sandwiches sie kaufen wollten und mit welcher Brotsorte. Sie übernachteten
in einem großen Hotel auf der gegenüberliegenden Stra-

ßenseite und wollten die Sandwiches und ein paar Flaschen Bier mit auf ihr Zimmer nehmen und dort ein ungestörtes Nachtessen genießen. Ich war aus einem Taxi gestiegen und geradewegs in den Delikatessenladen gegangen, ohne etwas Außergewöhnliches zu bemerken, aber als ich wartend dastand und zusah, wie der Verkäufer die Sandwiches zubereitete, hörte ich die Stimme eines Mannes, der draußen auf der Straße etwas brüllte. Es war kein verzweifeltes Gebrüll, als würde er nach Hilfe rufen, und es war kein albernes, verspieltes Gebrüll; es war ein entschlossenes, beherrschtes, gegliedertes Gebrüll, als spräche er Worte. Zur gleichen Zeit war ein großes Gelächter zu hören – ein so ungezügeltes, fröhliches Gelächter, dass ich schon glaubte, auf der Straße stehe eine Gruppe von Zechbrüdern, und einer von ihnen habe eine Möglichkeit gefunden, die übrigen zu unterhalten und sich ihre Aufmerksamkeit zu sichern. Ich schaute nicht hinaus, aber als ich mit meinen Zigaretten aus dem Delikatessenladen ging, hielt der Lärm noch immer an. Es war sehr warm (für Frühling), und vor dem Wahrsagesalon der Zigeunerinnen auf der anderen Seite der schmalen Straße tanzten zwei junge Matrosen umher und spielten den Clown für zwei dunkelhäutige Mädchen, die drinnen saßen und ein kleines Kind bei sich hatten. Aber es waren nicht die Matrosen, die brüllten, das konnte ich sehen, und dann, als ich mich dem Eingang meines Hotels zuwandte, sah ich den Mann, der allein dastand, etwa fünf Meter von mir entfernt. Es war ein erstaunlich hochgewachsener, dürrer Mann in einem blauen Anzug, und er hatte Kopf und Schultern nach hinten geworfen. Sein Gesicht war dem Himmel zugewandt. Er hatte nur ein Bein, und seine stelzenartigen Krücken hatte er so vor sich gegen den Boden gestemmt, dass sie sich neigten wie er selbst. Er stand in einem gefährlichen Winkel, als falle er langsam nach hinten, aber er fiel nicht, obwohl es bei jeder Anstrengung, die er unternahm, um seine Stimme zum Himmel hinaufzuschicken, den Anschein hatte, als würde es ihn jeden Moment aufs Pflaster schleudern. Die Leute, die vereinzelt in seiner Nähe standen, lächelten, aber eine Gruppe von Männern und Frauen auf der anderen Straßenseite schüttelte sich vor Lachen, während sie ihm zusah. Er schenkte niemandem Beachtung. Alle um ihn her schienen auf festem Boden zu stehen, während er dem Abgrund nahe war, doch auch wenn er nicht bei Verstand war, schien er doch mehr Verstand zu besitzen als diejenigen, die ihn verlachten, und sie, die normal groß waren und auf zwei Beinen standen, wirkten grotesker als er. Ich nehme an, einige der Leute lachten, weil ihnen unbehaglich zumute war. Gewiss glaubte die Gruppe auf der anderen Straßenseite, sie werde bestens unterhalten, aber es gab sicher auch einige, die sich wie ich wünschten, der Mann möge sich in Luft auflösen. Ich weiß es nicht.

Ich ging in das Zimmer, das ich im Hotel bewohne. Ich musste an einen anderen Mann denken, dem ich dabei zugesehen hatte, wie er sich in der Öffentlichkeit zur Schau stellte, aber das war an einem sonnigen Freitagnachmittag im vorigen Mai gewesen, und die Menge, die sich versammelt hatte, um ihm zuzusehen, hatte ihn mit traurigen Blicken bedacht. Es war eine leidvolle Versammlung gewesen dort im nachmittäglichen Sonnenschein. Der Mann hatte das große, auf die Sixth Avenue gehende Glasfenster von Schrafft's zerschlagen, einem lang gestreckten, schmalen Eckrestaurant in der 49. Straße, in dem es keine Tische gibt, nur einen Tresen. Es war ein sehr kleiner Mann, etwas über eins fünfzig, und er trug eine runde muffinförmige Schirmmütze, wie Seeleute sie tragen, einen ordentlichen schwarzen Anzug und ein gestreiftes Hemd, und in der Hand hielt er einen großen Strauß langstieliger roter Rosen, die locker in rosa-weiß gestreiftes Papier gewickelt waren. Ein großer älterer Polizist, der recht unglücklich dreinblickte, bewachte ihn neben dem Fenster, welches so gründlich zertrümmert war, dass außer auf dem Gehsteig, wo zwei Laufburschen freudig den Besen schwangen, kein Glas zu sehen war. Die Freude, die sie an den Tag legten, war die einzige Freude weit und breit. Im Innern lagen die Trümmer der Glasregale und die Reste der Speisen, die darauf ausgestellt worden waren – Kuchen und Rosinenbrötchen und Gläser mit Toffeesauce –, und all das wurde von besorgt aussehenden jungen Mädchen aufgeräumt. Der Polizist wirkte niedergeschlagen, jeder in der Menge wirkte niedergeschlagen, bis auf einen gut gekleideten jungen Mann, der dauernd verstohlene Blicke nach rechts und links warf, in die Gesichter der Umstehenden, und dabei leise lächelte, als habe er eine heimliche und unangenehme Erklärung für den Vorfall gefunden. Der kleine Gefangene sah interessiert und gehorsam aus, nicht etwa beschämt oder verängstigt oder wütend. Er war stumm. Ich weiß nicht, weshalb oder womit er das Fenster eingeschlagen hatte. Zum Zeitpunkt des Krachs hatte ich am Ende des Tresens gesessen, weit weg vom Fenster, und als ich mich dazu durchgerungen hatte, hinauszugehen, waren die Diskussionen vorbei, und es gab nichts weiter zu tun, als zusammen mit dem wachhabenden Polizisten zu warten. Ich entfernte mich unverzüglich. Das Merkwürdige an jenem Nachmittag an der Straßenecke war der Gesichtsausdruck der Menge. Es gab nicht eine einzige gleichgültige oder belustigte Miene. Man sieht auf der Straße nicht eben oft eine Menschenmenge, die nachdenkt oder doch nachzudenken scheint.

Dass einer der beiden Männer ein Schwarzer und der andere ein Weißer war, ist das Einzige, was ich über die beiden Protestierer, oder Protestanten, noch sagen kann.

25. April 1964

Vergebliche
Annäherungsversuche

Neulich saß ich am frühen Abend in einem Restaurant in der Lower Fifth Avenue, das pfirsichfarbene Wände hat und einen in weiches Licht getauchten Spiegel über die gesamte Länge der Bar, als eine auffallend rothaarige Dame mit schwarzem Kleid und Perlenkette, die allein an einem Tisch unweit dem meinen saß, plötzlich aufstand und zu einem Ecktisch ging, an dem ein nett aussehender Mann ganz für sich saß und, während er darauf wartete, dass jemand kam und seine Bestellung notierte, in seiner Abendzeitung blätterte. Es war ein umsichtiger, ordentlicher Mann – seine Zeitung hatte er bereits so klein gefaltet, dass er darin lesen und zugleich sein Abendessen zu sich nehmen konnte. Die Dame beugte sich über den Mann und sagte etwas zu ihm, und er blickte zu ihr auf. Gleich darauf erhob er sich mit freudig-verwirrtem Gesichtsausdruck, nahm seine Aktentasche und folgte der Dame zu ihrem Tisch. Die Zeitung hielt er noch in der Hand. Die Dame setzte sich, doch im letzten Moment, er saß schon fast auf seinem Stuhl, zögerte er und begann, sich in alle Richtungen umzusehen. »Sind Sie sicher, dass Sie allein sind?«, fragte er. »Natürlich bin ich allein«, erwiderte sie. »Hören Sie auf, mich zu fragen, ob ich allein bin.« Er setzte sich, und sie nahm ihr Getränk und blickte ihn besitzergreifend an. Sie sah besitzergreifend aus, aber sehr gutmütig. Sie hatten eben ein Gespräch begonnen, als der Oberkellner, ein großer, würdevoller Mann, aus einem fernen Winkel des Restaurants herbeikam und die Veränderung bemerkte, die die Gäste an seiner Platzierung vorgenommen hatten. Rasch trat er an den Tisch, an dem die Dame mit ihrem geschmeichelten Gefangenen saß. Er hatte sich zurückgelehnt und schien sich zu entspannen. »Sir«, sagte der Oberkellner, »bitte gehen Sie wieder an Ihren eigenen Tisch.« Der Mann (*alles* stieß *ihm* zu) sprang auf, drückte Aktentasche und Zeitung an die Brust und hastete zu seinem Ecktisch, nahm die Speisekarte und hielt sie sich vor das feige Gesicht. Die Dame war verärgert. »Für wen halten Sie sich eigentlich?«, fragte sie den Oberkellner. »Meine Dame«, sagte der Oberkellner, »tun Sie mir einen Gefallen. Bitte gehen Sie nach Hause.« »So können Sie mit mir nicht sprechen«, sagte sie. »Für wen halten Sie sich? Sprechen Sie nicht mit mir, als wäre ich ein Stück Dreck.« »Meine Dame«, sagte der Oberkellner, »bitte unterstellen Sie mir nicht, dass ich mit Ihnen spreche, als wären Sie ein Stück Dreck.« Leider hatte ich schon bezahlt und mir meine Handschuhe übergestreift, und leider brachte ich nicht den Mut auf, einfach nur dazusitzen und zuzuschauen. So musste ich das Restaurant verlassen, ohne den Rest des Wortwechsels hören zu können.

Zwei Abende später saß ich im Le Steak de Paris in der 49. Straße West. Dort war es friedlich – ein warmer, regnerischer Abend. Das *Time*-Magazin hatte ich bereits von hinten bis vorn durchgelesen und begann gerade mit *Newsweek,* als jemand kam und sich neben mich stellte. Ich blickte auf und sah einen sehr hochgewachsenen, ernsten, gelehrt wirkenden jungen Mann, der, als er das Restaurant betrat, viel Wesens um seine Aktentasche gemacht hatte. Seinen Hut hatte er bei der Garderobenfrau abgegeben, doch nachdem er ihr erklärt hatte, er habe Angst, der Aktentasche könne etwas zustoßen, hatte er diese zur Bar mitgenommen. Dann, als er an der Bar saß – es ist ein sehr kleines Restaurant mit nur einem Raum –, hatte er die Aktentasche eine Weile auf seinen Füßen balanciert, was zur Folge hatte, dass er dauernd nach unten greifen musste, um sie geradezurücken. Schließlich war er zurückgegangen, hatte sie doch der Garderobenfrau übergeben und ihr dabei zugesehen, wie sie sie auf ein hohes Regalbrett stellte. Das alles war schon vor einiger Zeit geschehen. Jetzt stand er an meinem Tisch, betrachtete mich finster und sagte: »Ich möchte Sie nicht kränken.« Dann sagte er: »Ich möchte Sie fragen, ob Sie einen Drink mit mir nehmen wollen.« Ich antwortete: »Nein, danke. Ich warte auf jemanden.« Ich saß an einem Tisch, der für eine Person gedeckt war. »Sie warten auf jemanden«, murmelte er und ging wieder zu seinem Platz an der Bar. Zehn oder fünfzehn Minuten später kamen zwei Damen mit kleinen, praktischen

Hüten herein und setzten sich an meinen Nebentisch. Sie unterhielten sich auf Französisch. Eine von ihnen war Französin, zumindest sprach sie wie eine Französin, und die andere hatte wohl ein wenig Französisch gelernt und verwendete nur fertige Phrasen. Beide hatten laute, selbstsichere Stimmen. Der gelehrt aussehende Mann erhob sich von seinem Hocker und trat zu ihnen. »Ich möchte Sie nicht kränken«, sagte er. Sie blickten zu ihm auf. Er begann zu lächeln, und dann strahlte er sie an. *»Parlez-vous Berlitz?«*, fragte er. M. Raymond, der in die Registrierkasse geblickt hatte, eilte hinüber, fasste ihn am Ellbogen und begann, ihn zur Bar zurückzuzerren. »Monsieur«, sagte M. Raymond, »Sie kennen diese Leute nicht. Bitte, Monsieur, *s'il vous plaît.*« »Ich wollte niemanden kränken«, sagte der Mann, ließ sich jedoch zu seinem Platz führen, wo er sich hinsetzte, mit beiden Ellbogen seinen Drink bewachte und verbittert dreinschaute.

Die Lehre, die sich aus den beiden Begegnungen ziehen lässt, lautet folgendermaßen: Wenn jeder in dieser Stadt zur Raison gebracht und in die richtige Richtung geschickt würde, wäre New York schon bald ein sehr ruhiger Ort.

4. Juli 1964

Der Mann,
der sich die Haare kämmte

In diesem Viertel gibt es einen Mann, der sich ständig
Haare kämmt. Einmal sah ich ihn, wie er sich von ein€
sehr kleinen Schuhputzjungen einen Kamm lieh. Währen
er sich die Haare kämmte, wobei er sie mit einer Han℮
kämmte und mit der anderen glättete, bückte er sich unc
schaute dem Kind ins Gesicht, als wäre das kleine Gesicht
ein Spiegel – nur ein Spiegel und sonst nichts. Der Junge
stand da, sah ihn an und wartete darauf, dass er seinen
Kamm zurückbekam. Ich war in meinem Hotelzimmer,
blickte hinunter auf die Straße und beobachtete die beiden.
Ich wohne im achten Stock eines dieser alten Hotels, die die
schäbigen Straßen zu beiden Seiten des Broadway in Midtown säumen, und es war ein heißer Sonntagmorgen gegen
neun Uhr. Die Straße war menschenleer gewesen, bis der
Schuhputzjunge und der Mann, der sich die Haare kämmt,
auftauchten. Bei ihnen waren vier ältere und größere
Schuhputzer, die alle ihre Kästen mit Bürsten und Creme
bei sich trugen. Als der Mann sich den Kamm lieh, blieb
er reglos stehen, ebenso der kleine Junge, dessen Gesicht
zu einem Spiegel wurde, die anderen dagegen gingen wei-

ter in Richtung Broadway und waren bald außer Sichtweite. Als der Mann fertig war – als er mit seinem Erscheinungsbild oder was immer er dafür hielt zufrieden schien –, gab er den Kamm an den Jungen zurück, der ihn an sich nahm und in die Brusttasche seines Hemdes steckte, und dann gingen die beiden weiter, vermutlich, bis sie ihre Gefährten eingeholt hatten. Es war nicht das erste Mal, dass ich den Mann sah. Als ich ihn zum ersten Mal gesehen hatte, hatte er an eben der Stelle des Häuserblocks gestanden wie jetzt, da er dem Kind ins Gesicht geschaut hatte, aber fünf Treppen höher, denn er war auf dem Dach eines der wenigen kleinen Häuser umhergegangen, die sich dort noch zusammenkauern und gegen die gigantischen neuen Gebäude behaupten, die ringsum in die Höhe ragen. Die kleinen Häuser werden längst nicht mehr von normalen Familien bewohnt. Im Parterre befinden sich Restaurants oder kleine Läden, darüber andere Geschäfte – ein Kostümbildner, ein Kleider- oder Schallplattengeschäft – oder Ateliers, Büros oder ein paar Apartments. In dem Haus, auf dessen Dach der Mann umherging, befindet sich im Parterre ein Steakrestaurant, und darüber sind Studios, in denen Musiker üben können. Die Studios haben hohe, vorhanglose Fenster. In einem der Fenster brennt ein blaues Licht, und manchmal, spätnachts, gibt dieses blaue Licht die Quelle eines sehr bluesigen Blues preis. Der Saxophonist dort drinnen muss sehr traurig sein und hat noch viel zu lernen. Trotzdem höre ich ihm

gern zu – seinen Fehlern, seinem Zögern und seinen vielen Anläufen. Es ist, als hörte man Straßenmusik – sehr tröstlich, vielleicht meine ich auch anheimelnd. Aber an dem Morgen, der mir in Erinnerung ist, gab es keine Musik und auch kein blaues Licht. Der Tag hatte eben erst begonnen. Die Fenster in allen Häusern waren dunkel, die Straße leer. Es war ein heißer Morgen nach einer glühend heißen Nacht. Ein Morgengrauen hatte es gar nicht erst gegeben – die Dunkelheit war einfach verblasst und zeigte die Stadt grau, erschöpft und schlaflos. Der Himmel war sehr hoch und blass. Es war nicht fair. Der Himmel verhieß nichts – keinen sanften Regen, keine Erlösung von der Hitze –, dennoch war es schön dort oben. Auf dem verlassenen Parkplatz unter meinem Fenster pickten ein paar Tauben, und andere flogen hoffnungsvoll umher, doch abgesehen von den Tauben gab es nur auf dem Dach irgendwelche Anzeichen von Leben, denn dort ging der Mann, der sich die Haare kämmt, mit einigen anderen Männern umher, und sie alle folgten auf wackeligen Beinen einem weiteren Mann, der eine Flasche trug, die so aussah, als enthalte sie Wein. Er trug sie etwa in Schulterhöhe und auf Armeslänge von sich entfernt, als könnte sie ihm wie eine Laterne den Weg weisen. Insgesamt waren es fünf Männer, die hintereinander hergingen, und bei ihrem kleinen Rundgang auf dem Dach hatten sie mehr Mühe, als man meinen mochte. Dauernd kamen ihnen Dinge in die Quere – Dinge auf dem Dach. All die niedrigen Dächer in dieser

Gegend scheinen mit Wrackteilen, die vom Meer ange-
schwemmt wurden, ausgebessert und ausgestattet zu sein.
Nützliche Trümmerstücke von Frachtern und Tankern und
Dampfern, Schornsteine und Rohre und Kabinen – ruß-
geschwärzte, aber kostbare Gebilde –, dazu Dachluken in
verschiedenen Größen und breit ausufernde Klimaanlagen
verstellten den fünf wandernden Männern, die so wesen-
los wirkten, dass ein Windhauch sie hätte fortwehen können, den Weg, aber es gab keinen Wind, ja überhaupt
keine Luft. Ihrem rastlosen Führer folgend, liefen die Männer hin und her, und der letzte Mann kämmte sich die
Haare. Er trug dieselbe Kleidung, die er jedes Mal trägt,
wenn ich ihn sehe – eine große karierte Eisenhower-Jacke
und eine zerbeulte helle Baumwollhose –, und während er
sich die Haare kämmte und glättete, wobei er die Ellbogen
abwinkelte, duckte er Kopf und Schultern nach rechts und
links und schien sich in dem schwankenden Rücken des
Mannes vor ihm gespiegelt zu finden. Er beugte sich vor,
neigte den Kopf und drehte ihn von einer Seite zur anderen, als betrachte er sich bei strahlendem Sonnenschein in
einem klaren Bergsee. Mühelos bewegte er sich voran und
schien sich im mutlosen Tageslicht dort oben auf dem
Dach zu vergnügen. Als ich ihn das letzte Mal sah, ging ich
gerade die Seventh Avenue entlang, und zwar in der Nähe
des Metropole Jazz Club, gleich um die Ecke von meinem
Hotel. Er stand vor einem der glitzernden Souvenirläden
dort und unterhielt sich mit einem Mann, der Sonnen-

brillen verkaufte. Der Verkäufer trug eine seiner eigenen Sonnenbrillen. Jedenfalls trug er eine Sonnenbrille. Ich sah, wie der Mann, der sich die Haare kämmt, zu dem Mann mit der Sonnenbrille ging und ihn begrüßte. Der Mann mit der Sonnenbrille erwiderte seinen Gruß, und sobald sie anfingen, sich zu unterhalten, holte der Mann, der sich die Haare kämmt, seinen Kamm hervor und begann, sich die Haare zu kämmen und zu glätten und sich vorzubeugen, um besser sehen zu können. Erst schaute er in das rechte Glas der Sonnenbrille seines Freundes, dann in das linke. Er ruckte mit dem Kopf hin und her, kämmte und glättete sich die Haare, redete und beobachtete, wie sein Gesicht von einem dunklen Glas zum anderen glitt. Er trug dieselbe Kleidung wie immer – die karierte Eisenhower-Jacke und die zerbeulte Hose –, und da ich ihn zum ersten Mal aus der Nähe wahrnahm, sah ich, dass er um die fünfunddreißig war und müde, aber liebenswürdig wirkte. Nun habe ich ihn schon eine Weile nicht mehr gesehen, und eigentlich würde ich ihn lieber nicht wiedersehen. Ich weiß, wir alle sind füreinander nichts anderes als Gedächtnisstützen, aber ich will nicht, dass er auf mich zugeht und mir ins Gesicht schaut, als wäre ich ein Spiegel. Noch weniger würde es mir gefallen, ihm ins Gesicht zu schauen und zu sehen, wie ich mich darin verberge.

5. September 1964

Das gute Adano

Während der letzten Hitzewelle kam die Luft in den Straßen von New York zum Stehen. Kein Hauch wehte zwischen den Gebäuden, und was dort an Luft eingeschlossen war, stand still und begann, sich zu verdichten. Es gab nichts mehr zu atmen, nichts als schweres Missvergnügen. Jedes Mal, wenn ich ein Restaurant mit Klimaanlage betrat, war ich sehr demütig und dankbar und wollte mich nur noch setzen und es mir gut gehen lassen. Ich war nicht die Einzige. Am Nachmittag des schrecklichen dritten Juli (es war ein Sonntag), saß ich im Adano in der 48. Straße West. Ich war glücklich. Es kam mir wie ein Wunder vor, dass das einzige Restaurant in New York, wo ich wirklich sein wollte, nicht nur an einem Sonntag geöffnet hatte, wo so viele Lokale geschlossen sind, sondern am Sonntag des längsten Sommerwochenendes, und noch dazu an einem Wochenende, das wegen der Hitze so ruhelos war, dass selbst Manhattans hoch aufragende Skyline zu schwanken schien unter der bleiernen Hölle, die anstelle des Himmels jetzt dort oben flimmerte. Im Adano produzierte die Klimaanlage ozeanische Brisen. In diesem chaotischen Viertel um den Broadway ist das Adano schon immer eine Oase der

Ordnung, der guten Manieren und der herrlichen Speisen gewesen, aber an diesem Sonntag schien es aus einer anderen, stilleren Region herbeigeschwebt zu sein. Das Restaurant besteht aus einem breiten rechteckigen Raum mit niedriger Decke, der von sternförmigen Lampen aus mattem gelbem Glas beleuchtet wird. Die Wände sind mit großen, beschaulichen Stillleben und italienischen Landschaften dekoriert, nur die hintere Wand ist mit Spiegeln verkleidet, die den Raum in die Ferne hin verlängern. Die Tische sind schlicht und auch schlicht eingedeckt, mit abgenutztem Silber und mit zu eleganten Pyramiden gefalteten weißen Leinenservietten. Leer, wie es war, und auf Hochglanz poliert, sah das Restaurant aus wie ein Speisesaal auf einem kleinen, reinlichen Schiff. Ich saß vorn, in einer der drei halbmondförmigen Nischen nahe der Eingangstür gegenüber der Bar. In dem Spiegel hinter den Regalen mit Flaschen sah ich die Trauben und Äpfel des prächtigen Stilllebens, das an der Wand hinter mir über meinem Kopf hing. Und durch die Glasscheiben der Eingangstür konnte ich nach draußen sehen, wo die rosa-rote Markise des Adano einen seltsamen Schatten auf den glühend heißen Gehsteig warf. Nur sehr wenige Menschen gingen vorüber. Hin und wieder erklomm eine welke Gestalt in leichtester Sommerkleidung die schwitzenden Stufen, die zum Fahrkarten- und Auskunftsbüro der Blue Line Sightseeing Bus Tours führen, das sich im ersten Stock eines armen alten Sandsteinhauses auf der anderen

Straßenseite befindet. Das alte Haus ist eines von dreien, die dort noch ausharren, aber den beiden anderen ist das Gesicht gestrafft worden. Das Haus, in dem sich die Blue Line befindet, ist so natürlich und erkennbar gealtert wie ein Mensch. Es ist genau wie immer, außer dass zu viele Jahre verstrichen sind und sein Leben sich nicht verbessert hat. Im Souterrain befindet sich eine Bar, aber die hatte an jenem Sonntag geschlossen. Plötzlich kam ein Mann ins Adano, in der Tür jedoch zögerte er und blickte sich um. Es war ein sehr nett aussehender, blasser, dünner Mann von etwa fünfzig Jahren mit schütterem Haar, und er war vornehm gekleidet: dunkelblauer Sommeranzug, schnee-weißes Hemd und eine hübsche dunkle Krawatte mit Punkten. Als er sprach, ließ er eine angenehme, aber piep-sige Stimme hören. Ich bin mir sicher, dass er fremd in der Stadt war. Er hatte so etwas Auswärtiges an sich. Ich glaube, er hatte sein schönes vollklimatisiertes Hotel ein wenig voreilig in der Hoffnung verlassen, ein echtes New Yorker Lokal zu finden, ein Lokal mit Ambiente, wo er etwas von der Atmosphäre der Stadt mitbekommen könnte, und ich glaube auch, dass er eine ganze Weile um-hergeirrt sein musste, bevor er zufällig auf das Adano ge-stoßen war. Er dürfte schon ein wenig verzweifelt gewesen sein, weil er weder weiter durch die menschenleere Hitze gehen noch in die Langeweile eines sich dahinziehenden Nachmittags in dem schönen Hotel zurückkehren wollte, das sicher genauso aussah wie alle schönen Hotels in gro-

ßen Städten. An einem Sonntag allein in New York umher-
zuirren, ist gar nicht gut. Er stand da, blickte mich an,
blickte den Barmann an, blickte über uns hinweg in den
ruhigen Raum, und rief schließlich dem Barmann zu:
»Haben Sie geöffnet?« »Ja, wir haben geöffnet«, antwortete
der Barmann wohlwollend. Er polierte gerade ein Glas.
Der Fremde ging zur Bar, setzte sich auf einen Hocker und
legte die Hände auf den Tresen. »Könnte ich einfach hier
sitzen und ein Bier haben, bitte?«, fragte er. Er hörte sich
so an, wie ich mich fühlte – er wollte sich von seiner besten
Seite zeigen. Es war ein Tag, an dem man Fortuna, sollte
sie einem zufällig den Blick zuwenden, freudig zugelächelt
hätte, ein Tag, an dem man bitte und danke sagte, sich
anständig benahm, nicht unter Leitern durchging, beim
Überqueren der Straße Acht gab und so weiter und so
fort – die Hitze hatte abergläubische Träume ausgelöst und
uns vorsichtig werden lassen. Allmählich füllte sich das
Adano. Eine Familie – Mutter, Vater und drei kleine Kinder – kam herein und ging schnurstracks zu einem der hinteren Tische. Sogleich begannen die Mutter und der Vater,
die Speisekarte vorzulesen, und die Kinder beugten sich
vor und lauschten so gebannt, als wären sie in einer Mär-
chenstunde. Dann kamen zwei Frauen herein – hochgewachsene, kräftige, üppig geformte Frauen um die dreißig,
die so aussahen, als wären sie im Showbusiness tätig. Ihr
Gang war bedächtig; das durfte er auch getrost sein, denn
ihre Kleider erledigten die Arbeit für sie – schlangenhaut-

glatte, anschmiegsame, geschmeidige Kleider, die den Leib der Circe, die Gebärden Salomes und die Absichten Aphrodites heraufbeschworen. Das eine Kleid war aus weißem Lamé und über und über mit winzigen Perlen und glitzernden Steinen bestickt, das andere aus glänzender babyrosa Baumwolle und mit schmalen Streifen aus gläsernen rosa Stiftperlen besetzt. Jede der Frauen trug eine dunkelgraue Nerzstola, lange Handschuhe und eine kleine pralle Handtasche, und jede von ihnen strich sich vor dem Hinsetzen mit der Rechten über das Gesäß, um sicherzugehen, dass ihr Kleid nicht knitterte, während sie ihre Augen rasch durch das Restaurant wandern ließen, mit einem wachsamen, gebieterischen Blick, der alles in sich aufnahm, was es dort zu sehen gab. Dann studierten die beiden Frauen, ohne miteinander zu sprechen, die Speisekarte und gaben unverzüglich ihre Bestellung auf – nur etwas zu essen, nichts zu trinken –, und sobald die ersten Speisen auf dem Tisch standen, aßen sie ohne Unterbrechung. Sie leerten große Teller mit heißer Suppe, Teller überhäuft mit Fleisch und Gemüse und Teller mit Bergen von Salat, und sie aßen eine Menge knusprigen Adano-Brots mit Butter, und als all das verschlungen war, tranken sie Kaffee – dünnen amerikanischen Kaffee –, und jede verzehrte ein Stück glänzender Rumtorte. Während sie aßen, unterhielten sie sich ein wenig – nicht viel –, aber sie lächelten nie, und je länger ich sie so beobachtete, desto mehr faszinierten sie mich, denn ihre verschlossenen Mienen und ihre bestimmten, konzentrierten Gesten grenzten alles aus auf dieser Welt bis auf sich selbst. Für jede von ihnen existierte nichts außerhalb ihrer selbst und dessen, was zu ihrem Auftritt beitrug. Alles an ihnen war Fleisch und Farbe und Bewegung, und doch waren sie wie steinerne Denkmäler, deren Essenszeit herangerückt war und die, wenn sie aufgegessen hätten, wieder zu Denkmälern werden würden. Ich beobachtete sie, und ich staunte über sie, weil sie offenbar außer von Ärger von keiner Gemütsbewegung heimgesucht wurden und frei waren von allen Empfindungen außer der der Selbstzufriedenheit. Sie hielten sich nicht länger als nötig mit ihrem Abendessen auf, und als sie fertig waren, beglichen sie die Rechnung, erhoben sich, sammelten ihre Siebensachen ein und verließen das Restaurant mit derselben hypnotischen Bedächtigkeit, mit der sie es betreten hatten. Ich drehte mich um und sah ihnen nach. Der Fremde an der Bar tat das Gleiche, und dann fuhr er damit fort, das Restaurant zu bewundern, das er so unverhofft entdeckt hatte. Er wirkte wie ein Mann in der Schiffsbar gleich nach dem Ablegen, der es noch gar nicht fassen kann, dass er es geschafft hat, dass er sich an Bord, auf See befindet und alles genau so ist, wie er es sich vorgestellt hat. Wie an jenem Sonntag fast jeder in New York fand der Mann an der Bar des Adano sich genau dort wieder, wohin er sich geträumt hatte.

6. August 1966

Ein Bus voller Drachen

Viele der großen Busse, die Leute von außerhalb für einen Blitzbesuch nach New York bringen, scheinen ihre Fahrgäste in den Seitenstraßen der Sixth Avenue nahe der Radio City Music Hall abzusetzen. Als ich neulich, an einem Samstagnachmittag, an einem dieser geparkten Busse vorbeikam, fand ich mich plötzlich in einer Menge empörter Frauen mit kleinen Sommerhüten eingezwängt, die mit dem Fahrer schimpften, weil dieser sie nicht zu der Stelle gebracht habe, auf die sie gerechnet hatten. Ihnen war gesagt worden, zumindest waren sie davon ausgegangen, dass die Busfahrt an einer Stelle am Fluss enden würde, wo sie in das Schiff steigen könnten, das um Manhattan herumfährt. Stattdessen fanden sie sich an der Ecke 49. Straße/Sixth Avenue wieder, und bis sie auf eigene Faust zum Fluss gelangt wären, hätte das Schiff längst abgelegt. Der Fahrer sah gequält aus und versuchte, Zeit zu gewinnen, indem er jeden der Fahrscheine, mit denen sie vor seiner Nase herumwedelten, eingehend prüfte, und ich bahnte mir einen Weg aus der Menge, ohne abzuwarten, welche Erklärung er seinen Fahrgästen wohl bieten würde. Trotzdem musste ich lächeln, als ich mir vorstellte, wie respektvoll die Frauen hinter ihm gesessen haben mussten, als er sie in die Stadt fuhr – Sie wissen ja, wie allmächtig diese Fernbusfahrer wirken, wenn sie hoch oben auf ihrem Fahrersitz thronen –, und wie bereitwillig sie auf ihn losgegangen waren, als sie entdeckten, dass er sie in die Irre geführt hatte, statt sie sicher zu geleiten. Und nun hatte er keine andere Wahl, als sie in der Stadt umherirren zu lassen und später wieder vor ihnen auf seinen Sitz zu klettern und sich während der langen Heimreise ihre Beschwerden und Vorwürfe anzuhören. Sie alle taten mir leid, aber ich fand, dass sie sich zu dem kühlen Tag beglückwünschen sollten. Schon als ich die Sixth Avenue entlangging, hatte ich über die Vorzüge des kühlen Wetters nachgedacht. Es wimmelte nur so von Reisenden, die für einen Tag oder fürs Wochenende nach New York gekommen waren. Sie gingen so zügig die Straße entlang, als habe man ihnen gesagt, sie müssten die Insel der Länge nach durchwandern, bevor sie den Ausgang fänden oder den Heimweg oder die Sehenswürdigkeit, die sie besichtigen wollten. Der Tag war nicht wirklich kühl – irgendwo lag noch immer Hitze in der Luft, und es war unverkennbar Hochsommer –, aber im Freien war es durchaus angenehm.

Nachdem ich den Busfahrer und seine Probleme hinter mir gelassen hatte, ging ich ins Le Steak de Paris und bemerkte voller Freude, dass man die Temperatur draußen registriert, die Klimaanlage abgeschaltet und die Tür geöffnet hatte. Normalerweise sitze ich an einem kleinen Tisch gegenüber der Bar, aber der war besetzt, und so ging ich wieder zurück und setzte mich an einen Tisch mit ungewohnter Aussicht. Statt zur Bar mit ihren Spiegeln und Uhren und Flaschen und Werbeartikeln diverser Destillerien blickte ich über die ganze Länge der Theke hinweg auf das große Vorderfenster des Restaurants und auf die Straße draußen. Dort kamen etliche der Leute vorbei, die ich die Sixth Avenue hatte entlanggehen sehen, jetzt schlenderten sie zum Broadway oder kehrten von dort zurück. Die gesamte Vorderfront des Restaurants besteht aus einem quadratischen Fenster, das oben und an den Seiten mit Vorhängen versehen ist, sodass nur ein kleines Rechteck der Fensterscheibe frei bleibt, und zwar über einem hohen alten Heizkörper, der Hüften und Beine der vorübergehenden Menschen verdeckt. Ich beobachtete die Menschenmenge, und einmal sah ich zwei runde Wuschelköpfe vorüberwippen und wusste, dass eben zwei kleine Jungen vorbeigegangen waren. Im Restaurant war es ruhig – zu ruhig für den Besitzer, der an diesem gemächlichen Nachmittag das Kommando über die Bar selbst übernommen hatte und sich fast die ganze Zeit, in der ich da war, mürrisch über seine Zeitung beugte. Das Restaurant ist verspielt – mit einer Decke aus geprägtem Blech und den verschiedensten Tapeten an den Wänden: rote Ziegeltapete, graue Ziegeltapete, farbenfrohe Pariser Tapete. Drüben in der Ecke, wo im Winter die Garderobenfrau steht, gibt es einen kleinen, quadratischen, braun-weiß gestreiften Baldachin. Im Sommer, wenn es weniger Gäste gibt und keine Mäntel, arbeitet die Garderobenfrau woanders. Als ich mit dem Mittagessen fast fertig war, kam ein ernst aussehendes junges Paar herein, ein Mann und ein Mädchen, die sich an die Bar setzten und etwas zu trinken bestellten. Dann überlegten sie es sich anders und trugen ihre Getränke an meinen Nebentisch. Als er ihr den Stuhl zurechtrückte, sagte er, offenbar in Fortsetzung ihres Gesprächs: »Na schön, wenn du unbedingt eine Definition brauchst, ich bin ein an der Lust interessierter Sozialist.« Ich war fasziniert, aber er sank auf seinen Stuhl, und mit ihm sank auch seine Stimme, und ich hörte ihn nicht mehr, bis ihre Gerichte aufgetragen wurden und er, als sei er erstaunt, mit lauter Stimme sagte: »Die Kartoffeln hier sind sehr gut.« Noch so ein enttäuschender Mann, dachte ich und erinnerte mich an den Busfahrer.

Als ich das Restaurant verließ, hatte sich der Himmel bezogen. Ich war erst ein paar Schritte auf der Sixth Avenue, als neben, vor, hinter und auf mir geräuschvoll einige sehr große Regentropfen aufklatschten, und ihnen folgte sogleich ein panikartiger Wolkenbruch, der die Gehsteige im Nu leerfegte. Sämtliche Passanten hatten sich an die Gebäude und in die Eingänge gedrückt, und auch ich machte Anstalten, mich in einen Eingang zu flüchten, aber ich war schon durchnässt, also beschloss ich, zur Fifth Avenue zu eilen und nach Hause zu gehen. Ich wurde pudelnass, aber es machte mir nichts aus, denn ich ging ja nach Hause, und als ich durch die Pfützen stapfte, musste ich noch einmal an den Busfahrer denken und hoffte um seinetwillen, dass all die aufgebrachten Damen in ihren Sommerkleidern irgendwo ein schützendes Dach gefunden hatten.

19. August 1961

Filmstars in freier
Wildbahn

Eines Abends, eines sehr späten Abends vor zehn Jahren,
saß ich in der großen, quadratischen Bar des Jumble Shop,
als Jean Gabin hereinkam und sich an einen Ecktisch setzte.
Vor etwa sechs Jahren trank ich Tee in der Chocolaterie
Rosemarie de Paris – der Filiale nahe der 44. Straße – und
sah, dass an meinem Nebentisch Marlene Dietrich saß.
Eines Nachmittags vor vielleicht fünf Jahren sah ich im
Erdgeschoss von Lord & Taylor Judy Holliday umher-
schlendern, und ungefähr um dieselbe Zeit, vielleicht auch
etwas früher in jenem Jahr, stand ich in einem Fahrstuhl, der
im vierten Stock von Lord & Taylor anhielt, als Paulette
Goddard zustieg. Sie trug ein gelbes Kleid. Wegen des gelben Kleides muss es wohl Sommer gewesen sein. Judy Holliday allerdings war warm angezogen. Ich glaube, ich habe
sie um die Weihnachtszeit desselben Jahres bei Lord & Taylor gesehen. Eigentlich bin ich mir sicher, dass es zur Weihnachtszeit war, denn außer zur Weihnachtszeit, wenn ich
nach Geschenken für Leute suche, die Duftkissen und Rei-
sepantoffeln und feminine Brieftaschen und dergleichen
bekommen, laufe ich nie im Erdgeschoss eines Kaufhauses

herum. Ich habe es gern, wenn ich auf meinen Rundgängen durch die Stadt Filmstars sehe, und ich habe es gern, wenn ich sie erkenne, weiß, wer sie sind, und weiß, dass sie mich allein aufgrund meines Standorts unsichtbar machen – zu einem Gesicht in der Menge, zu einem weiteren starrenden Augenpaar. Ich bedränge Filmstars nicht, bitte sie nicht um ein Autogramm und versuche auch nicht, ihnen eine Haarlocke abzuschneiden, aber ich starre sie an. Ich habe das Gefühl, dass ich mir, indem ich sie erkenne, das Recht erwerbe, sie anzustarren, außerdem habe ich das Gefühl, dass sie sich nicht wirklich daran stoßen. Anders ist es, wenn man kein Filmstar ist. Einmal wurde ich versehentlich für einen Filmstar gehalten, und dann, als der Irrtum aufgedeckt war, wurde ich angestarrt, weil ich *kein* Filmstar war.

Das war vor etwa vierzehn Jahren. Ich saß im Hinterzimmer der Minetta Tavern und hatte eben mein Abendessen beendet. Ich wartete auf meinen Kaffee. Plötzlich schmiegte sich ein sehr kleines Mädchen an mich und legte ein aufgeschlagenes Autogrammbuch vor mir auf den Tisch. Ich starrte zu ihr hinab, und sie starrte zu mir herauf. Wir lächelten nicht. Dann beugte sich eine Frau über mich – vermutlich ihre Mutter.

Die Frau sagte: »Oh, Miss Astor, wollen Sie Rosalie denn kein Autogramm geben? Wir haben Sie nicht aus den Augen gelassen, seit wir hereingekommen sind. Ich habe ihr versprochen, sie würde hier Filmstars sehen.«

Ich sagte: »Aber ich bin nicht Miss Astor.«

Die Frau sagte: »Sie sind nicht Mary Astor?«

Ich sagte: »Nein, natürlich nicht.«

Die Frau sage: »Jedenfalls sehen Sie ihr zum Verwechseln ähnlich.«

Ich sagte zu dem kleinen Mädchen: »Es tut mir schrecklich leid. Ich kann in dein Buch nichts hineinschreiben.«

Das kleine Mädchen streckte die Hand aus und legte sie auf das Buch.

Die Frau sagte: »Das ist aber eine Enttäuschung. Könnten Sie nicht Ihren Namen trotzdem hineinschreiben?« Dann sagte sie sehr schnell: »Nur zu. Schreiben Sie ›Mary Astor‹. Schreiben Sie irgendetwas. Sie wird es nicht merken.«

Ich sagte: »Nein, das tue ich nicht.«

Wütend riss die Frau Kind und Autogrammbuch an sich, und sie kehrten wieder an ihren Tisch zurück. Ich sah ihnen nicht nach. Ich schämte mich. Erst nach einer Weile blickte ich zu ihrem Tisch hinüber. Das Mädchen sah niedergeschlagen und vorwurfsvoll aus. Sie beobachtete mich und ließ resigniert das Autogrammbuch sinken. Die Frau starrte mich an. Ich fand, dass sie verächtlich dreinblickte. Da schämte ich mich noch mehr. Indem sie die Minetta Tavern betreten hatten, als auch ich gerade da war, hatten sie mich zur Hochstaplerin gemacht. Es war alles meine Schuld. Ich war jemand gewesen, aber jetzt war ich jemand *nicht*. Eilig verließ ich das Restaurant, ohne meinen Kaffee getrunken zu haben.

Jetzt komme ich zur Pointe meiner Geschichte. Seit ich nach meinem langen Aufenthalt auf dem Land in die Stadt zurückgekehrt bin, wohne ich in verschiedenen Hotels in verschiedenen Stadtteilen und suche nach einem Ort, an dem ich mich wirklich gern niederlassen würde. Vor einer Weile bin ich aus dem kleinen Hotel im Village, in dem ich früher immer abgestiegen bin, in ein Hotel in der 86. Straße East direkt am Central Park gezogen. Eines Abends gegen neun Uhr – es war ein Montag – ging ich gerade ins Hotel, als ich einen Tumult genau gegenüber, an der Ecke 86. Straße/Fifth Avenue, und eine Menge greller Lichter bemerkte: Scheinwerfer. Ich fragte den Portier, was es damit auf sich habe. »Die drehen einen Film«, sagte er. Ich ging ins Hotel und fragte das Mädchen im Aufzug, was für ein Film denn da gedreht werde. »Er heißt *Telefon Butterfield 8*«, sagte sie. »Da draußen sind Elizabeth Taylor und Laurence Harvey.«

An jenem Abend drohte es zu regnen, und es war kalt. Ich setzte einen großen Filzhut auf und zog mir einen Regenmantel über, dann ging ich hinunter, blieb an der Ecke stehen und betrachtete die Szene auf der anderen Straßenseite. Der Schauplatz mit seinen Scheinwerfern und Kameras wirkte wie mit Seilen oder mit einer Mauer abgesperrt, so gut wurde er von einer ganzen Armee von Polizisten und anderen Verantwortlichen geschützt, die den Verkehr lenkten, Autofahrer zum Weiterfahren ermunterten und sogar die Busfahrer auf der Fifth Avenue dazu überredeten, sich von ihrer fügsamsten Seite zu zeigen. Ich stand da, schaute zu und wartete, was passieren würde. Ein paar Leute standen in meiner Nähe, und all jene, die ihre Hunde ausführten, verweilten, um einen Augenblick zuzusehen. Eigentlich war es viel zu kalt und zu windig, um lange stehen zu bleiben. Gegenüber, an der Fifth Avenue, vor dem großen Apartmenthaus an der Ecke, parkte ein winziger hellroter Wagen. Plötzlich setzte der Wagen zurück, schoss um die Ecke und ein kurzes Stück in die 86. Straße hinein und hielt genau gegenüber dem Eingang zu meinem Hotel. Am Steuer saß Elizabeth Taylor, und Laurence Harvey saß neben ihr. In der kurzen Pause, bevor sie wieder anfuhr, warf Elizabeth Taylor einen kurzen Blick in den Rückspiegel und schob mit der Linken müßig ihren zerzausten dunklen Schopf zurecht. Laurence Harvey sah etwas länger in den Rückspiegel und kämmte sich die Haare unter Einsatz beider Hände mit einem Kamm. Auf ein Zeichen hin, das mir entgangen war, ließ Miss Taylor den Wagen wieder um die Ecke flitzen und hielt an der Stelle an, wo er ursprünglich geparkt gewesen war, kurz vor der Markise des Apartmenthauses. Mr Harvey stieg schwankend aus. Er trug einen Mantel. Er taumelte. Ein livrierter Portier stürzte los, um ihn zu stützen. Und so weiter. Sie wiederholten die Szene mehrere Male – viele Male –, rasten mit dem Auto zurück, hielten an und rasten wieder vor. Es war wirklich ein sehr kalter Abend. Leute fanden sich ein, um zuzuschauen, und trollten sich

wieder. Einmal kam ein Polizist und stellte ein Absperrgitter vor mir auf. Ich blickte mich um. Ich war der einzige
Mensch hinter dem Absperrgitter.

Jetzt habe ich einen Traum. In meinem Traum ist es etwa
zwei Uhr morgens und furchtbar kalt. Ich stehe an der
Ecke 86. Straße/Fifth Avenue, und an der gegenüberliegenden Ecke steht, umgeben von grellen Scheinwerfern
und großen Kameras, Greta Garbo. Sie trägt einen riesigen
Pelzhut, der ihr wundervolles Gesicht nicht verdeckt. Wo
ich stehe, ist es dunkel. Die Bäume, Gräser und Wege des
Central Park auf der anderen Seite der Fifth Avenue sind
von der Nacht verschluckt. Es herrscht überhaupt kein
Verkehr. Ein Polizist kommt und stellt ein Absperrgitter vor
mir auf. Ich blicke mich um. Ich bin allein. Es gibt keine
Menschenmenge. Ich *bin* die Menschenmenge. Ich beob-
achte Greta Garbo und tobe wie eine Menschenmenge.
Meine Begeisterung gewinnt die Oberhand, und ich brülle
drauflos. Binnen weniger Minuten bin ich ein regelrechter
Mob. Ich dränge nach vorn, um einen besseren Blick auf
Miss Garbo zu erhalten, und brande ungezügelt auf sie zu.
Das Absperrgitter stürzt krachend um. Polizisten treffen ein
und bilden einen Kordon, um mich zurückzuhalten. Zwei
Beamte greifen nach dem Gitter und versuchen, es wieder
aufzurichten, während alle anderen Polizisten die Hacken
in den Boden stemmen und in ihrer Entschlossenheit,
mich in Schach zu halten, fast auf dem Gehsteig liegen. Ich
fange an, Beifall zu klatschen. Ich drohe außer Rand und

Band zu geraten. Ich scheine mich in einen regelrechten Aufruhr zu verwandeln, aber schon treffen Polizeiverstärkungen ein, und ich beruhige mich wieder. Bald stehe ich wieder hinter dem Absperrgitter. Die Polizisten verschwinden. Ich beobachte wieder Greta Garbo. Plötzlich löst sich Jean Gabin aus dem Dunkel. Er trägt die Uniform eines Offiziers der französischen Armee im Ersten Weltkrieg. M. Gabin sagt: »Ich beobachte Sie schon seit geraumer Zeit. Sind wir uns nicht schon einmal begegnet? Ich bin mir sicher, dass ich Sie kenne.« Ich sage: »Nein, ich glaube nicht.« Er sagt: »Sie kommen mir sehr bekannt vor. Ich bin mir sicher, dass ich Sie schon einmal gesehen habe.« Ich sage: »Ich glaube wirklich nicht, dass wir uns schon einmal begegnet sind, aber eins kann ich Ihnen sagen. Ich bin nicht Mary Astor. Ich sehe ihr nicht einmal ähnlich.« M. Gabin erwidert: »Natürlich sind Sie nicht Mary Astor. Sie haben nicht die geringste Ähnlichkeit mit ihr. Wie sollten Sie auch? Sie sind unsichtbar. Das sieht doch jeder.« Er entweicht in Richtung des in Dunkel gehüllten Central Park. Ich stehe hinter dem Absperrgitter und behalte weiterhin Greta Garbo im Auge.

So viel zu meinem Traum, aber tatsächlich ist dies eine wunderbare Stadt. Immerzu gibt sie mir Denkanstöße. Jetzt zum Beispiel denke ich an die Madison Avenue. Die schönste Busstrecke in der Stadt führt durch die Madison Avenue, aber ich glaube, heute Abend werde ich zu Fuß dort entlang nach Haus gehen. Auf der Madison Avenue war ich noch nie unsichtbar, aber vielleicht gibt es nach dem Spaziergang, den ich heute Abend zwischen zehn nach sechs und fünf nach halb sieben unternehmen werde, eine andere Geschichte zu erzählen. Vielleicht wird ja Alec Guinness derjenige sein, der mich nicht sieht.

3. Dezember 1960

Die Ferne in der Nähe

Im Sommer finde ich die Welt laut und aufdringlich, und in den heißen Monaten bin ich mir zu sehr der Zimmer bewusst, die ich bewohne, werde ungeduldig mit ihnen und habe Angst zu ersticken, und aus diesem Grund werde ich, wenn das Sommerwetter in New York seinem Höhepunkt entgegengeht, von Erinnerungen an andere Sommer und andere Zimmer in den verschiedenen Stadtteilen, in denen ich gewohnt habe, erfasst wie von starken Böen. Der Sommer in der Sullivan Street war winzig und heiß und ruhig wie das Zimmer, in dem ich wohnte und das ungefähr drei mal dreieinhalb Meter maß, einen riesigen Kamin, aber keinen Wandschrank hatte. Es gab einen kleinen Hof mit einem Springbrunnen, der nie plätscherte, aber der Hausmeister hatte einen kleinen Jungen, und der kleine Junge hatte eine kleine Katze, und die beiden genossen den Hof sehr. Das Zimmer in der Hudson Street war größer und hatte einen riesigen Kamin, aber keine Küche, und in dem Zeitungs- und Erfrischungsladen im Erdgeschoss nebenan stand eine Jukebox, aus der den ganzen Sommer über in voller Lautstärke »You Always Hurt the One You Love« plärrte. Ich wohnte im dritten Stock, und mein Scheck für die Miete landete versehentlich im Briefkasten der Dame im vierten Stock, und die Vermieterin, die mitsamt ihrem Argwohn im ersten Stock wohnte, fragte mich dauernd nach dem Scheck, und schließlich musste ich ihr einen anderen Scheck geben und den ersten stornieren, und dann tauchte die Mieterin aus dem vierten Stock mit dem ursprünglichen Scheck auf, und niemand schien sich daran zu stören, dass mir nun die beiden Dollar fehlten, die ich der Bank für die Stornierung hatte zahlen müssen. Danach zog ich in ein riesiges Zimmer in der 10. Straße, dessen Fenster sich über die gesamte Front erstreckten und mir einen schönen Ausblick auf Dächer und Himmel gewährten, und ich hatte einen winzigen Kamin, der nicht zog, und zwei große Wandschränke. Ich wohnte im sechsten Stock, und die Decke war niedrig, das Flachdach über mir geteert und die Hitze gewaltig, aber trotzdem war es ein hübsches Zimmer, außer wenn ich versuchte, mich zusammenzureißen und auszugehen. Eines Samstagabends brachte ich in den zweihundertfünfzig Grad Hitze, die im Zimmer herrschten, fast zwei Stunden damit zu, mich halbwegs herzurichten, und als ich endlich losgehen konnte, war es schon spät, und ich musste die sechs Stockwerke hinunterrennen, was ich auch erfolgreich tat, bis ich zum letzten Treppenlauf gelangte, denn dort stolperte ich und stürzte kopfüber nach unten. Meine Arme waren schmutzig, meine weißen Handschuhe ruiniert, meine Haare hatten sich gelöst, und bei dem Gedanken, dass ich in diesem heißen, schmutzigen Haus wohnte, setzte ich mich auf den Boden und weinte vor Zorn.

Meine nächste Station war in der 22. Straße nahe der Ninth Avenue, wo ich zwei große Zimmer mit Kaminen, einer richtigen Küche und Gartennutzungsrecht bewohnte. Draußen auf der 22. Straße stritten die Leute sich den ganzen Tag, und dann stritten sie sich die ganze Nacht, aber nachts lauter, weil es dunkel war. Wenn es regnete, traten sie in die Hauseingänge, um zu streiten, und dann traten sie aus den Hauseingängen, um sich die Köpfe einzuschlagen. Über mir wohnten mehrere junge Männer, die den ganzen Abend, jeden Abend, und an Samstagen und Sonntagen den ganzen Tag »Come On-a My House« abspielten. Sie hatten keine Teppiche oder dergleichen auf den Fußböden, und wenn ihr Telefon klingelte, rasten alle gleichzeitig hin und nahmen den Anruf gemeinsam entgegen. Ihr Schallplattenspieler war lautstark, und der Klang wummerte durch meine Zimmerdecke, bis nur noch dieser grässliche Song in meinem Kopf war. Eines Samstagabends kam der Hausbesitzer zu Besuch. Er besaß das Haus gewissermaßen aus der Ferne, mittels eines Vertreters und eines Verwalters. Früher hatte seine Familie dort gewohnt, und er kam in meine Wohnung und nahm den einzigen Gegenstand an sich, der mich an die Zimmer hätte binden können – einen prachtvoll verzierten, goldgerahmten Spiegel, der den ganzen Zwischenraum zwischen zwei Fenstern ausfüllte. Er sagte, es handele sich um ein Familienerbstück, und er und sein abscheulicher Begleiter schleppten ihn weg, so groß und schwer er war und so sehr ich ihn liebte, luden ihn in ihren Kombi und fuhren mit ihm davon. Wie sehr ich sie hasste! Wie sehr ich hoffte, der Spiegel würde zerbrechen und ihnen sieben Jahre Unglück bescheren! Von dort zog ich in die 9. Straße nahe der Fifth Avenue, wo ich zwei hübsche Zimmer, einen Kamin und eine Dachterrasse hatte, die im Frühling und im Sommer von grünen Baumwipfeln umgeben war. Eines frühen Sonntagmorgens kletterte mein Kätzchen von der Terrasse auf den kleinen Dachvorsprung darunter, setzte sich auf eine Fensterbank und starrte den Pudel an, der unter mir wohnte, und der Pudel kläffte und weckte seine Besitzer auf, und sie wurden sehr unangenehm, lehnten sich aus dem Fenster, sahen zu mir herauf und sagten, meine Katze sei eine Zumutung. Ich ging nach unten und rettete sie, und immer, wenn ich meinen Nachbarn danach auf der Treppe begegnete, warf ich ihnen finstere Blicke zu.

In einem anderen Sommer wohnte ich im Hotel Earle im Village, wo ich zwei hübsche Zimmer mit einer Falttür und mit Fenstern hatte, durch die aus drei Richtungen Luft hereinströmen konnte, wenn denn überhaupt ein Lüftchen wehte. Das war der heißeste Sommer, an den ich mich erinnern kann, aber ich erinnere mich weniger an das, was ich hörte oder empfand, als an das, was ich sah. An Wochentagen verließ ich das Hotel immer gegen sieben, um in mein vollklimatisiertes Büro zu gehen, und eines Morgens kurz nach sieben saß ich am Tresen eines Drugstores, der sich damals an der Ecke 8. Straße/Fifth Avenue befand, als draußen eine junge Schwarze in einem gelben Baumwollkleid vorüberging. Sie war vielleicht siebzehn und kam mir frischer vor als alles andere in der Stadt. Schon um diese Stunde war die Hitze betäubend, sie aber wirkte frischer als ein Osterglöckchen. Ihr Kleid war herrlich sauber und gestärkt, und ich war mir sicher, dass sie es selbst gebügelt hatte, und fühlte mich ziemlich beschämt, weil ich überhaupt nichts mehr selbst bügele. Sie wirkte auf ihrem Weg zur Arbeit sehr entschlossen, und ich muss oft an sie denken. An einem anderen Morgen verließ ich das Hotel erst spät – so gegen halb zehn –, und als ich die Waverly Place entlang durch die grelle Hitze langsam zur Sixth Avenue ging, sah ich, wie mir ein Mann entgegenkam, der noch langsamer ging als ich und alle paar Schritte innehielt. Er hatte die Hände vor sich gefaltet und trug etwas, das seine ganze Aufmerksamkeit beanspruchte. Er wandte nie den Blick von dem, was er da in den Händen hielt. Alle Aufmerksamkeit und Fürsorge, deren er noch fähig war, galt dem, was er in den Händen hatte, und er wirkte erschöpft und als sei er am Ende seiner Kräfte. Er trug nur Hemd, Hose und Schuhe, keine Socken, und er war schmutzig und sah aus, als hätte er sich eine Woche lang weder gewaschen noch rasiert, geschweige denn geschlafen. Und er sah aus, als hätte er kein Obdach, wo er sich hinlegen und ausruhen könnte. Er kam auf mich zu, achtete auf das, was er in den Händen hatte, und ich konnte es kaum erwarten, zu sehen, was er denn so hütete, und als ich an ihm vorbeiging, schaute ich hin und sah, dass es ein schmelzender Eisklumpen war. Dann, eines Sonntags um die Mittagszeit, ging ich über die 10. Straße zur Fifth Avenue, und die Hitze, ich muss es noch einmal sagen, war unbeschreiblich. Auf der anderen Seite der 10. Straße sah ich einen Mann, der sich früher immer in der Nachbarschaft herumgetrieben und um Geld gebettelt hatte. Er schlurfte in Richtung Sixth Avenue, und ich wollte hinübergehen und ihm einen Vierteldollar geben, um mein Gewissen zu erleichtern, da ich vorhatte, in einem teuren, vollklimatisierten Restaurant zu Mittag zu essen. Ich überquerte also die menschenleere Straße, und als ich zu der Stelle kam, an der er eben noch gestanden hatte, war er verschwunden. Ich glaubte, er sei vor Hunger ohnmächtig geworden, aber als ich nachschaute, hatte er sich in ein Auto gebeugt und durchstöberte einige Körbe und einen Koffer, die dort auf dem Rücksitz lagen. Meinen Vierteldollar in der Hand, schlich ich mich wieder auf meine eigene Straßenseite. Ich fühlte mich schrecklich beschämt, weil ich ihn hatte stehlen sehen, und dankte dem Himmel, dass er mich nicht dabei ertappt hatte, wie ich ihm nachspionierte. Mir scheint, als sei alles, was ich über jenen Sommer und über alle Sommer empfinde, in den Gedanken enthalten, die ich mir damals über diesen Mann machte, denn in der Hitze war die Welt so verzerrt und so leblos, nichts war wirklich und nichts unwirklich, dass es ihm genauso selbstverständlich vorkam, zu stehlen, wie mir, einen Bus zu besteigen und mich von einem Ort zum anderen chauffieren zu lassen.

18. August 1962

Die Reisende

Es geht doch nichts über einen kurzen Spaziergang durch die Stadt, um uns die zufällige Natur unseres Lebens in Erinnerung zu rufen. Hier ist es ein lieblicher Sonntag im Sommer – das Wetter selbst ist ein Wunder –, und es ist ein Wunder, dass ich am Leben bin, um diese Zeilen zu schreiben. Ich begann meinen Spaziergang an der Ecke 44. Straße/Second Avenue, und das Erste, was sich zutrug, war, dass ich um ein Haar von einem draufgängerischen Autofahrer überrollt worden wäre, der zu schnell um die Ecke bog. Ich wäre bei diesem Unglück nicht das einzige Opfer gewesen. Ein junger Mann, eine Frau und ihr Baby, die mit mir darauf warteten, dass die Ampel umsprang, wären ebenfalls überfahren worden. Aber wir alle blieben verschont. Es ging gerade noch einmal gut, und der Mann fuhr mit quietschenden Reifen um uns herum, ohne uns auch nur eines Blickes zu würdigen. Wir überquerten die Avenue, als wäre nichts geschehen, und ließen das gemeinsame Wunder hinter uns, zusammen mit einem Gefühl der Erleichterung, das wir nicht wahrhaben wollten. Die beiden setzten zusammen mit ihrem lebhaften Baby ihren Weg auf der 44. Straße fort, ich dagegen beschloss, einen Häuserblock weit die Second Avenue entlangzugehen, die trotz der Pracht, die sich einen Block östlich am Fluss entlang und um das Gebäude der Vereinten Nationen herum erhebt, trostlos wirkt. Ich bog in die ebenso trostlose 45. Straße und kam an der Third Avenue heraus, die eigentlich keine Avenue mehr ist, sondern einen herrlichen Ausblick nach Norden hin gewährt. Der Abriss der Hochbahn hat den ganzen Raum, die ganze Farbe und Weite freigelegt, die die Third Avenue insgeheim schon immer besessen hat, aber ich machte einen Schritt nach dem anderen und wollte es nicht unbedingt mit einem so weiten Ausblick aufnehmen. Ich bewunderte die Third Avenue einen Häuserblock weit, dann ging ich hinüber zur Lexington Avenue. Ich mache mir nicht sonderlich viel aus der Lexington Avenue. Es ist eine nützliche Straße, gesäumt von Geschäften, die mit interessanten Artikeln gefüllt sind, aber sie ist lärmig und verstopft, und ich finde, dass sie mehr Beachtung fordert, als sie verdient. Aber nachdem ich gerade noch einmal mit dem Leben davongekommen war, war ich allem, was sich mir darbot, wohlgesinnt, und als ich weiterging und um mich schaute, sah ich drei hochgewachsene, ansehnliche Gestalten, zwei Frauen und einen Mann, die aus einem Hotel kamen und in eine Limousine stiegen, die sie, da war ich mir sicher, zum Flughafen Idlewild bringen würde. Sie hatten Gepäck dabei, waren gut angezogen und wirkten gesammelt und hochgestimmt, und ich fragte mich, wohin sie wohl flogen, und beneidete sie. Ich dachte an Amsterdam, Marseille und Algier, Orte, an denen ich nie gewesen bin, und ich wünschte, ich könnte mich für ein paar Tage oder gar für eine Woche in eine Transatlantikreisende verwandeln, mich im Foyer eines fernen Hotels mit Gepäck und einer gestreiften Reisedecke maskieren und alle Welt in dem Glauben wiegen, ich hätte einen sehr guten und gewichtigen Grund für meinen Aufenthalt, und wenn ich abreiste, hätte ich dafür einen ebenso zwingenden Grund, und mein nächstes Reiseziel stünde schon fest und richtete sich nach Plänen, die unabänderlich wären. Für eine kleine Weile wollte ich mich strengsten Vorgaben unterwerfen, mit einem Zeitplan, an den ich mich halten müsste, Fahrkarten und einem Reisepass, mit dem ich mich ausweisen würde, und einem Verzeichnis ferner Hotelzimmer, die mir jetzt noch unbekannt waren, schon bald aber vollkommen vertraut wären, da ich in ihnen schlafen würde. Und meine Ausrede und meine Erklärung für meinen jeweiligen Aufenthaltsort würde stets neben mir stehen – mein in jeder Sprache erkennbarer Reisekoffer. Mein Reisekoffer würde mich zu jedermanns Zufriedenheit und besonders zu meiner eigenen in fremde Zungen übersetzen. Und ich würde in eine Stadt reisen, wo die Leute eine Sprache sprächen, die ich nicht verstehe, sodass ich lauschen könnte, so viel ich wollte, und doch niemanden *be*lauschen würde. Es ist so angenehm, Stimmen zuzuhören, ohne sich durch das Gesagte aufhalten zu lassen. Ich würde nach Amsterdam reisen. Eigentlich war ich schon so gut wie in Amsterdam, bei der geringen Aufmerksamkeit, die ich der Stadt schenkte, durch die ich gerade spazierte, und dann stand ich auch schon vor dem Eingang des Waldorf-Astoria Hotels in der Lexington Avenue.

Mit meiner Vision von Ankünften und Abflügen und internationalen Reisenden betrat ich das Waldorf und stieg die Treppe hinauf, die zum Hauptfoyer führt. Ich wollte schnurstracks durch das Hotel zur Park Avenue gehen und würde auf meinem Weg vielleicht etwas transatlantische Eleganz aufsaugen. Als ich das Foyer erreichte, sah ich, dass es brechend voll war. Überall Gruppen von Männern und Frauen, Delegierte irgendeiner Tagung. In meinem ganzen Leben habe ich niemals so viele Menschen gesehen, die so froh waren, einander zu begegnen. Sie amüsierten sich blendend. Sie lächelten, und sie schüttelten Hände und sprachen in herzlichem Tonfall miteinander. Ich hoffte, sie würden nicht auch noch anfangen zu singen. So schnell ich konnte, durchquerte ich das Foyer und eilte hinaus auf die Park Avenue. Ich nahm mir ein Taxi zum Le Steak de Paris in der 49. Straße zwischen der Sixth und der Seventh Avenue, wo ich zu Mittag essen wollte. An der Bar im kleinen Vorderzimmer saßen, jeder für sich, zwei Männer, aber die Tische waren leer. Es war sonntäglich ruhig. Ich nahm den kleinen Tisch am Fenster, und als ich mich setzte, kam draußen eine sehr junge Frau vorbei, die langsam einen Kinderwagen mit ihrem Baby schob. Neben ihr ging eine sehr alte, gebeugte Frau – die Großmutter, oder eher die Urgroßmutter des

Babys. Sie mussten wohl in der Nachbarschaft wohnen, denn die Alte trug eine Schürze über ihrem langen, voluminösen Kleid und war in Hausschuhen unterwegs. Sie hatte zwei Handtaschen am Arm, ihre eigene und die der jungen Frau. Sie waren kurz hinausgegangen, um dem Baby zu frischer Sonntagsluft zu verhelfen. Ins Restaurant kam niemand, aber hin und wieder blieben Leute stehen und spähten durch mein Fenster herein, wobei sie die Augen mit den Händen beschatteten. Sie wollten herausfinden, ob das Restaurant geöffnet hätte, und wenn sie es herausgefunden hatten, setzten sie ihren Weg fort. Drinnen geschah überhaupt nichts, bis aus dem großen Speisesaal hinten fünf junge Leute kamen und durchs Vorderzimmer zur Straße gingen. Es waren vier Jungen und ein Mädchen, und sie alle schienen etwa das gleiche Alter zu haben – achtzehn oder neunzehn. Das Mädchen war sehr hübsch, mit glattem blondem Haar, und die Jungen sahen nett aus. Sie alle trugen Bluejeans und Pullover und blickten sich ruhig um, mit einer Neugier, die ich bemerkenswert fand, weil sie höflich und zurückhaltend und zugleich vollkommen lebhaft und ungeniert war. Bevor sie die Tür erreichten, rief ihnen der Besitzer, Guy, etwas auf Französisch zu und bot ihnen einen Drink an. »Eau sucrée«, sagte er und lachte sie an. Sie waren schon an der Tür, scharten sich aber um die Theke und setzten sich auf die Barhocker. Es waren Franzosen, zu Besuch in der Stadt. Sie unterhielten sich mit Guy und schienen an ihm ebenso interessiert wie aneinander. Sie wirkten auf mich, als seien sie außerstande, grob oder gelangweilt zu sein. Sie waren sehr fröhlich und genossen ihr Nichtstun, und in ihrer Unbefangenheit erkannte ich jene internationale Eleganz, nach der ich im Waldorf Ausschau gehalten hatte. Ich hörte nicht so genau hin, dass ich hätte verstehen können, was sie sagten. Um sie nicht anzustarren, blickte ich hinaus auf die Straße, und ich fand, dass ihre Stimmen sie so definierten, wie die Tauben, die vor meinem Hotelzimmerfenster umherfliegen, die Aussicht definieren, die dort vor mir liegt. Ich wohne im Beaux Arts Hotel in der 44. Straße East zwischen der First und der Second Avenue, mein Zimmer liegt im zwölften Stock, und es gibt einen großen Höhenunterschied zu dem flachen Dach des benachbarten Hauses, sodass sich mir über die niedrigen Dächer und die First Avenue hinweg eine unverstellte Aussicht auf die schimmernde Glasfassade des UN-Gebäudes, auf den East River dahinter und auf Queens jenseits des Flusses eröffnet. Rechts von meinem Fenster steht ein monumental verziertes Mietshaus mit vier steinernen Löwen, die aufgerichtet auf den Ecken eines seiner kleineren Dächer sitzen. Die Löwen tragen Kronen und halten eiserne Standarten in den Pranken, aber Kronen, Standarten und Pranken sind allesamt den Tauben untertan, die sich niederlassen, wo es ihnen beliebt, und ungehindert über die lang gestreckten, mit Blumen bepflanzten Dachterrassen desselben Gebäudes fliegen. Zur Linken, auf der anderen Seite der 44. Straße, stehen niedrige, mäßig alte Geschäftshäuser mit ausdruckslosen Gesichtern, die gut zu ihnen passen, denn gewiss sind sie zu baldigem Abriss verurteilt, wenn man an all die ehrgeizigen Bauarbeiten denkt, die dort vonstatten gehen. Auf einem dieser Gebäude gibt es eine selbstgebaute Terrasse, in hoffnungsfrohem Rosa gestrichen. Den Tauben ist es einerlei. Sämtliche Gebäude, ob hoch oder niedrig, sind nur verschiedene Ebenen der einen großen Arena, in der sie den ganzen Tag lang spielen, und alles, ob in oder außer Sichtweite, gehört ihnen. Wie ich so den Stimmen von der Bar lauschte, begann ich mir vorzustellen, ich wüsste von einem Land, wo die Menschen sich so heimisch fühlen, dass sie sich überall heimisch fühlen können. Ich dachte an eine ganz andere Welt, nicht an Frankreich. Dann sah ich zu meiner Überraschung die fünf jungen Franzosen auf dem Gehsteig vor meinem Fenster, und ich schaute ihnen nach, wie sie die Straße hinuntergingen, bis sie aus meinem Blickfeld verschwanden. Sie hatten sich verabschiedet und waren gegangen, und ich hatte es nicht mitbekommen. Jetzt waren sie fort, und mein Mittagessen war beendet, aber ich wollte noch nicht gehen. Ich behielt die Tür zum Hinterzimmer im Auge, bis der Kellner erschien, und bat ihn um einen weiteren *café-filtre*. Eigentlich schmeckt mir *café-filtre* gar nicht, aber jedes Mal, wenn ich in einem französischen Restaurant sitze, trinke ich ihn. Vermutlich sind diese pflichtgemäßen *café-filtres* das Einzige, das ich je von Marseille kennenlernen werde.

20. Juli 1963

Die Sixth Avenue zeigt ihr wahres Gesicht

In letzter Zeit unternehme ich Spaziergänge, die einem bestimmten Raster folgen, denn ich bewege mich zwischen der 59. und der 45. Straße und halte mich an vier Avenues – Sixth, Fifth, Madison und Park. Meist bin ich allein, und wie ich feststelle, haben sich mir die unterschiedlichen Persönlichkeiten der vier Avenues innerhalb dieses Areals so nachdrücklich eingeprägt, dass ich ein paar Bemerkungen dazu machen möchte.

Ich habe lange überlegt, was sich Gutes über die Sixth Avenue sagen ließe, aber meine Überlegungen waren nicht von Erfolg gekrönt. Ihr wahres Gesicht zeigt die Sixth Avenue nur in den beiden Stunden nach dem Morgengrauen, wenn sie fast leblos ist. In diesen beiden Stunden, in der Stille und dem schönen klaren Licht, tritt die gespenstische, seelenlose Unordnung dieser Häuserblocks zutage, und jeder, der dort allein entlanggeht und von solcher Hässlichkeit umgeben ist, kann mühelos erkennen, dass die Sixth Avenue gar keine von Menschenhand gebaute Durchgangsstraße ist, sondern nur die mit Requisiten ausgestattete Imitation einer solchen und dass ihr Zweck nicht darin besteht, den Bewohnern der Stadt eine sichere, angenehme oder schöne Durchfahrt zu gewähren, sondern, und sei es nur für eine kurze Weile, jene Macht versöhnlich zu stimmen, die sich von der Erwartung des Chaos nährt. So weit das Auge reicht, bieten diese Häuserblocks nichts als die Drohung, oder die Verheißung, dass sie einstürzen werden. Die Gebäude haben nichts Vergangenes und nichts Zukünftiges an sich, nicht das geringste Anzeichen von gelebtem oder bevorstehendem Leben, sondern nur die Erinnerung an etwas, das nicht hätte geschehen dürfen, und die Gewähr, dass etwas anderes nicht geschehen wird.

Die Fifth Avenue ist anders. Die Fifth Avenue ist schön und breit und genügt allen Ansprüchen, die Geschäfte jedoch scheinen weit auseinanderzuliegen. Natürlich tun sie das gar nicht – sie liegen wie üblich direkt nebeneinander –, aber in der Fifth Avenue dauert das Gehen länger und erfordert mehr Anstrengung, weil die Breite der Bürgersteige einen Zickzackkurs nahelegt. Statt in der Menge, mit der Menge oder gegen die Menge zu gehen, wie ich das auf einem gewöhnlichen Bürgersteig tue, ermutigt mich der zusätzliche Raum, der Menge auszuweichen, in sie einzutauchen und mich wieder aus ihr zu lösen. Von ihrer besten Seite zeigt sich die Fifth Avenue zwischen acht Uhr abends und acht Uhr morgens. An verkaufsoffenen Abenden streift sie ihr verlassenes Aussehen erst nach zehn Uhr über, dafür ist es an Sonntagen selbst nach zehn Uhr morgens noch ziemlich ruhig.

Die Park Avenue gibt sich der Menschheit gegenüber so gleichgültig, dass es sich nicht lohnt, dort spazieren zu gehen. Ihr Antlitz ist verschlossen, und die hübschen Blumenbeete, die auf dem gesamten Mittelstreifen angelegt sind, weisen lediglich darauf hin, dass die Straße ohne sie ganz und gar öde wäre. Freundlich sieht die Park Avenue zur Weihnachtszeit aus, wenn die großen Bäume voller Lichter sind, doch offensichtlich ist es eine Avenue, in der es sich zwar prächtig wohnen lässt, die aber nicht zum Verweilen oder zu einem Spaziergang einlädt.

Meine Lieblingsavenue, in der ich mich zu jeder Tages- oder Nachtzeit und zu jeder Jahreszeit wohlfühle, ist die Madison Avenue. Wann immer ich die Madison Avenue entlanggehe, muss ich an schöne Kleider und an Fröhlichkeit denken und an die Möglichkeit, beides auf einmal zu haben. In der Avenue, die jedes Jahr schmaler und interessanter zu werden scheint, herrscht eine sorglose, entspannte Atmosphäre. Sogar romantisch ist es dort. Die Schaufenster sind fast ebenerdig, oder scheinen es doch zu sein, sind so niedrig und so nahe, dass Sie, ganz gleich, wie eilig Sie es haben, gar nicht umhin können, die Auslagen zu beachten, und oft sind die Schaufenster im ersten Stock noch faszinierender als die darunter, sodass Sie den Kopf in den Nacken legen, um zu erraten, was genau es ist dort oben, das Sie sich schon immer gewünscht haben – so hübsch ist die Farbe, so rätselhaft die Form. Gott behüte, dass in der Stadt jemals eine Revolte ausbrechen sollte, denn wenn es dazu kommt, werde ich mit meinem Stein oder Ziegel unverzüglich zur Madison Avenue gehen, die Augen schließen und einfach werfen, denn dort gibt es kaum ein Schaufenster, das nicht etwas enthält, das ich gern haben möchte.

Die ganze Zeit über habe ich versucht, etwas Gutes zu finden, was sich über die Sixth Avenue sagen ließe. Jetzt fällt mir der Spaziergang ein, den ich dort am Morgen des letzten großen Schneefalls machte. Damals wohnte ich in der 58. Straße West, und kurz nach Tagesanbruch ging ich aus meinem Hotel bis zur 45. Straße, fast ohne einer Menschenseele zu begegnen. Dichter Schnee war gefallen und fiel noch immer. Es gab keinerlei Anzeichen dafür, dass es irgendwann aufhören würde zu schneien, und als ich mich auf meinem Weg umschaute, sah ich auch keinen Grund dafür, weshalb es jemals aufhören sollte. Ich blickte auf die Gebäude in meiner Nähe und dann hinauf zu ihren Dächern, über die sich ein Schleier aus Himmel und Schnee gelegt hatte, und ich ließ meinen Blick, soweit es das Schneetreiben erlaubte, die Sixth Avenue entlangwandern, und wohin ich auch blickte, hatten die Gebäude ihr billiges, provisorisches Erscheinungsbild abgelegt und wirkten auf so dramatische Weise einsam und verloren, als wären sie in einem Kinofilm und würden in Kürze davonflimmern und für immer verschwinden. Darum muss ich zugunsten der Sixth Avenue Folgendes anführen: Sie ist der perfekt geeignete Schauplatz für Schnee, und es sollte immerzu dort Schnee fallen, Tonnen und Abertonnen Schnee, die die Avenue so gut wie unpassierbar machen, sodass jeder, dem es gelingt, sich durch sie hindurchzu-kämpfen, sie voller Zuneigung betrachtet, weil die Sixth Avenue eine Eigenschaft besitzt, die auch manche Men-schen, bisweilen ganz plötzlich, erwerben – eine Eigen-schaft, die sie dazu verdammt, erst in dem Augenblick geliebt zu werden, wenn man sie zum allerletzten Mal ansieht.

4. November 1961

Ich schaue
aus den Fenstern eines alten
Hotels am Broadway

Von den Fenstern meines Zimmers in der elften Etage eines alten Hotels am Broadway schaue ich hinunter auf die 48. Straße West, wo die Dächer der wenigen kleinen dort unten noch überlebenden Häuser wie ein tiefer Brunnen in die Stadt gegraben sind, die sich um sie her auftürmt. Der Broadway liegt zu meiner Rechten – der Broadway mit seinen tausend Lichtern. Jeden Abend erscheint ein Posaunist vom Latin Quarter auf dessen Dach und gibt ein Konzert, ganz allein und für niemanden. An dieser Stelle ist das Dach nur anderthalb Stockwerke hoch, und die Menschenmenge, die genau unter ihm vorübereilt, muss vom Lärm des Broadway ganz betäubt sein, denn nie scheint jemand stehen zu bleiben, um zu dem Posaunisten hinaufzublicken. Hier oben, wo ich stehe, kann ich ihn sehr deutlich hören. Ich nehme an, dass er in der Pause heraufkommt. Er schlendert kurz umher, um sich Bewegung zu verschaffen, und dann tritt er an den Rand des Daches und fängt an zu spielen. Er spielt für die Sterne, und er spielt für die Straße, und er spielt für sich, mit einer schwungvollen Bewegung nach rechts, einer schwungvollen Bewegung nach links. Er hat eine gedrungene Figur, trägt ein weißes Hemd und eine schwarze Hose. Seine Bühne ist ein verrußtes Dach, das zu seinem Standort hin abfällt, und seine Fußspitzen berühren fast den grellen Strom weißer und gelber Neonlichter, die um die Mauern des Klubs jagen. Er steht inmitten einer ungeheuren Explosion ruhelosen Lichts – jede Leuchtreklame am Broadway gibt ihr Äußerstes –, aber wäre sein Hemd nicht so weiß und seine Posaune nicht so glänzend, wäre er unsichtbar. Die Lichter des Broadway sind eigensüchtig. Sie beleuchten nur sich selbst. Den Posaunisten kümmert es nicht. Auf seinem dunklen Podium, inmitten all der Lichterpracht, spielt er so hingegeben, als liege ihm die Welt zu Füßen.

Eines Abends erschien er schon um sieben auf dem Dach, und in der azurblauen Herbstluft war er deutlich zu erkennen. Er nahm seinen Standort am Rand des Daches ein und begann zu spielen, und genau in diesem Augenblick stellte sich ein äußerst hochgewachsener junger Mann zwischen die beiden blau gestrichenen Wassertürme des Flanders Hotels (zwölf Stockwerke hoch zu meiner Linken) und fing an, Klarinette zu spielen. Beide schienen »A Gypsy Told Me« anzustimmen. Der Posaunist, nur anderthalb Stockwerke über der belebten Straße, stand mit dem Gesicht nach Osten, und auch der Klarinettist, einen halben Block von ihm entfernt und zwölf Stockwerke hoch in der Luft, stand mit dem Gesicht nach Osten, und oben und unten, zu beiden Seiten und in allen Richtungen, nah und fern, hoch und niedrig, waren sie von Mauern mit Fenstern – Hunderten und Aberhunderten Fenstern – umgeben, und sämtliche Fenster waren blind, denn in keinem einzigen von ihnen war ein Gesicht zu sehen.

Wir befinden uns ziemlich genau im Zentrum des Theater- und Vergnügungsviertels von New York, aber was es an Jovialität und Kameraderie hier gibt, ist dürftig. Es herrscht eine Atmosphäre schäbiger Vergänglichkeit, und das Herz der Gegend ist feindselig. Es ist ein heruntergekommener Stadtteil mit billigen Hotels und Pensionen, mit Büros und Agenturen und Ateliers, mit Restaurants und Bars und mit Geschäften, die über Nacht aufgeben und verschwinden. Man geht eine belebte, überfüllte, bunte, unsaubere, irgendwie anrüchig und daher verwegen wirkende Straße entlang, doch im ersten, unausgeruhten Morgenlicht, das hier sehr plötzlich einfällt, zeigen die unregelmäßigen Traufhöhen eine stoische Verzweiflung, und die leeren Fenster spiegeln ein Äußerstes an Einsamkeit – jener zwangsläufigen städtischen Einsamkeit, die sich immer an der Grenze zum Chaos bewegt und mit selbstgewählter Einsamkeit nichts gemein hat. Die kleinen Häuser dort unten markieren die Überreste einer Straße, in der ein gewöhnliches Leben gelebt wurde – ein gesellschaftliches Leben, ein häusliches Leben, ein wirkliches Leben, mit Kindern und Eltern und Großeltern und Onkeln und Freunden der Familie, mit Weihnachtsbäumen und Schulbüchern und Hochzeitskleidern und Geburtstagen –, inzwischen aber ist diese Gegend kaum mehr als ein Nachtquartier für Flaneure, Reisende, Touristen und Nomaden jeder Art. Sie alle ziehen weiter. Ein paar Leute bleiben hier, weil sie keine andere Wahl haben, und einige bleiben, weil sie sich um der alten Zeiten willen der Gegend verbunden fühlen und es nicht ertragen können, sie zu verlassen, obwohl sie es sich eigentlich nicht leisten können, zu bleiben. Jeder kapselt sich vom anderen ab, selbst – wie aus Furcht vor Verrat – von den Menschen, mit denen er einen morgendlichen Gruß wechselt. Eine alte Frau, die allein im Einzelzimmer eines Hotels wohnt, ist außer sich vor Angst und hebt den Telefonhörer, aber es gibt niemanden, den sie anrufen könnte. Sie versucht, dem Empfangschef zu erklären, was sie bedroht, und er hört sie an, aber er muss sich um die Telefonzentrale kümmern, und er muss den Hoteleingang und die Lifts im Auge behalten, und er hat noch andere Pflichten zu erfüllen, und außerdem hat er ihre Geschichte schon so oft gehört, von anderen Gästen, in anderen Jahren und in anderen Hotels, die genauso heruntergekommen sind wie dieses. Die alte Frau legt den Hörer auf die Gabel und merkt augenblicklich, dass sie einen schlimmen Fehler gemacht hat. Es ist ein Fehler, den sie bisher vermieden hat. Sie weiß genau, dass sie keine Aufmerksamkeit auf sich lenken darf. Dies ist ihr letztes Gefecht im Land der Lebenden, und sie wird hier nur geduldet. Wenn sie gegangen ist, wird das Hotel sie nicht vermissen und ihr Zimmer im Nu wiedervermieten. Sie darf sich nicht beschweren, und sie muss auf der Hut sein. Sie muss mehr als höflich, sie muss unterwürfig sein. Wenn man alt und arm ist und das Zimmermädchen gegen sich aufbringt, ist man aufgeschmissen.

1902, als es erbaut wurde, war das Hotel noch sehr prächtig gewesen, aber seither ist es mit ihm bergab gegangen. Das Foyer ist zu einem Bruchteil seiner ursprünglichen Größe zusammengeschrumpft, und das kunstvoll verzierte alte Deckengewölbe lässt die kleine, armselige Ecke, wo die Rezeption und die Fahrstühle sind, wie eine traurige Höhle erscheinen. Früher einmal war das Foyer gewaltig gewesen, mit einer Musikkapelle und (so hat man es mir erzählt) einem Springbrunnen, und in die rückwärtige Wand war eine Reihe großzügiger Fenster eingelassen, durch die man auf die Gärten der kleinen Häuser in der 48. Straße blickte. Drei dieser Gärten gibt es noch, inzwischen aber bestehen sie mehr oder weniger aus Müll, und drei weitere sind, zusammen mit ihren Häusern, eingeebnet worden, um einen Parkplatz anzulegen. Auf dem Parkplatz herrscht den ganzen Tag und die halbe Nacht hindurch reger Betrieb, doch im Morgengrauen liegt er verlassen, bis auf die Tauben, die von den Dächern und Regenrinnen herabgeflogen kommen und sich dort zusammenscharen, um friedlich zu picken wie das Federvieh eines Bauern, während eine magere Katzenmutter, eine Streunerin, ihre Jungen, die noch nicht wissen, dass sie

Streuner sind, zwischen den Mülltonnen umherführt, die unten hinter dem Hotel und den benachbarten Restaurants stehen. Aber der Morgen schreitet voran, und die Stadt erwacht zu neuem Leben. Um halb zwölf waren Tauben und Katzen vom Parkplatz verschwunden, stattdessen standen Autos da, und sämtliche Restaurants in der Straße rüsteten sich für den Andrang zur Mittagszeit.

Ich habe zwei sehr große Zimmer hier oben im elften Stock – zwei große, gut geschnittene, geräumige Zimmer, die durch eine Falttür miteinander verbunden sind. Die Zimmerdecken sind hoch und die Wände so dick, dass ich aus dem Gebäude selbst nie ein Geräusch höre. Von draußen dagegen höre ich viele Geräusche. Ich höre die Katzen und die Tauben und die Autos, und ich höre Kirchenglocken, Feuerwehrautos, Müllwagen und das schauerliche Geschepper der Mülltonnen, Pferdehufe, Radiomusik, Gesang, Stimmen, die schreien, rufen, lachen, beschuldigen und kreischen, zersplitterndes Glas, Flugzeuge, Gehämmer, Regen, den Posaunisten und das Getöse des Broadway. Doch heute um halb zwölf hörte ich eine andere Musik – die Musik einer sehr kleinen Kapelle –, und die Melodie, die sie spielte, klang fein und süß und bemerkenswert frei: Elfenmusik. Die Musik kam vom Broadway, und ich tat mir leid, weil ich dachte, es fände ein Festzug statt, auf den ich nur einen kurzen Blick würde werfen können, wenn er an der Ecke zur 48. Straße vorbeidefilierte. Aber die Musik näherte sich, und dann kam, auf der Westseite des Parkplatzes, langsam ein Mann in Sicht. Er trug einen dunkelblauen Anzug und eine Militärmütze in derselben Farbe. Er *war* die Kapelle. Die Trommel hatte er sich vor den Bauch geschnallt, und darauf balancierte ein Teller, in den die Leute Geld werfen sollten. An seiner linken Seite war das Becken befestigt, und er schlug es mit etwas, das er an der Innenseite seines linken Armes befestigt hatte. Die Trompete, der Trommelschlägel und das übrige Zubehör seiner Ausrüstung waren mit Schnüren an ihm festgebunden, und er bewegte sich deshalb so langsam, weil er fast keine Beine hatte. Seine Beine waren ihm oberhalb der Knie amputiert worden, aber er hatte noch genügend Kraft in ihnen, um sich fortbewegen zu können. Es war kein Gehen, sondern ein hartnäckiges Vorrücken, und währenddessen spielte er die ganze Zeit. Er rührte die Trommel und blies die Trompete und schlug das Becken und pfiff auf einer kleinen Pfeife, doch obwohl die Straße ziemlich belebt war, gab es, soweit ich sehen konnte, niemanden, der ihm Beachtung schenkte, und niemanden, der ihm Geld gegeben hätte. Er wirkte den Leuten gegenüber so gleichgültig wie diese ihm und seiner Musik gegenüber, aber während er sich voranbewegte, drehte er den Kopf dauernd zum Parkplatz hin. Er war sehr interessiert an dem Parkplatz. Er untersuchte ihn. Er inspizierte ihn. Er schien ihn in Betracht zu ziehen. Vielleicht tat er nur, was wir oft tun, wenn wir allein in der Öffentlichkeit sind: Wir verbergen unser Gesicht, indem wir Interesse an dem vortäuschen, was sich uns darbietet – an allem und jedem, solange es nur nicht zurückstarren kann. Ich weiß es nicht. Plötzlich fuhr ein Auto mit solcher Geschwindigkeit auf den Parkplatz, dass die Bremsen, als es anhielt, schrecklich laut quietschten, doch bevor es anhielt, raste es über den Gehsteig und fuhr so dicht an den Rücken des Musikanten heran, dass es ihn gestreift haben musste. Ich bekam einen Schreck, aber der Musikant verriet nicht das geringste Anzeichen von Schreck oder Angst oder Ärger – er zeigte nicht das geringste Interesse. Er fuhr fort, die Trommel zu rühren, das Becken zu schlagen, die Trompete zu blasen; seine Musik geriet nicht ins Stocken. Unerschütterlich rückte er weiter vor und entzog sich meinen Blicken hinter den kleinen Häusern genau unter mir. Seine unbeschwert-unschuldige Musik wurde immer schwächer und verklang schließlich ganz. Ich dachte, er würde vielleicht umkehren und wieder denselben Weg zum Broadway nehmen, aber er kam nicht zurück – jedenfalls nicht, solange ich wartete.

21. Oktober 1967

Mr Sam Bidner
und sein Saxophon

Keiner der Männer in der liebenswürdigen Gesellschaft, die am Silvesterabend im Adano Restaurant dinierte, hatte einen niedrigeren Dienstrang als Captain. Da waren Captain James Ancona, Captain Mickey Fields, Captain Joe Linder, Captain Bob Freed und Captain Tom Shaw. Dann waren da der stellvertretende Restaurantleiter Eddie Femine, Restaurantleiter Gigi, Nachtmanager Harry Spector, Bankettleiter Sonny Dall, Inspizient Ernie D'Amato, Kapellmeister Sammy Fields (Showmusik), Kapellmeister Sammy Bidner (Tanzmusik), Manager Henry Tobias und Page Jack Hunter, der seine vielknöpfige Pagenlivree trug. Diese Männer waren die Bosse des Latin Quarter, und sie stärkten sich im Adano, bevor sie wieder in ihren eigenen Glitzerpalast zurückgingen, wo sie im größten Nachtklub New Yorks die wildeste Nacht des Jahres zu bestehen hatten. Es war ein verschneiter Abend, nicht sehr kalt – einer dieser Abende, wenn das Empire State Building vor Licht raucht. Und es war noch sehr früh, nicht einmal sechs Uhr. Um diese Zeit gehörten zu fast all den Grüppchen, die auf dem Broadway und in den umliegenden Straßen bummelten, auch Kinder, die einen letzten Blick auf die Weihnachtsbeleuchtung und die Weihnachtsbäume werfen durften, bevor sie das letzte Abendessen des alten Jahres einnahmen und nach Hause gingen, um das neue Jahr zu verschlafen. Im Adano schlugen sich die Männer vom Latin Quarter die Bäuche voll. Sie begannen mit Meeresfrüchtesalat und gingen zu Antipasti über – gefüllte Champignons, geröstete Paprika, Artischockenherzen in Olivenöl, eingelegte Champignons und was nicht noch. Danach hatten sie Blattsalat, Linguine mit Hummersauce, meterweise italienisches Brot (helles und dunkles), Käsesahnetorte und Kaffee. Zwei bestellten Linguine mit weißer Muschelsauce, einer Spaghetti mit Hackfleischbällchen, einer Kalbsschnitzel mit Zitronensauce, etliche von ihnen Hummer Fra Diavolo und zwei von ihnen Steak. Die Männer tranken alle italienischen Wein. Es waren ansehnliche Kerle, die zu angespannt aussahen, um weltläufig genannt zu werden, und zu weltläufig, um *nicht* weltläufig genannt zu werden. Sie saßen zusammen an einem langen Tisch, der in der Mitte des Saals für sie zusammengerückt worden war, und alle trugen schwarze Kleidung – Straßenanzug oder Smoking –, ausgenommen Mr Eddie Femine und Mr Sammy Bidner. Mr Femine, groß und lässig-elegant, trug einen beigen Rollkragenpullover und Mr Bidner ein sportliches Jackett mit Hahnentrittmuster und Schlitzen an den Seiten. Mr Bidner hatte ein kleines Saxophon mitgebracht, und jedes Mal, wenn er von seinem Platz in der

Mitte der langen Tafel aufstand, spielte er. Er stand sehr oft auf. Einige seiner Kollegen hatten sich verspätet, und wann immer ein Neuankömmling von der Straße hereintrat, ging Mr Bidner ihm entgegen, um ihm ein Ständchen zu bringen. Mr Bidner läuft sehr leichtfüßig und schnell, und er scheint sich so geräuschlos zu bewegen, als schwebe er stets drei, vier Zentimeter über dem Boden. Außerdem kann er sich ein, zwei oder drei Mal um die eigene Achse drehen, ohne seine Körperhaltung oder seinen Gesichtsausdruck zu verändern und ohne auch nur eine Note seiner Musik auszulassen. Ich glaube, er könnte lange Zeit in hohem Tempo rückwärts gehen, ohne je über die Schulter blicken zu müssen. Er hat buschige schwarze Brauen, und seine Augen haben immer denselben intensiven Ausdruck, ob er nun einen Fremden ansieht, mit einem Freund redet oder peinlich genau einen geheimnisvollen Punkt in der Nähe untersucht. Er scheint durch alles hindurchzublicken, was sich im Raum befindet, aber eigentlich nicht dahinter. Wenn er nicht auf seinem Saxophon spielt, ist seine Miene verschlossen und verschwörerisch zugleich. Er scheint in hoher Geschwindigkeit zu leben, vielleicht weil er sich so lautlos bewegt. Wenn er spielt, krümmt er sich leicht, und wenn er nicht spielt, tritt er zurück, bereit, erneut zu spielen. Entweder er spielt, oder er spielt nicht, und seine rastlosen, aufmerksamen Augen verraten nicht, was er sieht oder was er bemerkt, und schon gar nicht, was er denkt. Seine Frisur scheint einem Roman von Dickens zu entstammen. Über seinen riesigen schwarzen Augenbrauen glänzt rund und ungeniert seine Glatze, aber hinten und an den Seiten hat er einen dichten Kranz schwarzen Haars. Entlang den Wänden des Raums saßen hier und da gewöhnliche Gäste und speisten zu Abend, und Mr Bidner ging an jeden Tisch und spielte Wunschmelodien. Alles, worum man ihn bat, spielte er mit ganzer Kraft. Ein Luftballonkünstler war auch anwesend. Mr Ernie D'Amato kann Luftballons jede beliebige Form geben: Hunde, Katzen, Giraffen – vermutlich sogar Automobile. Einige von uns im Adano hätten gern zugesehen, wie er ein Luftballontier zaubert, aber wir hatten keine Ballons mitgebracht, und Mr D'Amatos Smoking war eben erst aus der Reinigung gekommen; seine Taschen waren leer – keine Ballons. Er konnte nur bedauernd lächeln – ein Spielzeugmacher auf Urlaub. Am Tisch gab es viel zu tun. Die Kellner im Adano, die sich normalerweise in gewöhnlichem Tempo bewegen, sausten so schnell im Saal hin und her, dass sie wie Schatten ihrer selbst waren, und das Abendessen schien auch dann noch weiterzugehen, als es plötzlich vorbei war und die Gesellschaft sich aufzulösen begann. Die Männer brachen auf, um ihre Posten im Latin Quarter einzunehmen. Sie gingen zu zweit und zu dritt hinaus, alle lächelnd und heiter, keine Beschwerden. Jeder hatte ein vorzügliches Abendessen genossen. Draußen schneite es noch immer, aber vom Adano zum Latin Quarter ist es nur ein kurzer Weg – die 48. Straße entlang und über die

Seventh Avenue zu der kleinen privaten Insel zwischen der Seventh Avenue und dem Broadway, auf der der große Nachtklub steht. Der stellvertretende Restaurantleiter, Eddie Femine, blieb zurück, um die Rechnung zu prüfen. Er stand an der Theke und las die Rechnung sorgfältig durch, während Joe Pariante, der Nachtmanager des Adano, ihm dabei zusah. Mr Femine war sehr ruhig, bis er zu einer Position kam, die ihn veranlasste, den Kopf zu heben und Joe Pariante einen vorwurfsvollen Blick zuzuwerfen. »Zwei Dollar pro Portion! Für wen halten Sie sich eigentlich?«, brüllte er, und dann lachte er wie ein Irrer im Fernsehen und widmete sich wieder der sorgfältigen Prüfung der Rechnung. Es war Mr Femines kleiner Scherz. Er tat so, als wäre er ein gewöhnlicher Kunde. Bob, der unerschütterlich wirkt, ob er nun lächelt oder ernst bleibt, lächelte hinter der Theke. Als die Rechnung bezahlt war, beglückwünschte Eddie Femine Joe Pariante zum Essen, zum Wein, zu der Bedienung und zu der Atmosphäre, wünschte ihm eine Frohes Neues Jahr und ging. Er war der Letzte aus der Gesellschaft des Latin Quarter, der ging, und nachdem Josephine, die Garderobenfrau, ihn zur Tür begleitet hatte, setzte sie sich in die hinterste Nische und strahlte. »Waren die nicht nett?«, sagte sie. »Waren sie nicht nett?« Jeder Gast im Adano wird von Josephine zwei Mal herzlich begrüßt – einmal bei der Ankunft, ein zweites Mal beim Aufbruch. Zu Silvester trug sie ein schwarzsilbernes Tunikakleid, und ihr Haar war frisch mit Miss

Clairol's Moongold getönt. Nachdem die Gesellschaft vom Latin Quarter gegangen war, wirkte das Adano sehr ruhig. Joe Pariante lehnte an der Theke und erlaubte sich, einen Moment lang wild dreinzublicken, aber dann klingelte das Telefon, und er musste den Anruf entgegennehmen. Er kam zurück und sagte: »Eine Gesellschaft von der Radio City Music Hall wünscht einen Tisch für zehn Personen um halb zehn. Das war Freddie Pasqualone, der angerufen hat.« Es war die letzte Reservierung, die noch akzeptiert wurde. Das Adano war bis Mitternacht ausgebucht. Es würde ein großartiger Abend werden, noch aber war es nicht so weit. Die Uhr zeigte auf Viertel vor sieben. Es war noch viel Zeit. Die Kellner bewegten sich wieder in ihrem gewöhnlichen Tempo, und bald wurden die Tische, die für die große Gesellschaft zusammengerückt worden waren, wieder getrennt und mit frischem Leinen und Gläsern und Silber gedeckt. Das Adano sah nicht mehr aus, als sei Silvester schon vorüber, sondern so wie immer. Joe Pariante fiel ein, dass noch Meeresfrüchtesalat übrig war und er ihn herumzeigen wollte. Meeresfrüchtesalat steht nicht auf der Speisekarte des Adano. Er war vom Latin Quarter eigens vorbestellt worden. *Scampi, scungilli, calamari* und *piovra,* in kleine Stücke geschnitten, mit Zitrone, Öl, Knoblauch und roten Peperoni – das ist der Meeresfrüchtesalat, und er sieht köstlich aus. Nachdem er mit vielen Ausrufen bewundert worden war, trug Joe die Schüssel zur Kühlvitrine im Fenster, in der man von der Straße aus Flaschen mit Wein, einen Korb mit Birnen, Äpfeln und Trauben und rote und grüne Antipasti sehen kann.

Draußen schneite es noch immer. In diesem Abschnitt ist die 48. Straße eine Straße für Musiker. Zahlreiche Geschäfte verkaufen Musikinstrumente und Noten, und dann gibt es auch noch Übungs- und Unterrichtsräume. Das Fenster von Frank Wolfs Schlagzeugzubehör im zweiten Stock des Hauses schräg gegenüber dem Adano war schwach erleuchtet und zeigte eine Reihe von Trommeln verschiedener Farben und Größen, die mit glitzerndem Lametta behängt waren – eine königsblaue Trommel, eine hellblaue Trommel, eine türkisfarbene Trommel und eine rosafarbene Trommel sowie zwei goldene Trommeln, eine hellglänzend, die andere in mattem Gold. Durch den Schnee und das Dunkel hindurch sah das kleine Fenster mit Trommeln und Lametta wie das Stillleben eines Silvesterabends aus. Es wäre schön, wenn all die Männer vom Latin Quarter am nächsten Silvesterabend wieder ins Adano kommen, genau das gleiche Abendessen zu sich nehmen und die gleichen Scherze machen würden und wenn Mr Sammy Bidner im Saal wieder auf seinem Saxophon spielen würde. Doch am nächsten Silvesterabend wird es keine 48. Straße mehr geben. Einige Häuser sind bereits abgerissen, und an Wochentagen ist die Straße vom stickigen weißen Staub der Abbrucharbeiten erfüllt. Die 48. Straße muss weichen. Es geht um Büroflächen, aber jemand sollte ein Klagelied für die 48. Straße schreiben –

ein fröhliches Klagelied, denn die 48. Straße war stets eine fröhliche Straße. Und übrigens, wer ist Freddie Pasqualone? Freddie Pasqualone ist Mitglied des Radio City Music Hall Symphony Orchestra. Er spielt Trompete.

20. Januar 1968

Der Götterbaum in unserem
Hinterhof

In jüngster Zeit ist der Götterbaum, New Yorks Hinterhofbaum, um den Broadway herum erschienen. »Erschienen« ist das richtige Wort, denn in der Lücke, die der
Abriss der alten Sandsteinhäuser hinterlässt, dieser Tage oft
fünf auf einmal, erscheint der Götterbaum wie ein Geist,
wie ein Schatten. Von Norden, von Süden und von Osten
rücken die Büroflächen zum Broadway vor, und die kleinen
Seitenstraßen westlich der Sixth Avenue verschwinden im
Nu. Von den ursprünglichen Höfen oder Gärten hinter den
alten Häusern sind nur noch Bruchstücke übriggeblieben,
aber wenn die Häuser in Trümmern liegen, erscheint der
Götterbaum – der zähe Götterbaum, der, gut genährt, aus
seinem bisschen Erde emporwächst. Der erste der Götterbäume, die ich um den Broadway herum sah, erschien in
der 49. Straße, hinter dem gähnenden Loch, das von dem
Sandsteinhaus, in dem früher die Zigeuner wohnten, geblieben ist. Die Zigeuner hatten das Erdgeschoss des Hauses bewohnt und die Vordertreppe gleich mit übernommen.
Das alte Haus hatte sich nicht sehr verändert, neun aus-
getretene Stufen mit eisernen Kanten führten zu seinem

Eingang. Mit Hilfe niedriger Eisengeländer hatte jemand die Treppe verengt und den Aufstieg erleichtert, und an Sommerabenden versammelten sich hier die Zigeuner, und die jungen Frauen unter ihnen standen gegen die Geländer gelehnt, während die kleinen Kinder daran herumturnten. Als ich eines Tages, nachdem sich die Abbrucharbeiter schon recht lange in diesem Straßenabschnitt zu schaffen gemacht hatten, auf die andere Straßenseite blickte und den Götterbaum – nein, zwei Götterbäume – sah, war ich verwundert. Ich stand da, betrachtete sie und sagte zu ihnen: »Wart ihr schon immer da?« An jenem ersten Tag waren die beiden Götterbäume grün unter einem blauen Novemberhimmel. An dem betreffenden Nachmittag waren es fast zwanzig Grad, für die Jahreszeit ungewöhnliches Wetter, doch die Götterbäume nahmen den warmen Sonnenschein gelassen hin und warfen Schatten auf die hohe blinde Mauer hinter ihnen. Inzwischen sind die Götterbäume in der 49. Straße nur mehr dürre Gerippe. Scharf zeichnen sie sich vor der blinden Mauer ab, die aus der Rückseite eines der Gebäude in der Sixth Avenue ragt. Bald werden die Bäume verschwunden sein, und mit ihnen die blinde Mauer, denn das Areal zwischen der 49. und der 50. Straße wird gerade planiert, um Platz für das neueste Rockefeller-Bürogebäude zu schaffen, einen vierundfünfzig Stockwerke hohen Wolkenkratzer, der *New York Times* zufolge vermutlich das neue Esso Building. In diesen Seitenstraßen des Broadway, deren Architektur so uneinheitlich und oft so unerfreulich ist, werden die Sandsteinhäuser, die ansehnlichsten Häuser von allen, am schnellsten abgerissen. Eben noch steht das Sandsteinhaus verlassen, nackt und leer, und gleich darauf ist das Dach verschwunden und die Vorderfront, und man sieht in sein Inneres. Das Tageslicht strömt wie kaltes Wasser über geschwungene Treppen und tapezierte Wände und kleine Interieurs – Türen und Zimmerdecken und Winkel, die ihr Geheimnis auch dann noch bewahren, wenn jedermann hineinspäht. Dann, wenn alles vorbei und das Haus verschwunden ist, wenn der dichte weiße Staub sich gelegt hat, steht da plötzlich ein Götterbaum und kündet vom Überleben und von gewöhnlichen Dingen. Heutzutage, da Ordnung und Chaos in New York einander auf Schritt und Tritt folgen, sodass sich kaum ein Unterschied zwischen ihnen ausmachen lässt, ragt der Götterbaum wie ein Zeichen der Wirklichkeit auf. Die neuen Bürogiganten haben mit unserem Alltagsleben oder mit gewöhnlichen Dingen nichts zu schaffen, und sie nehmen uns unsere Straßen.

In den Seitenstraßen des Broadway haben sich schon immer Kleinbetriebe jeder Art und kleine Restaurants gedrängt. Früher gab es Hunderte von Restaurants jeder Nationalität, mit unterschiedlichem Charme, unterschiedlicher Atmosphäre und unterschiedlichen Preisen. Allen diesen Restaurants war gemeinsam, dass sie dem Mann gehörten, der hinter der Theke stand, oder dem Mann, der hinter der Registrierkasse stand, oder dem Mann, der einem beim Eintreten entgegeneilte, um einen zu begrüßen. In all diesen Restaurants waren wir gewöhnlichen New Yorker Herr und König, selbst wenn der Besitzer missmutig tat oder es tatsächlich war. Wir konnten uns die Rosinen herauspicken, unsere Lieblingsgerichte entdecken und uns auf erfreulich normale Art in der Stadt heimisch fühlen. Im Alltag, auf der Suche nach Restaurants und Geschäften und Wohnungen, lernen wir, uns in der Stadt zurechtzufinden. Und sich in New York zurechtzufinden ist eine Notwendigkeit. New York ist nicht sehr gastlich. Die Stadt ist sehr groß und hat kein Herz. Sie ist nicht charmant. Sie ist nicht mitfühlend. Sie ist gehetzt und laut und ungepflegt, ein anstrengender, ehrgeiziger, unentschlossener Ort, nicht sehr beschwingt und niemals fröhlich. Wenn sie glitzert, ist sie sehr, sehr grell, und wenn sie nicht glitzert, ist sie schmuddelig. Die Stadt New York tut nichts für diejenigen unter uns, die geneigt sind, sie zu lieben, außer unseren Herzen ein Heimweh einzupflanzen, das uns rätselhaft bleibt, bis wir sie verlassen, dann erst merken wir, weshalb wir unruhig sind. Ob zu Hause oder anderswo, wir haben Heimweh nach New York, nicht weil New York früher besser war, auch nicht, weil New York früher schlechter war, sondern weil diese Stadt Macht über uns ausübt und wir den Grund dafür nicht kennen.

Manhattan ist eine Insel, daher verfügt sie über zwei Horizonte – einen architektonischen, steinern, aber trotzdem nicht beständig, und einen ewigen und ewig wech-

selnden, der dort entsteht, wo Wasser und Himmel aufeinandertreffen. Mag sein, dass das Geheimnis der Macht,
die Manhattan über uns ausübt, sich irgendwo zwischen
diesen beiden Horizonten verliert, von denen der eine
hart, aber gefährdet, der andere vage, veränderlich und
zugleich unerbittlich ist. Mit Sicherheit wissen wir nur
eines: dass die Insel Manhattan ein Geheimnis birgt, das
uns an sie kettet – etwas Rastloses und Unstetes, etwas, das
sie mit uns teilt, obwohl uns nicht erlaubt ist, es zu begrei-
fen. Andere Städte sind mysteriös. Amsterdam und London und Hongkong sind mysteriös. Rom und Berlin sind
mysteriös. New York ist nicht mysteriös. New York ist ein
Mysterium. Was ist das für ein Ort, an dem das Chaos sich
breitmacht und sich niederlässt und sich heimisch fühlt?
Wir, die wir hier leben, werden Teil des Mysteriums. Gemeinsam mit dem Chaos fühlen wir uns heimisch. Wir finden uns zurecht und führen ein ganz alltägliches Leben.
Aber mit unserem Alltag hat die Architektur dieser Stadt
immer weniger zu schaffen. Die Bürogiganten, die in ganz
Manhattan hochgezogen werden, sind über der Erde blind,
und zu ebener Erde überlässt man sie Bankinstituten und
Ausstellungsräumen und Geschäften, ferngesteuert von
Großkonzernen, die reich genug sind, um sich die schwin-
delerregenden Mieten leisten zu können. Die durch die
Bürohochhäuser entstandenen engen, gesichtslosen Durch-
gangsstraßen sind todbringend, wenn man tagsüber dort
entlanggeht, und nachts sind sie still und gefährlich. Die

neuen Notstandsgebiete unserer Stadt sind sehr wohlhabend.

In diesem Augenblick sitze ich an einem Tisch im English Grill und blicke hinaus auf die Rockefeller Plaza. Das Promenade Café ist hell und heiter, es herrscht jene Anstaltsatmosphäre, wie sie ferngesteuerten Restaurants eigen ist – Restaurants, in denen der Wirt nicht der Besitzer ist. Es sind freundliche Anstalten, gar nicht so übel, wenn man sich erst einmal daran gewöhnt hat. Ich sitze vor der großen Glaswand und bin Teil der Menschenmenge draußen auf der Plaza. Die Plaza, mit ihren steinernen Terrassen und steinernen Stufen, mit den weiten, einprägsamen Ausblicken auf Stein und Licht und Schatten zwischen den umliegenden Türmen des Rockefeller Center, ist spektakulär. Auf der Eisbahn gleiten die Schlittschuhläufer umher. Ich frage mich, ob der Götterbaum je auf der Rockefeller Plaza erscheinen wird. Vermutlich nicht. Der Götterbaum ist ein Hinterhofbaum, und ein privater Hinterhof ist die Rockefeller Plaza nur einmal im Jahr. Jeden Juli ist die Plaza einen ganzen Sonntag lang für den Publikumsverkehr geschlossen. An allen anderen Tagen darf das Publikum unentgeltlich umhergehen. Und der Götterbaum wächst wild. Er wächst wie ein Unkraut. Auf der Rockefeller Plaza gibt es kein Unkraut. Die Plaza ist in jedem Detail monumental korrekt, und ihr Hauptmonument, der wuchtige Gedenkstein für John D. Rockefeller Jr., weist keinen Kratzer, nicht einmal einen Schmutzfleck auf. Der Gedenkstein ist ein riesiger, scharf geschnittener Keil aus poliertem dunkelgrünem Marmor und in die oberste Stufe am Ostende der Eisbahn eingelassen. Die Seite des Steins, die zur Eisbahn zeigt, trägt ein bronzenes Flachrelief von Mr Rockefellers Haupt und darunter die Inschrift:

JOHN D. ROCKEFELLER JR.
1874–1960
BEGRÜNDER DES ROCKEFELLER CENTER

Die andere Seite des Steins, gegenüber der mit Blumen bepflanzten Promenade zur Fifth Avenue hin, ist abgeschrägt, damit man die zehn Punkte von Mr Rockefellers persönlichem Glaubensbekenntnis, das dort eingemeißelt ist, besser lesen kann. Jeden, der sich dem Stein von der Fifth Avenue her nähert, starren die eingemeißelten Worte mit der düsteren und furchtbaren Gewalt einer Prophezeiung an. Dies sind Mr Rockefellers Worte:

ICH GLAUBE

Ich glaube an den höchsten Wert des Individuums und an sein Recht auf Leben, Freiheit und Streben nach Glück.

Ich glaube, dass jedes Recht eine Verantwortung bedeutet, jede Gelegenheit eine Verbindlichkeit, jeder Besitz eine Verpflichtung.

Ich glaube, dass das Gesetz für den Menschen geschaffen wurde und nicht der Mensch für das Gesetz; dass die Regierung Dienerin und nicht Herrin des Volkes ist.

Ich glaube an die Würde der Arbeit, sei es geistige oder der Hände Arbeit; daran, dass die Welt niemandem seinen Lebensunterhalt schuldet, wohl aber jedermann die Gelegenheit, seinen Lebensunterhalt zu bestreiten.

Ich glaube, dass Sparsamkeit für ein geordnetes Leben unerlässlich und Wirtschaftlichkeit eine Grundvoraussetzung für eine gesunde Finanzstruktur ist, ob in Regierungs-, geschäftlichen oder persönlichen Angelegenheiten.

Ich glaube, dass Wahrheit und Gerechtigkeit für den Bestand einer Gesellschaftsordnung unabdingbar sind.

Ich glaube an die Heiligkeit eines Versprechens, daran, dass das Wort eines Mannes so viel gilt ist wie sein Pfandbrief; daran, dass Charakter – nicht Reichtum oder Macht oder Stellung – von höchstem Wert ist.

Ich glaube, dass das Erbringen nützlicher Leistungen gemeinsame Pflicht der Menschheit ist und nur im reinigenden Feuer der Selbstaufopferung der Unrat der Selbstsucht verzehrt und die Größe der menschlichen Seele freigesetzt wird.

Ich glaube an einen allwissenden und allliebenden Gott, welchen Namen er auch tragen möge, und daran, dass die höchste Erfüllung, das größte Glück und der umfassendste Nutzen des Individuums darin besteht, in Harmonie mit Seinem Willen zu leben.

Ich glaube, dass die Liebe die großartigste Sache der Welt ist; dass sie allein den Hass besiegen kann; dass das Recht über die Macht triumphieren kann und wird.

JOHN D. ROCKEFELLER JR.

Bei der Zerstörung der Gegend um den Broadway ist nur sehr wenig architektonisch Bemerkenswertes verloren gegangen. Verloren gegangen ist ein weiteres Stück jener Gemeinsamkeit, die wir miteinander und mit der Stadt teilen – jener Gemeinsamkeit, die als Einziges zwischen uns und der Großen Maschine steht. Mr Rockefellers Worte springen jedem ins Auge, der über die Rockefeller Plaza geht. Vielleicht werden die Architekten des geplanten Esso Building in Betracht ziehen, die Worte eines anderen New Yorkers dort zu verewigen, eines Mannes, dessen einziges Haus aus Holz und auf Sand gebaut war. Wie erfreulich wäre es, wenn man an einer Mauer des neuen Rockefeller-Wolkenkratzers die in *Marmor* gemeißelten Worte lesen könnte: »Weiß Gott, wo das alles noch enden soll! – Wolcott Gibbs.«

23. März 1968

Ein kleiner
weinender Junge

Heute sah ich auf der Straße einen kleinen Jungen, und er weinte so beredt, dass ich ihn nie vergessen werde. Er ging die Treppe hinunter zur U-Bahn-Station 77. Straße/ Lexington Avenue. An dieser Ecke befindet sich ein großer Blumenladen, dessen Schaufenster zur Treppe zeigt. Heute war das Fenster bis oben hin mit Frühlingsblumen gefüllt, eine ruhige, stille Feuersbrunst hinter der Glasscheibe, und mitten auf der Scheibe prangte wie Himmelsschrift eine einzige Zeile roter Neonbuchstaben: DANAS BLU-MENLADEN. An diesem grauen Tag glühten die Blumen im Fenster, aber das Rot der Neonreklame war primitiv und leuchtkräftig zugleich – die Farbe des Zwangs, wenn wir Zwang sehen könnten. Der kleine weinende Junge war sechs oder sieben Jahre alt und allzu dick vermummt. Er trug seine dunkle, schwere Winterkleidung, obwohl wir einen dieser feuchten, unentschlossenen Tage hatten, die je nach Wind von kühl zu milde wechseln. Der Junge hatte eine Schultasche bei sich, eine Art dicker Aktenmappe, und als er die Lexington Avenue in Richtung U-Bahn ent-langging, schlug sie ihm gegen die Beine. Teils war er selbst daran schuld, denn er blickte zu seiner Mutter auf und sprang dabei dauernd von einer Seite zur anderen, um herauszufinden, von welcher Seite er einen besseren Blick auf ihr Gesicht erhaschen konnte. Er wollte sich vergewissern, dass sie seine Schimpftirade hörte. Er ließ nicht locker. In seiner Stimme lag eine ungeheure Kraft – eine unnachgiebige Kraft. Seine Mutter trug zwei Einkaufstaschen, eine große Handtasche und ein großes quadratisches Paket, das sie sich hoch vor die Brust hielt. Das Paket schob ihr Kinn in die Höhe. Das Kind hatte keine Chance, ihr Gesicht zu sehen, und selbst wenn – ihre Miene verriet, dass sie einzig und allein darauf bedacht war, sich endlich setzen zu können. Sie war jung und dick und ging sehr schnell. Ihr offener schwarzer Regenmantel schwang im Takt ihrer Schritte. Der kleine Junge und seine Schultasche schlingerten hinter ihr her, als wären sie mit einem Gummiband hinten an ihrem Mantelkragen festgebunden. Es gab noch ein Kind, einen Jungen von etwa neun Jahren, der selbstständig neben der Mutter einherschritt und in einer Hand eine größere Schultasche, in der anderen eine volle Einkaufstasche trug. Ich sah die drei zuerst, als sie sich Danas Tür näherten, die nur einen Schritt vom U-Bahn-Eingang entfernt ist. Als sie an der Tür vorbeigingen, hörte der kleine Junge auf, seiner Mutter zuzusetzen, und fing an, seinen Bruder zu nerven, der ihm einen so geistesabwesenden Blick zuwarf, als wäre er ein Stuhl, und ihn mit einem kräftigen Stoß der großen Schultasche aus dem Weg schubste. Der kleine Junge hörte auf zu schimpfen und rannte zurück zu seiner Mutter, um Gerechtigkeit zu fordern. Sie war um die Ecke beim Blumenladen gebogen und begann, sehr vorsichtig die Treppe hinabzusteigen. Sie konzentrierte sich darauf, das Gleichgewicht zu halten, und ihre Aufmerksamkeit galt weniger denn je ihrem jüngeren Sohn. Der ältere Junge war seiner Mutter vorausgeeilt und die Stufen hinuntergesprungen und wartete nun am Fuß der Treppe. Dabei schaute er nicht nach oben, sondern zur U-Bahn-Station. Der kleinere Junge folgte seiner Mutter, legte die Rechte auf den Handlauf, um sich zu stützen und musste dafür seine Schultasche aus der Rechten in die Linke nehmen. Als er merkte, dass jetzt gleich beide Hände in Beschlag genommen waren, eine vom Handlauf, die andere von der Schultasche, blieb er auf der Treppe stehen, nahm all seine Kraft zusammen und fing an, seine Mutter anzuklagen, während er gleichzeitig versuchte, ihr zu erklären, dass sein Bruder ihn geschubst hatte. Aber die Wut, die in ihm aufgeschäumt war, als er sich noch bewegt hatte, musste an Wucht gewonnen haben, als er aufhörte, sich zu bewegen, denn all seine Worte wurden zu Schnaufern, die ihn gefangen hielten, sodass er nur noch in zwei Tonarten weinen konnte, oder vielmehr in zwei Tönen derselben Tonart. Die Tonart war »Aaaaaaaah!«, und die beiden Töne waren die der Anklage und des Vorwurfs. Während er fortfuhr, mit aller Kraft zu weinen, verfärbte sich sein Gesicht zu einem soliden blassen Rot, das nach Farbe und Gefühl mehr Verwandtschaft mit Danas Neonreklame als mit irgendeiner der Blumen im Schaufenster aufwies. Die beiden Töne dauerten an wie eine Wehklage. Es war eine Wehklage. Der kleine Junge sang zwei Töne. Sein Kummer nahm kein Ende. Er fühlte sich völlig verraten, besagte sein Lied, das auch dann nicht aufhörte, als er langsam die Treppe zu seiner Mutter hinunterzuklettern begann, die ihn von unten verzweifelt zu sich rief. Seine Wehklage wollte einfach nicht abreißen. Zwar wurde sie leiser, als er die Treppe hinabstieg, blieb aber unverkennbar. Er hätte der letzte Vogel auf der Welt sein können, doch wäre er der letzte Vogel gewesen, so hätte es niemanden gegeben, der ihn gehört hätte.

27. April 1968

Ein junger Mann mit
Speisekarte

Heute am späten Nachmittag im Longchamps an der Ecke
12. Straße/Fifth Avenue sah ich, wie ein junger Mann ein
Mädchen dazu überreden wollte, mit ihm zu Abend zu
essen, indem er ihr am Telefon die Speisekarte vorlas. Er
stand in der gläsernen Telefonzelle vor dem riesigen Fenster zur Straße, las ihr aus der Speisekarte vor und sprach
verschiedene Empfehlungen aus, und von Zeit zu Zeit ver-
stummte er und hörte sich an, was immer die Stimme am
anderen Ende der Leitung zu sagen hatte. Offenbar hatte
die Stimme sehr viel mehr zu sagen als er, und jedes Mal,
wenn er eine Weile zugehört hatte, hörte er auf, ins Leere
zu starren, und hob die Speisekarte vors Gesicht, als sei
diese ein Haken, an dem er das Mädchen zu dem Anliegen
zurückschleifen könnte, um das es ihm zu tun war. Er
wollte, dass sie mit ihm zu Abend aß. Draußen fiel Schnee –
ein stetiges Rieseln bescheidener kleiner Flöckchen, die
sich, kaum dass sie den Gehsteig berührten, in einen
grauen Staubfilm verwandelten. Hin und wieder fegte von
Norden her ein heftiger Windstoß durch die Avenue und
wirbelte die Schneeflocken in Richtung Washington Square,

und dann schien die ganze Aussicht zu explodieren und wirkte weiß und gefährlich. Es dunkelte bereits. Auf der anderen Straßenseite bildete das schwere Gemäuer des klotzigen Gebäudes, in dem früher der Verlag Macmillan untergebracht war, einen düsteren Hintergrund für das wilde Durcheinander, und in der Buchhandlung nebenan, Dauber & Pine, brannten zwar alle Lichter, aber trotzdem gelang es ihr, den Räumen ein schemenhaft-geheimnisvolles Flair zu geben, sodass sie zum Ebenbild eines alten Buchladens wurde, wie man ihn in der Abenddämmerung eines Wintertags sieht – eines Wintertags im Frühjahr, das wir jetzt eigentlich haben. Die große Glasscheibe, die diese theatralische Aussicht auf die Fifth Avenue gewährt, ist eigentlich eine verstellbare Wand, die das Restaurant bei gutem Wetter zum Straßencafé hin öffnet. Es ist eine Konstruktion, die die gesamte Fassade des Restaurants zur Fifth Avenue hin in ein Bühnenbild verwandelt.

Heute Abend war es im Longchamps, wo man von all der Wildheit und dem Lärm draußen abgeschirmt saß, sehr ruhig und warm und fast menschenleer. Der junge Mann, der die Speisekarte am Telefon vorgelesen hatte, war noch nicht aufgetaucht, als ich ankam. Fast niemand saß an der langen, langen Theke, die einsam wirkte, nur wenige Gäste hatten einen Drink oder ein Abendessen vor sich stehen, die Tische in dem großen, komfortablen Speisesaal waren meist leer, und das Hinterzimmer, das noch geräumiger ist, war ebenso ruhig. Vor ein paar Jahren hat man in dieser Filiale des Longchamps die Decken abgehängt und viele weitere Veränderungen vorgenommen, mit der jede Erinnerung an die ungemütliche, höhlenartige, aber romantische Atmosphäre getilgt wurde, die das Restaurant früher einmal ausgemacht hatte, aber durch die Kombination mit dem Straßencafé wird das Vorderzimmer davor bewahrt, ganz und gar konventionell auszusehen. Das Café ist mit grünem Teppichboden ausgelegt und wird von einer niedrigen marmorierten Mauer in blassem Korallenrosa begrenzt, die mit einer Miniaturhecke aus grünem Buchsbaum bepflanzt ist, sodass die Leute, die im Sommer draußen sitzen, den Blicken der Passanten halb entzogen sind und wir im Restaurant das ganze Jahr hindurch von den Passanten nur das sehen können, was sie oberhalb der Hecke von sich preisgeben – Oberkörper, Schultern und Köpfe. Wenn die auf der Unterseite mit rosa Apfelblüten bedruckte Cafémarkise ausgefahren ist, reicht sie bis auf einen knappen Meter zu der kleinen Hecke hinab, sodass die Aussicht auf die Avenue, die heute Abend wild und verschneit ist, oben von Apfelblüten und unten von dem stacheligen grünen Buchsbaum beschnitten wird, was die Kulisse noch theatralischer erscheinen lässt. Heute Abend hatte es wegen der gerade hereinbrechenden Dunkelheit und des Schneegestöbers den Anschein, als sei dieser Abschnitt der Fifth Avenue als Eröffnungsszene für einen hochinteressanten Kinofilm hergerichtet worden. Jeden Augenblick mochte der Star des Films erscheinen und zusammen mit all den anderen Menschen, die sich dort draußen vorankämpften, an der Hecke vorübergehen, dann aber würde er sich von der Menge abwenden, durch die Öffnung in der Hecke schreiten und sich durch die Drehtür schieben. Über die Hecke hinweg würden wir ihn nur flüchtig zu sehen bekommen, danach würden wir ihn undeutlich durch die Glasscheiben der Tür erblicken, dann aber würde er ins Restaurant eintreten, sich entschlossen umschauen und seine Persönlichkeit wirken lassen, ehe er direkt zur Bar oder zu einem bestimmten Tisch ginge. Er würde einen Trenchcoat tragen. Es wäre ein Spionagethriller, vielleicht mit einem Mord, auf jeden Fall mit einer Verfolgungsjagd. Die leeren Tische würden brauchbare Hürden abgeben, und es wären gerade genug Gäste da, um Angst, Schrecken, Schadenfreude zu vermitteln. Und die Kellner und Kellnerinnen würden in vollem Ornat an ihren Stationen stehen. Für die Kellnerinnen in diesem Longchamps bedeutet voller Ornat eine blau-grau gestreifte Tracht – eine sehr unvorteilhafte Kluft, unkleidsam für die Mädchen und bedrückend für die Gäste, aber eine, die sich in den Augen eines fantasievollen Kameramannes für unheimliche Effekte jeder Art eignen dürfte, obwohl man nicht viel Fantasie benötigt, um derartige Streifen mit Verbrechen und Zuchthaus in Verbindung zu bringen. Fast jedes Restaurant bietet eine geeignete Eröffnungsszene für einen Spionagethriller, aber das Longchamps an der Ecke 12. Straße/Fifth Avenue ist geradezu geschaffen für Episoden mit Intrigen und Verfolgungsjagden, denn trotz all der Umbauarbeiten, die vorgenommen wurden, scheint sich der hintere Teil des Restaurants – der hintere Teil des Hinterzimmers – nach wie vor ins Unendliche zu erstrecken. Und auf der anderen Seite der Avenue gibt es die spukhafte Buchhandlung, die verdrießlich graue Fassade des Verlagshauses und die alte presbyterianische Kirche mit ihren Gärten und Zäunen. Die gesichtslose Architektur, an die wir alle uns allmählich gewöhnen, hat unseren Blick getrübt und wird uns von unserer Gewohnheit, die Stadt, in der wir leben, aufmerksam zu betrachten, bald kurieren, aber dieser Teil der Lower Fifth Avenue erlaubt uns noch immer, davon zu träumen, dass es hier und da Platz für ein menschliches Leben jenseits vorgefertigter Muster gibt.

Die kleine Hecke dort draußen hatte bereits eine ganze Menge Schnee auf sich versammelt, als der junge Mann, der so viel Zeit in der gläsernen Telefonzelle verbringen sollte, in Sicht kam, und zwar genauso, wie der Star des Filmes auf der Bildfläche erschienen wäre, erst Kopf und Schultern oberhalb der Hecke, dann in voller Körpergröße, aber verschwommen durch die Glasscheiben der Drehtür, und schließlich im Innern des Restaurants – er stand noch aufrecht, wofür er sich glücklich schätzen konnte, denn er war einer von denen, die an einer Drehtür immer nur herumfummeln, statt sich einfach fest dagegenzustemmen. Er trug einen großen zerknitterten Trenchcoat, der offenstand, sodass das karierte Futter zu sehen war. Er war rundlich und nicht sehr groß, und er hatte glattes, feines sandfarbenes Haar, üppig eigentlich, aber am Oberkopf bereits sehr schütter, schon fast ganz verschwunden. Er war etwa fünfundzwanzig oder vielleicht siebenundzwanzig, hatte blaue Augen und feine Gesichtszüge – eine kleine, gerade Nase und einen ernsten Mund. Seine Miene, als er das Restaurant betrat, verriet, dass er auf etwas – eine einzige Sache – fixiert war und allem anderen gegenüber gleichgültig. Er konnte nicht sehr weit gelaufen sein, auf seinem Mantel lag nur wenig Schnee. Er hatte ein Bündel mit Ausgaben des Londoner *Observer* unter den Arm geklemmt, die aufgeschlagen und nachlässig wieder zusammengefaltet worden waren, sodass sie aufgebläht aussahen und so, als könnten sie jeden Augenblick aufgehen wie ein Soufflé. Er sah sich nicht um und zögerte auch nicht, sondern redete sorgenvoll mit dem ersten Gesicht, das er sah. Es gehörte der Garderobenfrau, die ihn über die Halbtür ihrer kleinen Kabine hinweg beobachtete. Heute Abend saß sie vor einer leeren Wand – keine Gäste, keine Mäntel. Sie beantwortete seine Frage, indem sie zu der gläsernen Telefonzelle hinnickte, und er ging rasch hinüber, betrat sie und schloss die Tür. Er hatte sein Zehncentstück griffbereit, wählte sofort und fing an zu reden. Dabei hielt er den Hörer mit derselben sorgenvollen Miene, die er im Gespräch mit der Garderobenfrau an den Tag gelegt hatte. Er lächelte nie. Sogar später, nachdem er mit seiner Werbung am Telefon Erfolg gehabt hatte, lächelte er nicht. Er war in jeder Hinsicht ernst und methodisch – nicht, als sei er von Natur aus methodisch, sondern als sei er fest entschlossen, heute Abend keinen falschen Zug zu machen. Der Anlass war ihm so wichtig, dass er nicht mehr er selbst war. Er war unter dem Gewicht dieses Anrufs begraben. Er redete eine Minute lang am Telefon, dann öffnete er die Tür und trat aus der Zelle, und als er wieder hineinging, hielt er in der Linken die große Speisekarte des Longchamps und nahm den Hörer in die Rechte. Die unbändigen *Observer* hatte er mit dem rechten Ellbogen festgeklemmt. Und er musste Münzen bereithalten und einwerfen. Er verbrauchte drei weitere Münzen, bevor das Gespräch endete. Der junge Mann wollte kein Risiko eingehen, und er würde die Schicksalsgöttinnen nicht dadurch herausfordern, dass er auch nur eine seiner Lasten losließ – er würde sie alle festhalten wie ein Mann, der zur Stoßzeit in der U-Bahn steht. Er las aus sämtlichen Abschnitten der Speisekarte vor. Ich hatte selbst eine Speisekarte, insofern konnte ich in etwa abschätzen, wo er gerade war – Meeresfrüchte, Nachspeisen, Curries, Spezialitäten, Salate und so weiter. Er las bis zu der Spalte mit den heißen Pfannengerichten, und etwas dort schien eine Entscheidung herbeigeführt und sie zum Schweigen gebracht zu haben, denn plötzlich war das Gespräch zu Ende. Er hängte den Hörer ein, trat aus der Zelle und ging zur Bar, die sich im Nordteil des Saals befindet und ungefähr eine Meile lang wirkt – heute Abend, in verlassenem Zustand, mehr als eine Meile lang.

Der junge Mann legte seine *Observer* auf einen der Barhocker nahe dem Fenster, dann wandte er sich um, legte
seine Speisekarte höflich auf den nächsten unbesetzten
Tisch, zog seinen Trenchcoat aus und formte ihn zu einem
Bündel, das ihm als Zeitungsbeschwerer diente. Schließlich
stand er still und sah sich um. Dabei straffte er den Knoten seiner Krawatte, der schon jetzt zu straff und klein war.
Nachdem er den Mantel ausgezogen hatte, konnte man
sehen, dass er gar nicht rundlich war, sondern nur nachlässig gekleidet. Sein marineblauer Anzug war viel zu weit
und fast so zerknittert wie sein Trenchcoat, und er trug ein
weißes Hemd mit einem Button-Down-Kragen, der zu
hoch saß. Unter dem winzigen Knoten ließ die Krawatte
sich gehen und floss in Streifen von hellem Rot und
Orange bis über den Hosenbund. Während er das Restaurant in Augenschein nahm, war seine Miene vollkommen ruhig, und als er sich setzte, drehte er den Hocker seitwärts zur Theke und sah sich weiter wohlwollend im Saal
um. Die meisten Leute, die allein an der Theke sitzen, drehen ihren Hocker seitwärts, denn hinter ihr ist nichts zu
sehen außer einer leeren Wand, in deren Mitte ein hoher
Schrank evangelikaler Herkunft steht, der so aussieht, als
könnte es sich bei ihm um einen Musikschrank handeln.
Der junge Mann legte die Hände auf die Schenkel, saß da
und ruhte. Er entspannte sich nicht. Was er tat, war viel alt-
modischer – er ruhte einfach. Der Barkeeper brachte ihm
eine Flasche Bier und ein hohes Glas, und nachdem der

junge Mann von dem Bier gekostet hatte, nahm er eine kleine Schale mit Erdnüssen, die auf der Theke stand, und schüttete einige davon in seine rechte Hand. Dann ruhte er wieder, pickte mit der Linken die Erdnüsse aus der Rechten und sah sich im Restaurant um.

Es wurde Zeit für mich zu gehen, und als ich bei der Garderobenfrau meinen Regenschirm holte, kam jemand durch die Drehtür, und ich wandte mich um. Eine Frau. Sie trug einen roten Mantel mit roter Kapuze, aber sie streifte die Kapuze nicht ab, sodass ich ihre Haarfarbe nicht sehen konnte. Der junge Mann war aufgestanden und blickte sie an, und sein Gesicht hatte denselben Ausdruck wie zu Beginn – er sah aus, als sei er auf etwas fixiert und allem anderen gegenüber gleichgültig. Ich ging hinaus. Der Gehsteig war sehr gefährlich, er entglitt mir und allen anderen, und die großen neuen Apartmenthäuser, die den Washington Arch klein erscheinen lassen, schienen zu zittern in ihrer glitzernden Haut. In nassen Nächten strahlen diese Gebäude ein herrlich schiefergraues Licht aus. Es ist ihr einziger Augenblick der Schönheit. Der Wind war bitterkalt geworden, vielleicht weil kein Schnee mehr fiel, und mein Heimweg dauerte fast fünfzehn Minuten länger als gewöhnlich.

22. April 1967

Eine schmerzliche
Entscheidung

Kürzlich war ich abends in einem neuen kleinen Super-
markt und wartete darauf, dass meine Einkäufe in eine
Tüte gepackt wurden, als ich einen schäbig gekleideten großen Mann mit roten Augen sah, der offenbar schon von
der Wiege an stark getrunken hatte. Er versuchte, sich
zwischen Bohnen aus der Dose, einem Fertiggericht aus
der Dose, einer Suppe aus der Dose und *Chicken à la King*
aus der Dose zu entscheiden. Er hatte siebenunddreißig
Cent oder neunundzwanzig Cent oder eine vergleichbare
Summe bei sich, und so stand er mit den vier Dosen da
und blickte sie und die Stände mit Gemüse, Obst und Brot
und so weiter finster an. Er konnte sich einfach nicht ent-
schließen, was er kaufen sollte, um sich zu sättigen, und es
lag auf der Hand, dass er am liebsten gar nichts zu essen
gekauft hätte. Ich dachte, dass ich ihm nicht den geringsten
Vorwurf daraus machen könnte, falls er die Dosen wieder
ins Regal stellen oder sie auf den Fußboden fallen lassen
und in die Grillbar nebenan stürzen würde, wo er sich ein
Bier bestellen und es austrinken könnte. Später kam mir in
den Sinn, dass wir uns, um es vereinfacht auszudrücken,

wenn wir uns schaden wollen, normalerweise nur nach *einer* Sache wirklich sehnen; nehmen wir hingegen die Anstrengung auf uns, etwas Tugendhaftes oder etwas Gutes zu tun, ist die Auswahl so groß, dass wir im Grunde schon erschöpft sind, noch bevor wir uns dafür entscheiden, was wir denn nun tun wollen. Damit will ich sagen, dass der Antrieb zum Guten eine freie Wahl voraussetzt und hoch kompliziert ist, der Antrieb zum Bösen dagegen abscheulich einfach und leicht, und dass der arme, große, rotäugige Mann mir leid tut.

18. September 1954

Die neuen Mädchen in der 49. Straße West

Heute Abend hörte ich im Le Steak de Paris, wo ich zu Abend aß, schlechte Neuigkeiten. »Das Gebäude wird abgerissen« – das kleine Restaurant soll weggefegt werden, einfach so, nach mehr als sechsundzwanzig Jahren zähen Lebens. Diese Worte, »Das Gebäude wird abgerissen«, hört man in New Yorker Gesprächen so oft, und sie haben eine solche Endgültigkeit und sind so zwingend, dass ihnen, sind sie erst einmal ausgeprochen, nichts hinzuzufügen ist. Die Entscheidungen des Ungeheuers *Büroflächen,* das in der Stadt lauert und sich nicht besänftigen lässt, kann man nicht anfechten. Das Le Steak de Paris nimmt Erdgeschoss und Souterrain eines alten Sandsteinhauses in der 49. Straße West zwischen der Sixth und der Seventh Avenue ein. Die Abrissarbeiten haben längst begonnen, aber einige der Sandsteinhäuser sind noch da – eine Reihe hoher, schmaler Gebäude aus dem neunzehnten Jahrhundert, die so gerade und schlicht wie eh und je dastehen, sich jedoch ein wenig nach hinten zu neigen scheinen, weil sie nicht zum Rest der Straße passen. Es ist eine zerrüttete, zusammengewürfelte, zusammengeflickte Straße, und seit vielen Jahren existiert sie in jenem außergewöhnlichen Vakuum, das die Stadtplaner geschaffen haben. Diese lassen das Schicksal ganzer Gegenden über lange Zeiträume – manchmal Jahrzehnte – hinweg in der Schwebe, bevor die Abbrucharbeiter endlich Einzug halten. Derzeit wirft nicht die Vergangenheit, sondern die Zukunft ihren dunklen Schatten über New York, und zu viele Straßen verströmen die trübe Atmosphäre des »Was soll's?«. Tagsüber wirkt dieser Abschnitt der 49. Straße West lustlos und erledigt, aber bei Nacht ist er nur noch schäbig, und wenn in den Restaurants, den Bars und Hoteleingängen die Lichter brennen, wird er grell und geheimnisvoll – eher die Ausläufer eines Jahrmarkts als eine städtische Straße. Der Broadway, die Straße der Träume, hat mit dem gewöhnlichen Leben der Stadt etwa so viel zu tun wie ein Wanderzirkus, doch obwohl das Image des Viertels immer abstoßender, nämlich ordentlicher wird – es ist das Image der Büroflächen –, hält der Glanz des Broadway noch vor und ergießt sich bis in die engen Nebenstraßen, die zu seinem Lichtermeer führen. In der 49. Straße ist alles nur Notbehelf, und selbst die so schön proportionierten alten Sandsteinhäuser, deren Silhouette sich so klar gegen den hohen, stillen Himmel eines Sommerabends abhebt, scheinen Teil eines Bühnenbildes, eigens dazu entworfen, die bedrohte, dem Untergang geweihte Seite New Yorks zu illustrieren. Es ist ein Straßenzug für Touristen, und heute Abend waren fast alle Passanten auf den Gehwegen Touristen – Auswärtige in hellen Baumwollkleidern und -anzügen, die ihre Jacketts und Pullover über den Arm gelegt hatten. Beflissen, wie sie waren, hatten sie sich den ganzen Tag in der Stadt herumgetrieben und Sehenswürdigkeiten bestaunt, und jetzt trotteten sie ihrem Anteil am Nachtleben entgegen. Obwohl sich die Scharen, die da entlanggingen, ganz unterschiedlich zusammensetzten, waren es doch meist Pärchen, Gruppen von Männern und Frauen oder kleine Grüppchen von Frauen mittleren Alters, die sehr dicht nebeneinander hergingen. Sie bildeten kleine Pulks und spähten durch Restauranttüren und -fenster. Sie wollten hinein*sehen,* ohne gleich hinein*gehen* zu wollen. Der Bürgersteig vor dem Le Steak de Paris war gerade gefegt worden, und nach dem Regen der vergangenen Nacht sah die Miniaturhecke aus Buchsbaum vor dem Fenster sehr frisch und grün aus. Durch die Fenster vom Le Steak de Paris spähte niemand – für Besucher, die nach etwas Aufregendem oder Neuem suchen, ist es dort zu ruhig. Es gab nur einige wenige – sehr wenige – Gäste, die zu Abend aßen, und an der Bar tranken zwei Männer, beides Eigenbrötler, friedlich vor sich hin. Ich fragte den Eigentümer, M. Guy L'Heureux, ob er ein neues Heim für sein Restaurant gefunden habe, und er sagte traurig: »Nein, nicht in der Stadt. Es war sehr schwierig. Wir haben die ganze Zeit gesucht, überall. Es gab nichts. Wir haben beschlossen, nach Miller Place auf Long Island zu ziehen. Jetzt werden wir Englisch lernen. Es wird da niemanden geben, mit dem wir Französisch sprechen können.« In all den Jahren, seit ich dort verkehre, hat das Le Steak de Paris sich kaum verändert. Früher waren die Wände mit gedruckten Bildern ländlicher Szenen des achtzehnten Jahrhunderts tapeziert. Später gab es rote Ziegeltapete. Jetzt imitiert die Tapete poliertes Holz – senkrechte Bohlen –, und wo früher die Jukebox mit französischen Schallplatten stand, gibt es einen Zigarettenautomaten. Aber sonst hat sich nichts verändert. Die Speisekarte ist dieselbe wie immer – Crème Jeannette, Poulet rôti, Shrimps Cocktail, Artichaut froid und so weiter. Selbst die Atmosphäre ist noch die gleiche, als ob das endgültige Ende dort wäre, wo es hingehört – außer Sicht, weit weg. M. Guy, Jo, der Kellner, und Francine, die Kellnerin, waren ganz heiter und gelassen, als rechneten sie damit, noch auf lange Zeit im Le Steak de Paris Gäste begrüßen zu können. Es gibt auch in anderen Sandsteinhäusern Restaurants, doch die Mieter, die in den oberen Etagen der alten Häuser gewohnt hatten, sind alle ausgezogen, mit Ausnahme einer Dame im obersten Stockwerk, die die Wohnung, in der sie seit Jahren lebt, nicht aufgibt und die Topfpflanzen auf ihren Fensterbänken noch immer sorgsam pflegt. Die Pflanzen zeigen ein schwaches Grün, ein lebendiger Fries an den alten Gemäuern. Als ich das Le Steak de Paris gegen halb zehn verließ, ging ich in Richtung Seventh Avenue und Broadway. Ich ging gemächlich, inmitten der gemächlichen, zaudernden Menge. Bei all dem Zaudern, all der Gemächlichkeit konnte keine ausgelassene Stimmung aufkommen. In der 49. Straße West ist das nie der Fall. Es ist eine unverbindliche, nicht dingfest zu machende, lärmende Straße, unwirtlich und – in den Augen eines Fremden – irgendwie zwielichtig. Immer hat man den Eindruck, als sei ungezwungene Heiterkeit hier unbekannt oder strengstens verboten. In diesem Abschnitt wird der Verkehr in Richtung Westen geführt, sodass wir alle, Autos und Menschen, uns gemeinsam, als kompakte Masse, zum Broadway bewegten, fast als wären wir auf Wallfahrt. Wir passierten die lebhafte Diskothek neben dem Le Steak de Paris, und wir passierten chinesische Restaurants und ein japanisches, das Schallplattengeschäft, den Delikatessenladen, den Friseursalon, der bis spät in die Nacht geöffnet ist, und das Café im Plymouth Hotel, das nie geschlossen ist, und schließlich erreichten wir das große Parkhaus. Neben der Einfahrt befindet sich ein Pizza-Sandwich-Imbiss, und daneben, im früheren Eingang zu den oberen Geschossen des Parkhauses, hat eine Zigeunerin ihren Salon, ein winziges Kabuff. Vier Steinstufen führen zu ihrer Tür, die heute offen stand, obwohl die Zigeunerin selbst nirgends zu sehen war. Vielleicht hatte sie sich in ein Hinterzimmer zurückgezogen. Aber auf einem runden Tisch stand einladend eine Vase mit künstlichen Blumen, und auf dem gefliesten Boden lag ein kleines Stück Auslegware. Neben dem Salon der Zigeunerin befindet sich ein Erotik-Kino, das mit hektischen Lichtexplosionen und Leuchtreklamen für sich wirbt. Heute Abend wurden *Das promiskuitive Geschlecht* und *Wilde Strip-Poker-Königinnen* gezeigt. Das Schriftdisplay über dem Eingang ist so grell, dass die Buchstaben der Filmtitel in die Luft zu springen scheinen und selbst diejenigen blenden, die noch einen halben Block entfernt sind, und wenn man das Kino endlich erreicht, ist man überrascht, dass auf dem Gehweg davor ziemlich viel Platz ist, da sich kaum jemand dort aufhält. Heute Abend standen am Rand des freien Platzes, neben dem Kino und am Fuß der Stufen, die zu der Zigeunerin führen, fünf große junge Mädchen herum – nicht beisammen, nicht in einer Gruppe, sie standen einfach nur herum. Bis dahin war die Menschenmenge so dicht gewesen, dass ich die Mädchen erst sah, als ich zu ihnen gelangt war. Auch die Leute um mich her hatten sie nicht gesehen, und obwohl wir uns bewegten und sie stillstanden, tauchten sie urplötzlich vor uns auf. Es war, als hätten sie uns angesprungen, so wie die Lichter uns anzuspringen schienen. Je nach Temperament der Person, die sie sah, lösten sie Scham, Kummer, Verlegenheit, Neugier, Spott, Erregung oder Ekel aus. Es war einer jener überraschenden Augenblicke, wo wir den Unterschied zwischen Erinnerung und Instinkt, zwischen Mahnung und Bedrohung nicht länger erkennen, und so herrschte Verwirrung – nur dass es nötig war, die Blicke jener Mädchen zu meiden, verstand sich von selbst, denn es waren die Blicke befriedigter Furien oder unbefriedigter Gefängniswärterinnen. Die fünf rührten sich nicht von der Stelle. Sie standen still, und die Menge teilte sich und wich ihnen unsicher aus. Jede von ihnen war ziemlich hochgewachsen und um die zwanzig, mit glattem, schwerem, in verschiedenen Schattierungen von Bronze, Gelb und Platinblond gefärbtem Haar, und sie alle trugen winzige, duftige Minikleider, die kaum ihren Hintern bedeckten und offenbar noch mehr Bein zeigen sollten, als sie ohnehin schon hatten. Es waren keine schlanken Mädchen. Sie sahen wohlgenährt aus, und ihre Beine waren fest, kräftig und weiblich, wie Säulen aus Fleisch. Ein Paar Beine war nackt und puderrosa. Die anderen vier Paar steckten in neonfarbenen groben Netzstrümpfen – zwei Paar in Neongrün, ein Paar in Neonmauve und eins in Neonweiß, das in perlmuttfarbenem Glanz leuchtete. Vermutlich waren die Mädchen gar nicht ungewöhnlich groß, aber ihre Beine ließen sie riesig erscheinen. Es war eine beeindruckende Gruppe junger Frauen, und als die Leute an ihnen vorübereilten, blickten sie sie mit der verstohlenen Aufmerksamkeit an, die die meisten von uns den feierlich erotischen Fotos in der großen Glasvitrine vor dem Kino schenken. Vor mir trippelte eine zierliche alte Dame mit dichtem, gekräuseltem, üppig dunkelrot gefärbtem Haar, die sich dauernd umdrehte, um die Mädchen anzustarren. Sie trug einen Pillbox-Hut aus Leopardenfellimitat und musste lächeln, fast lachen. Sie sprach eine Frau an, die neben ihr ging. »Haben Sie die Hintern gesehen?«, sagte sie zu der Frau. Die Frau sprang davon, ohne zu antworten, und als die alte Dame sich erneut umdrehte, erblickte sie mich. »Haben Sie die Hintern gesehen?«, fragte sie mich entzückt. »Haben Sie diese Hintern gesehen?« Sie sah aus, als sei sie um die neunzig. Jetzt war es an mir, davonzueilen, um ihr zu entkommen, und fast hätte ich die Frau eingeholt, die sie zuerst angesprochen hatte. Diese hatte sich zwei anderen Frauen angeschlossen, die ebenso dezent gekleidet waren wie sie – Kostüm, Hut und Handschuhe. Die drei Frauen erreichten die Straßenecke und entschwanden in die Seventh Avenue. Sie gingen, so schnell sie konnten – zurück zu ihrem Hotel, vermute ich. An der Ecke musste ich kurz auf ein Taxi warten. Ich wollte mich nicht umdrehen und noch einmal die 49. Straße hinunterblicken, denn ich hatte Angst, hinter mir würde der Pillbox-Hut aus Leopardenfellimitat auf und nieder wippen. Aber meine Furcht, sie könnte noch einmal das Wort an mich richten, war unbegründet. Denn als ich mich doch umdrehte, sah ich, dass sie zu den Mädchen zurückgegangen war. Ich erspähte ihren Pillbox-Hut und war mir sicher, dass sie mit ihrer überraschenden Frage auch anderen Leuten zu Leibe rückte. Dann kam ein Taxi, und ich stieg ein und fuhr nach Hause. Vor drei oder vier Sommern hatte ich einmal gegen sechs Uhr abends ein Mädchen allein die 49. Straße entlanggehen sehen. Sie trug ein rotes Kleid und schwenkte ihre Handtasche, und ihr Gang war eine damenhafte Travestie des Gangs von Marilyn Monroe. Alle verdrehten die Köpfe nach ihr, wie sie am helllichten Tag so keck vorbeistolzierte, und sie wirkte sehr mutig, aber jedes der Mädchen, die ich heute Abend sah, hätte kurzen Prozess mit ihr gemacht. Diese Mädchen sahen aus, als seien sie, samt Beinen und allem Drum und Dran, in einer Automobilfabrik montiert worden. Sie ließen die 49. Straße sehr altmodisch, ja verblasst und harmlos aussehen. Sie passten überhaupt nicht in die Straße. Sie waren sich selbst um ein, zwei Jahre voraus. Zu den neuen Gebäuden werden sie besser passen.

16. September 1967

Der Ausblick
chez Paul

Der heutige Samstag war warm, windig und grau, und zum ersten Mal in diesem Jahr zeigte die Stadt ihre sommerliche Leere. Die endlosen Avenues waren ruhig und wirkten breiter, in den Nebenstraßen war kaum ein Mensch zu sehen. In der Stadtmitte nahm New York sein zwangloses Touristenaussehen an, außer in dem Abschnitt der 44. Straße zwischen der Fifth und der Sixth Avenue, wo Chaos herrschte, jenes Chaos der abgesperrten, fast stillen Art, das wir Stadtbewohner mit der Ankunft der Filmemacher zu assoziieren gelernt haben. In den vergangenen paar Monaten war ich in verschiedenen Stadtteilen mehrfach Zeuge von Vorbereitungen für Filmaufnahmen, und in jedem einzelnen Fall war dieselbe überaus organisierte Einstellung aller Aktivitäten zu beobachten. Es ist, als wären Eindringlinge aus einem fremden Land mit all ihren Lastwagen, Armeen, schweren Geschützen und fertigen Schlachtplänen einmarschiert, nur um festzustellen, dass sie ihre Munition oder ihren General vergessen hatten. Sie warten. Erst bringen sie sich und ihre schwere Ausrüstung in Stellung, und dann fangen sie an zu warten. Sie trinken Kaffee aus Papp-

bechern. Sie reden miteinander, aber nicht sehr viel. Sie
bedürfen keiner Sprache. Sie annektieren, was sie brau-
chen – diesen Hauseingang, jenes Fenster im zweiten Stock,
eine Ecke der Parkanlage, einen bestimmten Straßenabschnitt –, und ignorieren alles Übrige, darunter auch uns
New Yorker, die wir wie freundliche Eingeborene lächelnd
herumstehen und Stielaugen machen. Die Filmemacher
hassen es, wenn man ihnen Fragen stellt. Sie scheinen uns
kaum wahrzunehmen. Sie sind unnahbar, weil die Unnah-
barkeit des Stars, der jeden Augenblick zu leuchten beginnen wird, sie gestreift hat. Sie warten. Und wir, die wir
abseits stehen, warten mit – Erwachsene, Kinder und
Hunde. Alle drängeln wir uns, so nah wir können, zu der
Stelle, wo der Star auftreten wird. Heute, in der 44. Straße
West, war Julie Andrews der Star. Sie drehte im Algonquin
Hotel, und am frühen Nachmittag war die enge Straße vor
dem Hotel mit ihrer Karawane zugeparkt. Im Orient ist
eine Karawane meinem Wörterbuch zufolge eine Gesellschaft von Reisenden, die zu ihrem eigenen Schutz gemeinsam unterwegs sind. Miss Andrews' Karawane war sehr
umfangreich – Requisitenwagen (Schumer's), silberne Fern-
busse (Camous Coach Lines), Ausrüstungswagen (Thos. A.
Deming: Podeste, Zelte, Tribünensitze, Stühle, Tische),
Limousinen und große grüne Lieferwagen von Hertz. Für
Autofahrer, die von der Sixth zur Fifth Avenue wollten, war
nur eine schmale, nicht sehr deutliche Fahrspur in der
Mitte der Straße freigelassen worden, und Autos, die aus

dem großen Parkhaus direkt gegenüber dem Algonquin kamen oder es ansteuerten, hatten es noch schwerer als sonst. Der Eingang zum Algonquin war von Seilen, Kabelrollen, Kisten, Stativen und Scheinwerfern eingehegt, und eine rote Warnleuchte, die auf einem etwa ein Meter hohen Sockel am Bordstein stand, drehte sich auf eine so triumphierende Art, dass ich mich ganz beklommen und unterwürfig fühlte. Ich stand in einem Fenster des Friseursalons in der zweiten Etage des Royalton Hotel gegenüber dem Algonquin. Ich war dabei, mich frisieren zu lassen, und hin und wieder kämpfte ich mich unter der Trockenhaube hervor und trat ans Fenster, um einen Blick auf die Straße zu werfen. Ich war nicht die einzige Schaulustige. M. Paul, dem der Salon gehört, und seine Assistentin Pauline, die blau-schwarzes Haar hat und aus der Normandie stammt, gingen ebenfalls immer wieder zum Fenster, um hinauszuschauen. Ich fragte Pauline, ob sie Julie Andrews schon einmal gesehen habe. »Nicht leibhaftig«, sagte sie bedauernd. Das Royalton Hotel und das Algonquin Hotel haben ungefähr dasselbe Alter, beide gehen auf die siebzig zu – ansehnliche, robuste alte Hotels, die einander überhaupt nicht ähneln, bis auf die edwardianische Atmosphäre, die ihnen eigen ist und die in dieser engen Straße allmählich geradezu aufmüpfig wirkt. Die zerstörerischen Folgen der Betonmischmaschine glätten diesen Straßenzug allmählich zu jenem nichtssagenden Ausdruck, der das neue New York ausmacht. Von den Fenstern des Royalton aus, die

nur mit einem blassen, durchsichtigen Stoff, einem bloßen
Schleier, verhängt sind, wirkt die Straße sehr nah und
zugleich sehr fern. Elizabeth Bowen hat einmal ein Zimmer, das überfüllt war, obwohl sich niemand darin aufhielt,
mit den Worten beschrieben, es sehe aus, als gäbe jemand
eine Party für Möbel. Die Szenerie in der 44. Straße heute
sah aus, als halte jemand eine Protestveranstaltung für
Autos ab. Es waren nur sehr wenige Menschen unterwegs,
und niemand blieb stehen und schaute zu. Eigentlich hätte
es einen Menschenauflauf geben müssen, aber Miss
Andrews und ihre Karawane hatten ohne großes Trara
Einzug gehalten, dazu noch in einer Stadt, die ein sehr ruhi-
ges Wochenende erlebte. Der Portier des Algonquin eilte
immer wieder mitten auf die Straße, um Taxis für Hotel-
gäste herbeizuwinken, doch der Schutzwall von Lkws und
Lieferwagen verstellte mir den Blick darauf, was genau da
unten vor sich ging. Gelegentlich bekamen wir die eigentlichen Filmleute zu sehen – die Schauspieler und Schau-
spielerinnen, die ihr Hauptquartier in einem sehr großen
silbernen Bus vor dem Algonquin aufgeschlagen hatten.
Die Bustür öffnete sich, und ein schöner, weißhaariger
Gentleman in einem Gesellschaftsanzug stieg aus. Er hatte
einen Zwirbelbart, in seinem Knopfloch steckte eine rote
Nelke und er trug einen Karton mit Kaffeebechern. Eine
goldhaarige Dame in einem silbernen Lamékleid kletterte
in den Bus. Ihr Kleid war mit silbernen Fransen besetzt, die
um ihre Knie wogten, und sie trug ein silbernes Stirnband

um den Kopf. In diesem Moment, in ihrem glitzernden Bühnenkostüm in der 44. Straße, war sie beneidenswert schön, Teil jener Scheinwelt, an der wir alle irgendwie teilzuhaben hoffen, wenn wir uns versammeln, um zuzusehen, wie die Hollywood-Stars in unseren Straßen aufwändig Nachtwache halten. Die goldhaarige Schauspielerin setzte sich auf den Beifahrersitz, neigte sogleich den Kopf und machte jene Gebärden, die Fluggäste machen, wenn ihnen die Stewardess das Essenstablett gebracht hat. Sie öffnete kleine Pappbehälter und spähte hinein, sie öffnete große Pappbehälter und spähte hinein, und dann begann sie, ihr Mittagessen zu sich zu nehmen. Im schummrigen Innern des Busses war sie nur ein Schatten, wie all die anderen Schatten, die im Sitzen aßen oder im Stehen plauderten oder zur Bustür gingen, um ins Tageslicht hinauszutreten, das sie so zeigte, wie sie wirklich waren – kostümierte Gestalten, die Männer im Gesellschaftsanzug, die Frauen für eine wilde Party gekleidet, die vor vierzig Jahren stattgefunden hatte. Einer der Sitzplätze im Bus war bis zum oberen Rand des Fensters mit hellen, langhaarigen Pelzen vollgestapelt – Pelzen aus den zwanziger Jahren. »Es muss ein Film über die Zwanziger sein«, meinte M. Paul. »Julie Andrews ist noch nicht herausgekommen«, sagte Pauline. Als meine Haare frisiert waren, ging ich hinüber ins Algonquin, um Zigaretten zu kaufen und mich drinnen umzuschauen. Selbst an einem Samstag im Sommer sitzen in den frühen Nachmittagsstunden immer Leute im Hotel, trinken etwas, lesen Zeitung oder warten auf Freunde, mit denen sie zu Mittag essen wollen. Heute nicht. Das Hotel sah reichlich demoliert aus. Zwar gab es noch Sessel und Sofas, doch wegen der Filmutensilien, die überall herumstanden und -lagen, konnte sich niemand setzen. Das Foyer, normalerweise so komfortabel und einladend, sah aus wie eine Kulisse der Angst, und das Rose Room Restaurant am Ende des Foyers ertrank im grellweißen Licht hoher Scheinwerfer, die auf die hintere Wand und die Bar gerichtet waren. Ich bahnte mir einen Weg zum Zeitungsstand und kaufte mir Zigaretten, und als ich eben gehen wollte, sah ich Julie Andrews. Sie war allein. Sie saß in einem hohen Sessel mit hoher Rückenlehne neben dem Eingang zum Rose Room und nahm ihre Fertigmahlzeit zu sich. Ihr enges, kurzes Kleid schien aus Kristall und Licht zu bestehen, und als Krone trug sie einen Haarreif aus Kristall – sie sah aus wie Titania. Der Sessel war viel zu groß und zu hoch für sie, und um sich und ihr Mittagessen im Gleichgewicht zu halten, hatte sie die Knie zusammengepresst und die auf den Zehenspitzen ruhenden Füße weit auseinandergespreizt. Sie war sehr hungrig. Ihre ganze Aufmerksamkeit galt ihrem Sandwich, das sie mit beiden Händen hielt. Gerade wollte sie hineinbeißen, als sie den Blick hob und mich dastehen und sie anstarren sah. Der Gedanke an Titania verging mir augenblicklich, und mir kam Lady Macbeth in den Sinn. Bei meinem Anblick erstarrte Julie Andrews vor Wut. Hinter ihrem Sandwich fühlte sie sich in die Enge getrieben, und ihr hungriges Gesicht wurde glasig vor Zorn. Sie ist ein Star, daran gibt es gar keinen Zweifel. Sie glänzt und strahlt, und sie kann einen mit einem Zauber, mit jedem erdenklichen Zauber belegen. Später am Nachmittag ging ich wieder ins Algonquin, um mir ein Taxi rufen zu lassen und mich vorher noch einmal umzuschauen. Diesmal stand Julie Andrews im Hoteleingang und ließ sich fotografieren. Im grau-weißen Tageslicht schimmerte ihr kokettes kleines Kleid mauvefarben, und sie hätte die Frau sein können, die Scott Fitzgerald vorschwebte, als er schrieb:

> *There'd be an orchestra*
> *Bingo! Bango!*
> *Playing for us*
> *To dance the tango,*
> *And people would clap*
> *When we arose*
> *At her sweet face*
> *And my new clothes.*

Ich blickte hinüber zum Royalton, und neben Chez Pauls hauchdünnen Gardinen sah ich einen niedlichen blauschwarzen Schopf: Pauline, die Julie Andrews endlich leibhaftig zu sehen bekam.

17. Juni 1967

Der jämmerliche Witzbold

Neulich im Longchamps Restaurant an der Ecke Madison Avenue/59. Straße hatte ich die Genugtuung, zuzusehen, wie ein Witzbold zu Fall kam, und zwar so, dass er überhaupt nichts tun konnte, um sein Gesicht zu wahren. An dem Abend regnete es – ein schwerer Dauerregen. Ich aß in einer der halbmondförmigen Nischen zu Abend, die es bei Longchamps gibt, und zwar in der Nische genau gegenüber dem Eingang und dem Fenster zur Madison Avenue. Es war gegen halb zehn, und im Licht der Straßenlaternen und der wenigen noch erleuchteten Schaufenster fiel heller Regen, aber es kam kaum jemand vorbei. An diesem Abend war es viel zu nass, um zu Fuß zu gehen. In dem großen Speisesaal saßen nicht viele Gäste, und die lange Theke war ganz verlassen, doch an einem Tisch in der Nähe der Tür saßen vier Leute – zwei Männer und zwei Frauen. Sie machten ziemlichen Lärm, lachten viel, riefen lautstark nach dem Kellner und entschieden sich immer wieder um, was sie denn nun essen wollten. Einer der Männer – er redete am lautesten und am meisten, eine wahre Stimmungskanone – saß mit dem Rücken zu mir, aber die Gesichter seiner drei Begleiter konnte ich sehen.

Ich hatte erst ein paar Minuten dagesessen, als sich ganz langsam die Drehtür bewegte und eine große ältere Dame eintrat, die durchsichtige Galoschen, über ihrem Mantel einen durchsichtigen Regenmantel und über ihrem Hut eine durchsichtige Regenhaube trug. In der Hand hielt sie einen klatschnassen Regenschirm. Sie öffnete ihren Regenmantel und holte aus seinem trockenen Innern ein Buch und eine zusammengefaltete Zeitung hervor, die wie die Londoner *Times* aussah. Dann steuerte sie ohne zu zögern auf einen Tisch in meiner Nähe zu. Sie war kaum an dem Tisch bei der Tür vorbeigegangen, als der Mann, der mir den Rücken kehrte, geräuschvoll seinen Stuhl herumrückte und ihr hinterherrief: »Hallo, die Dame!« Die Dame drehte sich um und trat ein, zwei Schritte auf ihn zu. Sie sah, dass er wie irre lachte und zu ihr aufschaute und dass sich seine drei Begleiter beim Anblick ihres verdutzten Gesichts vor Belustigung schüttelten. Sogleich wandte sie sich von ihnen ab und ging wieder auf ihren Tisch zu, und diesmal erreichte sie ihn und setzte sich, vergaß jedoch, ihren Regenmantel auszuziehen, der sich, glänzend vor Regentropfen, unansehnlich um sie bauschte. Der Kellner brachte ihr die Speisekarte und widmete sich danach einem anderen Gast. Sie las die Speisekarte, legte sie auf den Tisch und starrte zur Straße hin, doch ihre Blicke wanderten ein ums andere Mal zu den vier unhöflichen Fremden an der Tür, die sich allem Anschein nach über sich selbst, übereinander und über das Abendessen freuten. Wieder nahm sie die

Speisekarte zur Hand, dann legte sie sie zurück auf den Tisch, griff sich ihr Buch, ihre Londoner *Times,* ihre Handtasche, ihre Handschuhe und ihren Schirm und verließ das Restaurant so lautlos, wie sie es betreten hatte, aber in völliger Auflösung. Ich hatte schon befürchtet, der Mann könnte sie, wenn sie an ihm vorüberkäme, erneut ansprechen, aber ich glaube nicht, dass er sie hatte gehen sehen. Es war eine unsinnige kleine Szene, aber doch eine Szene gewesen. Jemand war gedemütigt worden. Eine Frau war um das ruhige Abendessen gebracht worden, das sie sich selbst versprochen hatte, und jetzt musste sie sich entscheiden, in welches andere Lokal sie gehen konnte und wie sie im Regen dort hingelangen sollte, und vermutlich würde sie sich dafür entscheiden, aufzugeben und nach Hause zu gehen.

Um mich von der Wut abzulenken, die in mir aufstieg, begann ich eine dicke Dame mit einem seidenen perlmuttfarbenen Nofretete-Turban zu beobachten, die einige leere Tische von mir entfernt in der Ecknische am Fenster saß. Sie war gedrungen und rosig, ein Fleischkoloss, und sie saß, den Rücken fest gegen die Rückwand der Nische gedrückt, sehr aufrecht. Ihr runden dunklen Augen schienen wie die eines Götzenbildes ins Nichts zu starren. Sie bewegte kaum den Kopf auf dem dicken, strammen Hals, und als ihre Blicke im Restaurant umherwanderten, schien sie nicht ein oder zwei Personen, sondern Millionen, vielleicht Milliarden von Menschen wahrzunehmen. Sie aß ununterbrochen. Ein Mann saß bei ihr, aber sie redete nicht mit ihm. Ihre Gabel hielt sie in der Rechten, und die Rechte hielt nie still. Sie aß etwas Sahniges – *Chicken à la King* oder dergleichen. Die Linke ruhte flach auf ihrem Halsansatz, und der Ring, den sie trug, funkelte ebenso prächtig wie ihre Ohrringe. Als ich das erste Mal zu ihr hinsah, nahm sie gerade einen Bissen von ihrem Teller, und während sie vorsichtig die Gabel hob, ließ sie die Linke hinabgleiten, schob sie, die Handfläche nach unten gekehrt, unter den Bissen und führte ihn so zum Mund, eine Geste, die ganz danach aussah, als wäre sie eine Tänzerin auf Bali. Als der Bissen unversehrt in ihren Mund gelangt war und sie ihn zerkaute, sank die Gabel auf den Teller zurück, und ihre linke Hand ruhte wieder an ihrem Hals, bis die Gabel erneut gefüllt werden konnte. Ihre Unerschütterlichkeit, die gleichmäßige Eleganz ihrer Gesten, die Eigenständigkeit ihrer Arme einerseits und die Eigenständigkeit ihres Kopfes andererseits machten auf mich den Eindruck, als sähe ich, wie Shiva isst und trotzdem seine göttliche Überlegenheit bewahrt, denn eine so alltägliche Tätigkeit wie Essen beeinträchtigte die Majestät dieser Frau im Longchamps nicht mehr, als ein Sturz von einer Klippe die Majestät des Meeres oder eine Reise durch die Wolken die Majestät der Sonne beeinträchtigt. Sie würde sie selbst bleiben, was immer sie tat. Nichts würde sie tangieren. Nichts würde sie wehrlos machen, nichts Fassungslosigkeit oder ein Gefühl der Scham in ihr hervorrufen. *Sie* würde

niemand aus dem Restaurant vertreiben, in dem zu dinieren sie beschlossen hatte.

Ich blickte zu den vier unhöflichen Leuten hinüber und
war froh darüber, denn genau in diesem Augenblick fiel der
Witzbold von seinem Stuhl. Er glitt nicht, er rutschte nicht
von seinem Stuhl – er hatte gar keine Gelegenheit mehr, so
zu tun, als schauspielere er nur –, nein, er *fiel* von seinem
Stuhl und schlug mit fürchterlichem Gepolter auf dem
Boden auf, und auch sein Stuhl fiel um, mit leiserem
Gepolter. Seine Begleiter benahmen sich abscheulich. Sie
reichten ihm nicht die Hand, um ihm aufzuhelfen, sie
glucksten nicht freundschaftlich oder etwas dieser Art.
Stattdessen wandte der zweite Mann in der Gesellschaft
ihm den Rücken zu und blickte hinaus auf die Straße,
und die beiden Frauen nahmen ihre Spiegel aus den Handtaschen und beschäftigten sich kritisch mit ihren Stirn-
locken. Der Witzbold blieb fast eine halbe Minute lang auf
dem Boden sitzen und starrte den Saum des Tischtuchs an,
dann stand er auf, rückte seinen Stuhl gerade, fing an, den
Stuhl zu bezichtigen, und kündigte an, das Longchamps
verklagen zu wollen. Er rüttelte an dem Stuhl, um zu zeigen, wie wackelig dieser sei, aber er war fraglos stabil,
und der Mann setzte sich und hörte auf zu reden. Er trank
etwas von seinem Kaffee. Keiner der anderen sprach.
Offenbar hatten sie das Gefühl, der Abend sei verdorben.
Der zweite Mann winkte nach der Rechnung, unterschrieb,
und alle vier gingen hinaus in den Regen.

Ich blickte zu dem Götzenbild, weil ich wissen wollte, was sie mit ihren Händen tat, wenn sie nicht aß, aber ihr Teller muss schier unerschöpflich gewesen sein – sie war noch immer mit ihm befasst. Nun verließ ich meinerseits das Restaurant und begann, nach einem Taxi für die Heimfahrt Ausschau zu halten. Ich bedauerte nur eins: dass die Dame mit der Londoner *Times* nicht lange genug ausgeharrt hatte, um mitzuerleben, wie ihr Peiniger seine wohlverdiente Strafe erhielt.

20. Januar 1962

Almosen

Ich habe schon immer dazu geneigt, Leuten, die mich auf der Straße anbetteln, Geld zu geben, und etwas gebe ich immer – früher ein Zehncentstück, heute meist einen Vierteldollar. Ich kenne Leute, die behaupten, Bettlern auf der Straße Geld zu geben heiße sich erpressen zu lassen, und die meisten Bettler seien ohnehin Betrüger. Ich dagegen meine, dass ich lieber einen Vierteldollar gebe und unbeschwert weitergehe, als ihn nicht zu geben und den restlichen Tag oder auch nur eine Stunde oder zehn Minuten des Tages mit Zweifeln zu bezahlen: Hätte ich den Vierteldollar nicht doch geben sollen? Immerhin besteht eine fünfzigprozentige Chance, dass der Bettler kein Betrüger war. Ich finde, dass mir die Entscheidung, etwas zu tun, Freiheit verschafft, während die Entscheidung, etwas nicht zu tun, mich mit unerledigten Dingen und unendlich vielen leidigen Chancen, mich anders zu besinnen, umstellt. Vor nicht allzu langer Zeit wollte ich mit einer Freundin in eine Nachmittagsvorstellung gehen. Ich hatte die Eintrittskarten, und ich war spät dran. Meine Freundin und ich wollten uns im Theater treffen. Es regnete heftig. Ich stand vor dem Algonquin Hotel und wartete etwa fünf Minuten lang auf ein Taxi, als mir klar wurde, dass ein Taxi, selbst wenn eines käme, in die verkehrte Richtung fahren würde – es würde nach Osten fahren, das Theater lag aber in der 45. Straße westlich des Broadway. Ich überquerte die Sixth Avenue. Ich ging sehr schnell. Die Fußgängerampel an der Ecke 45. Straße stand gerade auf Grün, und ich eilte hinüber, damit ich gleich auf der richtigen Straßenseite wäre. Dann hastete ich zum Broadway. Ich kam nur deshalb so schnell voran, weil es heftig regnete, sodass mir niemand in die Quere kam. Während ich den Gehsteig entlangeilte, öffnete ich meine Handtasche und holte einen Dollarschein heraus, um ihn parat zu haben, falls ein Taxi anhielt und jemand ausstieg, und als ich schon fast am Broadway war, fragte ich mich plötzlich, ob ich die Eintrittskarten auch wirklich bei mir hatte, und so öffnete ich meine Handtasche ein zweites Mal und schaute hinein, und tatsächlich, sie waren da. Ich sah, dass die Fußgängerampel am Broadway auf Rot stand, und dachte, dass sie, bis ich zur Kreuzung gelangt wäre, auf Grün umspringen würde und ich schnurstracks hinüberrennen könnte. In diesem Augenblick sah ich an der Ecke 45. Straße/Broadway eine bedauernswert aussehende Frau stehen, die einen Strohhut und einen knappen, kurzen schwarzen Mantel trug, einen Kartondeckel in den Händen hielt und zu mir herblickte. Ich dachte: Die arme Frau glaubt, ich hätte etwas aus meiner Handtasche genommen, um es ihr zu geben. Dann dachte ich: Den Dollar hätte ich ohnehin dem

Taxifahrer gegeben, den gebe ich jetzt ihr, und vielleicht komme ich ja doch noch rechtzeitig zum Theater, und als ich an ihr vorbeiging, legte ich den Geldschein auf den Kartondeckel, auf dem zwei oder drei gelbe Bleistifte und ein paar braune Schnürsenkel lagen. Das dauerte ein, zwei Sekunden, und als ich weitereilte, hörte ich sie sagen: »Oh, das ist zu viel«, blieb aber nicht stehen, und dann hörte ich, wie sie hinter mir herkam und rief: »Das ist zu viel, das ist zu viel.« Sie holte mich an der Straßenecke ein, als ich eben auf die Fahrbahn treten wollte, und ich musste mich umdrehen und mit ihr reden, und ich sagte mehrere Male: »Schon recht, schon recht«, aber natürlich hatte ich keine Zeit für eine Auseinandersetzung, und sie schien ganz durcheinander, und so nahm ich den Dollar wieder an mich, hastete über den Broadway und ließ sie im Regen stehen. Als ich die andere Straßenseite erreichte, drehte ich mich nicht um. Ich schaffte es gerade noch rechtzeitig zum Theater, und während meine Freundin den Vorhang aufgehen sah und es sich bequem machte, um den Nachmittag zu genießen, überlegte ich, wofür wohl ein Dollar zu viel war. Zu viel, als dass ich ihn hätte weggeben dürfen? Vermutlich. Zu viel, als dass sie ihn hätte annehmen dürfen? Warum? Sie hatte mich nicht dazu zu überreden versucht, einen oder alle Bleistifte und die Schnürsenkel, die auf dem Kartondeckel lagen, zu nehmen. Ich entschied, dass ein Mensch, der auf der Straße um Geld bettelt und dann den zu gebenden Betrag begrenzen oder festsetzen will, ein Betrüger ist.

Allerdings spüre ich, dass die Angelegenheit damit längst nicht ausgestanden ist, und ich habe den beunruhigenden Verdacht, dass sich meine Entscheidung gegen mich wenden wird, auch wenn ich nicht verstehe, wieso.

23. Juli 1960

Der böse Tiny

Gerade habe ich den ungezogensten Hund von ganz New York, möglicherweise von der ganzen Welt gesehen. Der Name der Hündin ist Tiny, und ihr Frauchen ist blind, und von jetzt an werde ich, wann immer ich einen dieser sanften Blindenhunde sehe, die auf den hochsommerheißen Gehsteigen der Fifth Avenue und ihrer Nebenstraßen stundenlang wartend dasitzen oder -liegen, während ihre blinden Herrchen Geld für diesen oder jenen Zweck sammeln, an Tiny denken und mir wünschen, sie möge sich einen Moment Zeit nehmen, um sich ein paar Gedanken über ihre Kollegen zu machen und vielleicht etwas über die Quelle zu lernen, die ihnen die Kraft verleiht, angesichts akuter Unannehmlichkeiten und akuter Langeweile ihre Würde zu bewahren.

Ich sah Tiny im Wartezimmer des Ellin Prince Speyer Hospital for Animals, das ziemlich weit Downtown liegt. Ich musste meine kleine Katze behandeln lassen, und während ich darauf wartete, zum Arzt hineingerufen zu werden, kamen Tiny und ihr blindes Frauchen ins Zimmer gestürmt, begleitet von einer alten Dame, deren einzige Aufgabe augenscheinlich darin bestand, ein übers andere

Mal Tinys Namen zu rufen, in Tönen des Tadels, der Bewunderung und der Ehrfurcht, damit wir alle auch ja wussten, wen wir da vor Augen hatten. Tinys Frauchen, die sich mit beiden Händen an Tinys Geschirr festhielt, war sehr alt und hatte fast genauso schlechte Laune wie ihr Hund. Jedes Mal, wenn ihre Begleiterin sie am Ellbogen fasste, um sie an den Schößen der auf den Bänken wartenden Leuten vorbeizugeleiten, versetzte die blinde alte Dame ihr einen heftigen Stoß, und in diesen Augenblicken jammerte die Begleiterin: »Tiny, Tiny«. Möglicherweise sprach sie gar nicht mit dem Hund, den wir alle ansehen mussten, sondern erinnerte sich an einen netteren, kleineren, schlankeren, höflicheren Hund, der vielleicht vor der gegenwärtigen Tiny die leidenschaftliche Zuneigung der blinden alten Dame genossen hatte. Offenbar konnte die Hündin, vor der wir alle unsere Beine und unsere Tiere in Sicherheit brachten, in den Augen ihres Frauchens nichts verkehrt machen. Das Wort »Frauchens Liebling« stand Tiny ins Gesicht geschrieben, und sie sah aus, als lebte sie von Schokoladencreme. Sie war groß und dick und hatte lockiges Fell, eine spitze Nase und böse kleine Augen, und ihr Gebell war markerschütternd. Im Warteraum des Speyer sitzen die Leute auf langen Bänken, und wenn alle Bänke besetzt sind, müssen die später Gekommenen stehen. An diesem Tag waren alle Bänke besetzt, aber mehrere Leute erhoben sich, um dem lärmenden, von Tiny geführten Trio Platz zu machen. Selbst als die alten Damen sich schon niedergelassen hatten, zerrte Tiny an ihrem Geschirr. Sie wollte nach draußen. Anscheinend – nachdem die blinde alte Dame sich gesetzt hatte, fing sie an zu erzählen – muss Tiny das Speyer Hospital häufiger aufsuchen. Sie wird dort gewogen. Man hat sie auf Diät gesetzt, und ich vermute, dass sie diese Besuche mit weniger Leckerbissen und kleineren Fressportionen assoziiert. Alle anderen Tiere waren empört über ihr schlechtes Benehmen. Die anderen Hunde – verschiedene Pudel, ein Collie und ein schöner Afghane – senkten vor Verlegenheit den Kopf oder wandten den Blick ab, und ein kleines, pelziges Hündchen starrte sie erstaunt an. Die Katzen in ihren Körbchen waren ebenso still wie unsichtbar, aber ihre Verachtung war deutlich spürbar. Einer der Männer, die ihren Sitzplatz auf der Bank abgetreten hatten, trug ein winziges, in einen Schal gewickeltes Äffchen, und das Äffchen schien geflissentlich seine feuchten, wehmütigen Augen von der hysterischen Tiny abzuwenden. Das Äffchen war betrübt, ein so feindseliges, schlechtgelauntes Geschöpf zu sehen. Alle waren betrübt, dem Wutausbruch eines ausgewachsenen Hundes beiwohnen zu müssen, und schwiegen. In dem überfüllten Wartezimmer war es furchtbar heiß. Tiny und die beiden alten Damen wurden so schnell wie möglich ins Sprechzimmer des Tierarztes geführt, und wir alle waren froh, sie gehen zu sehen. Bald hörten wir wieder Tinys Stimme. Sie gab neue schreckliche Laute von sich – vermutlich wurde sie gewogen.

Kurz danach ging ich mit meiner kleinen Katze in ein anderes Sprechzimmer. Ich musste sie zur Behandlung dalassen, und so verließ ich das Sprechzimmer allein. Im Speyer gibt es vor der Tür zum Wartezimmer eine abschreckend wirkende Steintreppe mit steilen, breiten Stufen, die nach unten zur Eingangstür führt. Für Leute, die Angst haben, auszurutschen oder zu stolpern oder die Treppe gleich ganz hinunterzufallen, gibt es an den Seiten ein Geländer. Als ich aus dem Wartezimmer ging, kamen Tiny und ihr Konvoi hinter mir hergesaust. Die Begleiterin rief: »Tiny, Tiny!«, und die blinde alte Dame hielt die Lippen zusammengepresst, was ihr wohl zur Gewohnheit geworden war, sobald sie sich in Bewegung setzte. Tiny stürmte lebensgefährlich schnell auf die Treppe zu und zog ihr altes Frauchen direkt bis zum Rand. Die blieb dort stehen und hielt mit einer Hand das Hundegeschirr fest, während sie mit der anderen nach etwas tastete, das sie die Treppe hinabgeleiten würde. Aber Tiny zerrte sie vom Geländer weg. Die alte Dame war drauf und dran, das Gleichgewicht zu verlieren und hinzufallen und wäre, wenn Tiny sie zur Straße hinabgezerrt hätte, gewiss zu Tode gekommen. Mit einer Hand fasste ich das Geländer, mit der anderen den Arm der Dame und hoffte sehr, nicht gemeinsam mit ihr ins Verderben gestürzt zu werden. Aber ich Närrin hatte ja keine Ahnung. Die alte Dame war stark wie ein Ochse und schleuderte mich, ohne ihren wunderschönen schlohweißen Schopf auch nur in meine Richtung zu drehen, mit solcher Kraft gegen das Geländer, dass ich, wenn es sich um ein Messer gehandelt hätte, in zwei Hälften zertrennt worden wäre, oder vielmehr in ein Drittel und zwei Drittel, denn ich bin eine kleine Person.

Sehr viel mehr gibt es nicht zu berichten. Ich hielt mich am Geländer fest, schlitterte die Stufen hinunter und eilte hinaus auf die Straße. Ich konnte gerade noch vermeiden, von dem Trio niedergetrampelt zu werden. Glücklicherweise fand ich sofort ein Taxi, und als ich mich gefasst hatte und gen Uptown davonbrauste, bekam ich die drei ein letztes Mal zu Gesicht, wie sie fröhlich ihres Weges zogen, Tiny mit erhobenem Kopf und einer Miene ungekünstelter Tugend, die beiden alten Damen in ein liebenswürdiges Gespräch vertieft. Vermutlich gingen sie zu Tee und Kuchen nach Hause. Wie sie an einem Sommernachmittag gemeinsam so dahinspazierten und ein engelhaft heiteres Bild abgaben, drängte sich mir die Frage auf: Was, wenn sie mich umgestoßen hätten, wenn sie mich zerschmettert am Fuß der Treppe hätten liegen lassen – wer hätte es übers Herz gebracht, ihnen mitzuteilen, was sie angerichtet hatten? Hätte jemand den Wunsch gehabt, ihnen nachzusetzen, sie zu verhaften und anzuklagen? Ich glaube kaum. Niemand hätte den Wunsch gehabt, ihnen ihre Zufriedenheit mit sich selbst und miteinander zu verderben. Niemand wäre so grausam, und die Dinge sind nicht immer so, wie sie scheinen.

29. Juli 1961

Eine irritierende Ortsfremde

Heute ist Sonntag, und vor einer Stunde stand ich am Springbrunnen gegenüber dem Plaza Hotel in der heißen Augustsonne und fütterte etliche Tauben, die lethargisch, aber entschlossen waren, ihre Rechte geltend zu machen, und zwei dünne Spatzen, die wussten, dass sie keine Rechte hatten, aber entschlossen waren, etwas zu fressen zu ergattern, mit einer teuren Plaza-Hotel-Brioche. Ich war auf der Seite der Spatzen, wollte die Tauben jedoch nicht verärgern. Ich mag Tauben. Ich kann mir nicht erklären, wo sie ihr verwöhntes Getue herhaben, aber sie haben es, und dafür mag ich sie. Ich stand also da, beschwichtigte die Tauben und bevorzugte die Spatzen. Mit strategischem Geschick warf ich ihnen die Krumen zu, als ich ein Mädchen sagen hörte: »New York ist sicher ein schöner Ort, wenn man zu Besuch ist, aber hier zu leben, ist bestimmt etwas anderes.« Ich horchte hin, aber mehr sagte sie nicht. Ihre Stimme klang munter und entschieden. Ich drehte mich nach ihr um und stellte fest, dass sie zum Park ging, aber ich konnte sehen, dass es dasselbe rothaarige Mädchen war, das ich schon beim Frühstück vom Edwardian Room des Plaza aus beobachtet hatte. Der Tisch, den man mir zugewiesen hatte, stand so, dass ich, obwohl ich nicht direkt am Fenster saß, einen Ausblick hatte: durch ein Fenster zur Fifth Avenue hin und durch zwei Fenster zur 59. Straße hin. Durch das erste Fenster sah ich den Springbrunnen, dahinter die großen Gebäude der Fifth Avenue, und durch die anderen Fenster sah ich die 59. Straße, dahinter den grünen Park. Die Passanten, die sich langsam durch die Hitze schleppten, tauchten erst in einem Fenster auf, dann in einem anderen. Es herrschte Sommerwetter, knochentrocken bis auf das glitzernde Wasser des Springbrunnens. Als ich das rothaarige Mädchen zuerst gesehen hatte, stand sie an genau der Stelle, wo ich später stehen sollte, um die Vögel zu füttern. Sie machte ein Foto von drei Männern, die sich in einer Reihe vor ihr aufgestellt hatten. Sie blickten etwas unbedarft drein, ließen die Arme hängen und waren sehr fügsam. Das Mädchen war mir aufgefallen, als ein jäher Windstoß ihr Haar hochwehte, sodass sie für einen kurzen Moment geradewegs in die Höhe flammten und ihre leuchtende Farbe zeigten. Jetzt stand ich da und sah ihr nach. Ich versuchte, ihrer Äußerung einen Sinn abzugewinnen. Nur noch einer der drei Männer war bei ihr, und ich fragte mich, was aus den anderen beiden geworden war. Ihre hohle Bemerkung ging mir im Kopf herum. Sie war nichtssagend, und je länger ich darüber nachdachte, desto nichtssagender wurde sie, aber sie ging mir nicht aus dem Kopf. Es war eine geisttötende Bemerkung – eine von der Art, die einen weinen macht. Ich kannte mal jemanden, der mich immer mit dem Satz begrüßte: »Ah, da sind Sie ja! Ich habe mir schon Sorgen um Sie gemacht.« Ich kannte diese Person noch gar nicht lange. Das rothaarige Mädchen überquerte die 59. Straße, ging in den Park und verschwand aus meinem Blickfeld.

Wo die Fifth Avenue, die 59. Straße und das Plaza Hotel aufeinandertreffen, gibt es einen attraktiven, großzügigen Platz, aber an gewöhnlichen Tagen ist er belebt, laut und anstrengend. Heute Morgen, in der menschenleeren Sommerzeit, dehnten sich die Straßen, der Park und die beachtlichen Gebäude der Fifth Avenue zu voller Länge, voller Höhe und voller Größe aus, das Plaza Hotel machte einen wohlhabenden Eindruck, und die ganze Szenerie wirkte ungezwungen, liebenswürdig und improvisiert. Die wenigen Menschen, die unterwegs waren, trugen helle Sommerkleidung, und sie schlenderten, bummelten oder blieben stehen, um sich umzuschauen, wie Komparsen in einer Operette, kurz bevor die Hauptdarsteller auftreten und die Mitte der Bühne für sich beanspruchen. Als ich gerade die Vögel fütterte, wurde die Mitte der Bühne von einer Reihe geduldiger Pferde, darunter einem hübschen Schecken, beansprucht, die vor ihre Droschken gespannt waren und zusammen mit ihren Kutschern auf Kunden warteten. Es war ein schöner Sonntagmorgen in New York. Das rothaarige Mädchen hatte einen unbeschwerten Gang. Wenn ihr so elend zumute war, warum ließ sie dann nicht den Kopf hängen, reiste woandershin und hielt den Mund?

Hinter den Pferden, dort, wo das Mädchen und ihr Begleiter verschwunden waren, hatte ich vorher, als ich noch im Restaurant saß, vier Frauen in weiten geblümten Kleidern gesehen. Sie gingen in gleichmäßigem Tempo vorbei und beachteten weder die Straße noch den Park noch sonst etwas, weil sie in Gedanken nur mit dem Ereignis beschäftigt waren, das ihnen bevorstand. Offenbar waren sie sehr erpicht darauf, an ihr Ziel zu gelangen, brauchten sich jedoch nicht zu beeilen. Sie hatten genügend Zeit eingeplant. Wie sie so an der niedrigen Parkmauer entlanggingen, tauchten sie erst vor dem einen Fenster auf, verschwanden und tauchten dann vor dem nächsten Fenster auf. Sie lagen noch immer gut in der Zeit. Die Fenster im Plaza sind ungeheuer groß und mit übertrieben eindrucksvollem Dekor versehen: meilenlange quastenbesetzte Übergardinen und pfundschwere gekräuselte beige Stores. Es ist ein schöner, großer, durchaus theatralischer Saal, und heute Morgen war er etwa halb gefüllt mit Ortsfremden, die ein geruhsames spätes Sonntagmorgenfrühstück zu sich nahmen. Es ging beschaulich zu. Niemand winkte irgendwem quer durch den Saal zu. Niemand, der hereinkam, blieb an einem Tisch stehen, um hallo zu sagen. Kein Nicken, kein Lächeln des Wiedererkennens. Der Saal bestand nur aus Durchreisenden, die frühstücken wollten, und damit hatte sich der Fall. An jedem Tisch, an dem zwei oder mehr Gäste saßen, hatte man die Sonntagsausgabe der *Times* unter sich aufgeteilt, und wo ein Gast allein saß, lag, während das ausgewählte Segment gelesen wurde, der Rest der Zeitung ordentlich gefaltet auf einem Stuhl. Die Frau an meinem Nebentisch widmete sich voller Ernsthaftigkeit dem Rückblick auf die Woche. Die 59. Straße sah ich nur über ihre Schulter hinweg. Die Frau trug ein maßgeschneidertes schwarzes Seidenkostüm. Ihr Haar hatte sie zu einem kleinen Knoten gebunden und darin eine Anzahl silberner Haarnadeln versenkt – und von jeder Nadel hing zitternd eine ziselierte Silberperle herab. An ihren Ohren baumelten acht Zentimeter lange silberne Fische. Ich blickte an ihr vorbei nach draußen, auf die vier vorübergehenden Frauen. Drei von ihnen waren ziemlich groß und hielten sich aufrecht, aber die vierte, die an der Bordsteinkante ging, war sehr klein und gekrümmt. Eigentlich ging sie auch gar nicht, sie watschelte. Die anderen drei waren barhäuptig, sie dagegen hatte sich ein Baumwolltuch um Haar und Kinn gebunden. Sie hielt sich am Arm der Frau neben ihr fest und folgte vertrauensvoll mit gesenktem Kopf. Ihre ganze Aufmerksamkeit war auf sich selbst gerichtet, als konzentriere sie sich ganz auf die Mühe des Gehens und des Zuhörens. Denn die jüngeren Frauen unterhielten sich. Die jüngeren Frauen mochten Großmütter sein, sie aber war alt genug, um Ururgroßmutter zu sein. Ihr Kleid war knöchellang. Alle vier wirkten glücklich, und die Greisin sah so aus, als wüsste sie, dass sie in guten Händen war. Sie wirkte zufrieden. Sie ging irgendwohin. Sie machten einen Ausflug. Nicht eine von ihnen wandte auch nur den Kopf, als sie den

Park und den Eingang zum Park passierten. Sie blickten nur, wegen des Verkehrs dort, die Fifth Avenue auf und nieder, und als sie den Gehweg erreichten, der sie zur Ostseite der Stadt bringen würde, marschierten sie alle zielstrebig die 59. Straße entlang, als seien sie bereit, bis zum Fluss zu laufen, wenn das, was sie sich wünschten, dort zu finden wäre.

Die silbernen Fische in den Ohren meiner Nachbarin hielten nicht länger still. Sie tanzten umher, auf und ab, schwangen hierhin und dorthin. Diese Regsamkeit hatte einen Grund. Ihre Besitzerin verzehrte ihre Frühstücksmelone. Sie nahm von der Melone, einem großen, breiten Schnitz Honigmelone, riesige Löffelvoll, las dabei aber noch immer angestrengt. Sie hatte die Zeitung ganz geschäftsmäßig gefaltet, sodass nur die Spalten, die sie interessierten, zu sehen waren, und hielt sie aufrecht in ihrer kräftigen Linken. Plötzlich legte sie ihren Löffel hin und betrachtete die Melone eingehend, dann legte sie auch die *Times* hin und begann, nach einem Kellner Ausschau zu halten. Dabei drehte sie sich um, sodass ich ihr Gesicht sah. Sie blickte wild um sich, als fahre der Zug jeden Moment ab und der Gepäckträger sei noch nicht mit ihren Koffern eingetroffen. Aber sie hatte sich unter Kontrolle. Der Saal war voller Kellner, und einer von ihnen kam unverzüglich herbei. Er hörte sich an, was sie zu sagen hatte, und noch während er lauschte, kam der Oberkellner und lauschte ebenfalls. Der Kellner sah besorgt aus, der Oberkellner aber lächelte nur verständnisvoll. Anscheinend war die Melone, die man ihr serviert hatte, von minderer Qualität. Sie musste zu sehr in ihre Lektüre vertieft gewesen sein, um zu bemerken, wie scheußlich sie schmeckte, denn sie hatte bereits einen Gutteil verspeist. Sie sprach sehr lange, und als sie innehielt, schaffte der Kellner die Melone fort, brachte einen anderen großen Schnitz und stellte ihn vor sie hin. Diesmal stand der Oberkellner dabei und beobachtete aufmerksam, wie sie den ersten Löffelvoll nahm, und noch bevor sie ihn hinuntergeschluckt hatte, ja noch während sie ihn kostete, blickte sie lächelnd und nickend den Oberkellner an. Dann hob sie die rechte Hand in die Luft und formte mit Daumen und Zeigefinger einen Kreis – ein Salut für die Melone und den Oberkellner und vermutlich für sich selbst und das Plaza Hotel. War sie auf großartige Weise selbstvergessen, oder war sie einfach nur lächerlich? Ich wusste es nicht. Ich war sie leid.

Mein Kellner brachte mir das Wechselgeld, und ich nahm die übrig gebliebene Brioche an mich, stand auf, verließ das Restaurant und ging zum Springbrunnen, um die Tauben und, wie sich herausstellte, zwei Spatzen zu füttern und um, wie sich herausstellte, die hohle Bemerkung des rothaarigen Mädchens zu hören. Das war vor etwa einer Stunde. Wahrscheinlich schlendert sie jetzt noch mit ihrem Fotoapparat durch den Central Park und gibt Sprüche von sich. Ich frage mich, wer ihr wohl jetzt zuhört, und freue mich, dass nicht ich es bin.

1. September 1962

Betrug an Philippe

Ich gehöre zu jenen Morgenzeitungslesern, die sich zuallererst der Seite mit den Nachrufen zuwenden. Wenn ich sehe, dass jemand, den ich kenne – sogar jemand, von dem ich nur gehört habe –, gestorben ist, bin ich erstaunt und meist auch traurig. Wenn ich keinen mir bekannten Namen entdecke, bin ich erleichtert, ja froh, und vermutlich, um Abbitte für das gesteigerte Lebensgefühl zu leisten, welches sich angesichts der täglichen Liste mit unbekannten Toten als kostenlose Zugabe bei mir einstellt, lese ich die Schilderung ihres Lebens mit ungeteilter Aufmerksamkeit und betrachte stets auch ihre Fotos. Ich kann es kaum ertragen, wenn sie darauf lächeln. Vielleicht ist es Neugier, was mich zu der Nachrufseite hinzieht, doch die Regung hinter jener Neugier – falls es sich denn um Neugier handelt – ist weit interessanter und mysteriöser als die Neugier selbst, und vielleicht muss ich lange reden, bis ich zur Wahrheit vordringe, und vielleicht werde ich nie zu ihr vordringen, aber im Augenblick muss ich einfach fortfahren, weil ich vollauf mit der Geschichte eines Fremden, eines Restaurantbesitzers, beschäftigt bin, der vorigen Sommer starb und dessen Nachruf ich, soweit ich mich erinnere, *nicht* in den Seiten der Morgenzeitung gesehen habe. Sein Name war Philippe. Das Restaurant, das sein Herrschaftsbereich war, liegt in einem sehenswerten Straßenzug der East Sixties und hat einen dieser anheimelnden, vielversprechenden Namen wie La Belle Poire oder Le Chat Extraordinaire, die Sie an siebzehn oder siebenunddreißig andere gute französische Restaurants in der Stadt erinnern und Sie auf den Gedanken bringen, es sei an der Zeit, mal wieder Ihr Lieblingslokal aufzusuchen. Ich bin Philippe nie begegnet, und von seinem Restaurant hatte ich noch nie gehört, bis ich eines schönen Abends Mitte August, nachdem ich einige Apartments besichtigt hatte, durch die Gegend schlenderte und plötzlich entdeckte, dass sich in diesem besonders angenehmen Straßenzug mit kleinen Kunstgalerien, Antiquitätengeschäften und Boutiquen auch ein französisches Restaurant befand und noch dazu geöffnet war – und zwar genau zu der Jahreszeit, wenn sonst fast alle Restaurants, die man aufsuchen möchte, wegen Urlaubs lange Zeit geschlossen sind. Ich war nach einem kurzen Blick an ihm vorbeigegangen, und jetzt machte ich kehrt und nahm es genauer in Augenschein. Offenbar war es ein sehr kleines Restaurant, und es sah sehr einladend aus. Ich trat ein. Es war ein paar Minuten nach sechs, und das Restaurant hatte eben erst für den Abend geöffnet. Nach der Wärme und der Helligkeit draußen wirkte der Speiseraum kühl und dämmrig, die Tische waren festlich eingedeckt, hier und dort standen Blumen, und von den

Flaschen über der Theke weiter hinten schimmerte ein Farbglanz, aber es war leer – kein einziger Gast. Fünf oder sechs Kellner standen herum und redeten miteinander, und als ich eintrat, sahen sie mich überrascht und erwartungsvoll an, als seien sie überzeugt, ich müsse oder könne nur der Vorbote eines großen Ansturms von Gästen sein. Es hat eine Zeit gegeben, da ich mich unbehaglich fühlte, wenn ich einen Tisch in einem Restaurant ganz für mich allein in Beschlag nahm, aber seitdem habe ich mich gebessert, und so teilte ich den Kellnern umgehend mit, ich sei nur die, die ich zu sein schiene, *eine* Person. Dann schlug ich den Tisch aus, den sie mir anboten, und setzte mich an einen anderen, der genauso gut war. Zwei Kellner, die meinen kleinen Triumph mitbekommen haben mochten oder auch nicht, kamen herbeigeeilt, und einer von ihnen reichte mir eine riesige Speisekarte, während der andere mir reichlich Wasser einschenkte. Ich begann, die Speisekarte zu studieren, und nach kurzer Zeit kam ein kleiner, schwarz gekleideter Mann, der Wirt, aus der Küche, oder wo immer er sich aufgehalten hatte, herbeigestürzt und fragte mich höflich, ob ich etwas zu trinken wünsche. Ich sagte ja, und was. Dann bestellte ich mein Abendessen. Anschließend holte ich das Buch hervor, das ich gewöhnlich in meiner Handtasche bei mir trage, weil es mich ablenkt, wenn es nichts zu lauschen gibt, und von meinem Lauschen ablenkt, wenn es etwas zu lauschen gibt, und fing an zu lesen. Es verging eine gute Weile – ich hatte schon fast aufgegessen –, dann trat ein weiterer Gast ein, ein Mann, allein. Diesmal war der Wirt gleich zur Stelle, begrüßte den Mann mit einem freudigen Lächeln und Worten des Wiedererkennens und führte ihn an einen Tisch in meiner Nähe. Der Mann fühlte sich sichtlich zu Hause, denn er nickte sämtlichen Kellnern zu und sah sich im Restaurant um, als sei es ihm sehr vertraut. Dann beugte er sich vor und warf einen weiteren Blick durch den Saal und an der Theke vorbei zur Küche.

»Wo ist Philippe?«, fragte er. »Im Sommer bin ich zufällig einem Freund von ihm in Edinburgh begegnet.«

Sofort hörte der Wirt auf zu lächeln. »Ach, Monsieur«, sagte er, »Philippe ist nicht mehr bei uns.«

Jetzt hörte auch der Gast auf zu lächeln. »Nicht mehr *bei* Ihnen?«, fragte er fast brüllend.

Der Wirt blickte kläglich und nervös drein, und er zögerte. »Verstehen Sie«, sagte er, »Philippe ist diesen Sommer gestorben.«

Sie murmelten etwas, was ich nicht verstehen konnte, und danach sagte der Gast fast grob: »Na schön, ich nehme einen Rob Roy. Einen *süßen* Rob Roy.« Er begann, sorgfältig die Speisekarte zu studieren, hielt sie sich vor die Nase, und als der Drink kam, griff er um die Karte herum nach dem Glas und trank seinen Rob Roy in ihrem Schutz, geradezu heimlich, als sei er beschämt. Sein Abendessen bestellte er ohne jede Begeisterung, und ich bedauerte ihn, und noch mehr bedauerte ich Philippe, der sein Restaurant geliebt haben musste und bestürzt gewesen wäre, wenn er gewusst hätte, dass er nur noch ein Geist bei seinem eigenen Festmahl war.

Dann verließ ich das Restaurant und dachte nicht weiter darüber nach – bis mir vor ein paar Tagen einfiel, wie nett es dort gewesen war, und ich zum Abendessen hinging. Ich kam kurz vor sieben an. Es waren ziemlich viele Tische besetzt, die ganze Zeit trafen weitere Gäste ein, und immer wieder sah ich, wie der kleine Wirt dieselbe traurige Erklärung zu Philippe abgab, die er schon einmal vorgebracht hatte. Viele von den Leuten, die hereinkamen, waren offenbar Stammgäste. Der Wirt eilte gastfreundlich herbei, um jeden der Neuankömmlinge zu begrüßen, doch es war unschwer zu erkennen, dass er sich, bei aller Freude, sie zu sehen, auch davor fürchtete. In der Zeit seit meinem ersten Besuch hatte sich Philippe aus einem peinlichen Geist in ein Skelett verwandelt, das mit den Knochen klappert, statt in den Schrank zu klettern und still zu sein. Das tat mir leid. Ich hätte es für eine gute Idee gehalten, wenn Philippes Kollegen jeden Stammgast mit einem Glas Champagner begrüßt hätten, mit dem sie auf ihren verstorbenen Freund hätten anstoßen können, da sie es aber nicht taten, kann ich nur hoffen, dass Philippes lange und düstere Totenwache bald zu Ende geht. Ich glaube, er hätte sie verabscheut. Ich hoffe, dass, wenn seine Knochen nicht mehr klappern, seine nächste Fleischwerdung inmitten angenehmer, ihm vertrauter Dinge stattfinden wird, inmitten von Geräuschen – den Geräuschen eines florierenden und freundlichen Restaurants in der Stoßzeit, den Geräuschen aus der Küche, wenn es am hektischsten zugeht, den Geräuschen von Korken, die aus Flaschen gezogen, von Eiswürfeln, die geschüttelt werden, von Messern und Gabeln und den fragenden Stimmen der Kellner und von Gästen, die sich bei einem guten Abendessen fröhlich unterhalten, Geräuschen, wie wir alle sie kennen und die vielleicht die heitersten Momente unserer Tage bezeichnen, wo immer wir sein mögen – und wo immer wir auch sein mögen, wir sind mitten im Leben.

31. Dezember 1960

Die 8. Straße West
hat sich verändert, verändert und
nochmals verändert

Die Aussicht vom University Restaurant in der 8. Straße
West hat sich seit Anfang Juli, als auf der anderen Straßenseite mit dem Abriss dreier kleiner grauer Mietshäuser
begonnen wurde, verändert, verändert und nochmals verändert. Eines Nachmittags ging ich von der Fifth Avenue
zum Restaurant und bemerkte die Häuser gar nicht. Sie
waren schon immer dagewesen und so vertraut, dass sie
unsichtbar waren. Am nächsten Nachmittag jedoch waren
sie vollkommen sichtbar, denn Arbeiter brachen die Fenster
heraus und hatten über den Gehsteig bereits eine Rampe
aus Türen gelegt. Der Abriss der drei Häuser ging ziemlich
schnell vonstatten, wenn man bedenkt, wie solide, wie be-
häbig und beständig sie an ihrem Platz neben dem Whitney Museum gewirkt hatten, jenem anmutigen Gebäude,
das inzwischen ein Jugendzentrum ist. Als seine todgeweih-
ten Nachbarn einstürzten – ohne Würde, unter Preisgabe
aller Geheimnisse –, kauerte sich das Whitney zusammen
wie eine arme alte Frau, die im Winter ihr Umhängetuch
fester um die Schultern zieht. »Vielleicht bin ich nicht

mehr, was ich einmal war«, schien das Whitney zu sagen, »aber ich will noch nicht abtreten.« Die drei grauen Häuser wollten auch nicht abtreten, aber sie traten trotzdem ab, mit ihren dicken Wänden und ihren guten Fußböden und ihren stabilen Treppen und ihren bunten Zimmern und all ihren Fenstern – den gewöhnlichen quadratischen und den hohen Dachluken. Alles endete unten auf dem Gehsteig und wurde davongekarrt, und was übrig blieb, war das, was ursprünglich da gewesen war – ein unverstellter Blick auf die Rückfronten der winzigen Häuser auf der Nordseite der MacDougal Alley. Mr Gregory, Inhaber des University Restaurant, beobachtete die Zerstörung Tag für Tag mit einer Art emotionsloser Abscheu. »Wir hatten viele Gäste in diesen Apartments«, sagte er. »Viele Lehrer haben da gewohnt. Aber das Whitney – das war ein wunderbares Haus! Als es noch eine Galerie war, kamen viele Leute vom Whitney hierher – viele Besucher und viele, die dort arbeiteten.« Das Schlimmste für Mr Gregory war die Schließung des Whitney als Museum, und auf dieses Ereignis datiert er den Niedergang der 8. Straße West von einer angenehmen zu einer verwilderten Gegend.

Das Schlimmste für *mich* war der Tag, an dem Mr Joseph Kling seinen International Book & Art Shop, vier Türen östlich des Restaurants, dichtmachte und ihn zwei, drei Blocks nach Westen, zur Greenwich Avenue, verlegte, weil er sich die neuen hohen Mieten in der 8. Straße nicht leisten konnte. Mr Klings Laden befand sich im Souterrain, direkt gegenüber den drei Häusern, die soeben abgerissen worden sind. Wenn ein Kunde eintrat, kam Mr Kling mit einem grünen Augenschirm und mit manchmal bedrohlicher, manchmal nur misstrauischer Miene aus den düsteren Nischen im hinteren Teil seines Ladens zum Vorschein. Der Laden war langgestreckt und schmal, mit einfachen Regalen, die bis zum hinteren Ende reichten, wo plötzlich ein Wust und ein Wirrwarr herrschten, als hätten die verbliebenen Bücher um ihren Platz kämpfen müssen und würden sich nun verzweifelt an die Wände klammern. Auf schlichten Holztischen in der Mitte des Raums lagen Karten und Drucke und Fotos und noch mehr Bücher. Es war ein schmuddeliger, eigensinniger, interessanter Laden, und wenn Mr Kling aus seiner Höhle im hinteren Teil hervortrat, nahm der Laden jenes verwunschene Aussehen an, das echten Antiquariaten auf der ganzen Welt eigen ist. Er kannte seine Bücher, und seine Bücher verrieten, dass er sie kannte – im Laden gab es nicht ein Regal, an dem das Auge einfach so vorübergleiten konnte, ohne etwas Sehenswertes zu entdecken. Hier konnte man Stunden zubringen und vergeudete nicht eine Minute. Selbst wenn man nichts kaufte, verließ man den Laden in einer besseren Verfassung als zuvor. Eines Abends im Winter 1944 tauchte ich ziemlich spät dort auf, so gegen neun Uhr. Es war furchtbar kalt. Es war mein vierter Winter in New York, und ich konnte mich noch immer nicht an die eisigen Winde gewöhnen, die durch die Straßen fegten und nicht enden zu wollen schienen. Ich war überzeugt, dass die Heftigkeit dieser Winde von den tiefen Betonschluchten mitten in Manhattan, wo ich arbeitete, kanalisiert und noch verstärkt wurde, doch selbst im Village, wo damals noch meistenteils niedrige Gebäude standen, schienen die Winde von einer grausamen Härte, die mit gewöhnlichem Wetter oder gewöhnlichen Zeiten nichts zu schaffen hatte. Es war einfach zu kalt. Ich wohnte in einem riesigen Zimmer ganz oben in einem schönen Haus in der 10. Straße East nahe der Fifth Avenue, wenige Schritte vom Grosvenor Hotel entfernt. Das Zimmer lag im sechsten Stock, und die vordere Wand bestand nur aus Fenstern – einer soliden Reihe von Flügelfenstern, die nach Süden gingen. Wie gesagt, damals war das Village noch nicht zugebaut, und ich hatte einen weiten Blick auf Dächer und Schornsteine, den selbst die kritischste Pariserin hätte bewundern müssen – Dächer, Dachgärten, Terrassen, Ateliers und die ungeheure Weite eines sich ständig veränderndern Himmels. Doch in jenem Winter verwandelte sich die freundliche Ausdehnung der Dächer in eine flache und herzlose Ebene, über die die Winde auf meine Flügelfenster zujagten. Meine Flügelfenster hatten hölzerne Rahmen, waren sehr alt, rissig und verzogen und boten kaum mehr Schutz als ein Segeltuchzelt. Und irgendetwas war mit dem Heizkessel im Haus passiert. Wochenlang hatten wir weder Heizung noch heißes Wasser. Eines Abends schließlich zog ich mir zwei Mäntel über und ging hinaus, um mir Bewegung zu verschaffen. Es waren nur wenige Menschen unterwegs. Gegen neun Uhr betrat ich den International Book & Art Shop. Zwar war es auch dort nicht warm, aber doch wärmer als in meiner Dachwohnung. Mr Kling spähte aus seiner Ecke im hinteren Teil hervor, kam aber nicht zu mir, und so bahnte ich mir in aller Ruhe einen Weg durch den Laden, bis ich zu der Stelle gelangte, wo er saß und sich mit einem Freund unterhielt. Die beiden unterbrachen ihr Gespräch und sahen mich an, und ich bildete mir ein, dass eine Frage im Raum stand. »Mein Apartment ist so kalt, dass ich es nicht länger ausgehalten habe«, sagte ich. »Ich musste einfach raus. Selbst die Straßen scheinen wärmer als das Haus, in dem ich wohne.« Der Freund sagte: »Ein Wetterchen, das die Leute dazu bringt, zu heiraten.« Mr Kling sagte eine Minute lang gar nichts, dann lachte er grimmig und meinte: »Berlin 1923«.

Berlin 1923. New York 1944. Und jetzt New York im Herbst 1966. Wir haben Altweibersommer, und über den Bäumen im Washington Square Park hängt ein sonniger Dunst. In der Lower Fifth Avenue stehen hohe, anfällig wirkende, kastenförmige Apartmenthäuser ausdruckslos einander gegenüber, doch die Konturen der Avenue selbst – der wunderbar gerade Blick vom Washington Square Arch Richtung Uptown und in die weite Ferne – bleiben unverändert. Drüben in der Greenwich Avenue geht Mr Kling noch immer seinen Geschäften nach, trägt noch immer seinen grünen Augenschirm und seine charakteristische

Miene. Aus dem Grosvenor Hotel ist ein Studentenwohnheim geworden, das Brevoort, das Lafayette und das Holley sind verschwunden, aber das kleine Hotel Earle, schäbig und elegant zugleich, behauptet nach wie vor den Platz, den es seit mehr als sechzig Jahren an der Ecke Waverly Place/MacDougal Street einnimmt, und das Albert wirkt nachts, wenn im Speisesaal, in der Bar und über dem Straßencafé die Lichter angehen, romantisch und fremdländisch. Das Albert liegt an der University Place zwischen der 10. und der 11. Straße. Früher wohnte dort Thomas Wolfe. Es ist ein sehr herbstlicher Altweibersommer, und im kühlen Sonnenlicht sind die Seitenstraßen der Fifth Avenue und die verwinkelten Sträßchen des Village nach Westen und Süden hin mit Träumen und Schatten angefüllt, und es scheint für alle Platz zu geben. Ich sitze am Fenster des University Restaurant und blicke hinaus auf den dunkelblauen Lattenzaun, der die Lücke verdeckt, wo die grauen Mietshäuser gestanden hatten. Mr Gregory an seinem Schreibtisch scheint mit seiner rauen Stimme eine Litanei zu intonieren, dabei diktiert er nur seinem Drucker am Telefon die Speisekarte für das morgige Mittag- und Abendessen. »Russisches Schaschlik«, sagt Mr Gregory, und dann sagt er: »Schinkensteak«. Bei einem Besuch in New York im Juli 1941 war ich zum ersten Mal in dieses Restaurant gegangen und hatte mir Lammkoteletts bestellt. Jetzt, an diesem diesigen Nachmittag, esse ich gegrillten Blaubarsch mit Kartoffelpüree, blicke über die Straße auf den dunkelblauen Lattenzaun und das schlotternde Gespenst des längst verschwundenen Whitney Museum und denke: Was noch? Was kommt als Nächstes?

12. November 1966

Ludvík Vaculík

»Die Wahrheit siegt somit nicht, die Wahrheit bleibt einfach übrig, wenn man alles sonstige verschleudert!« »Dieser Frühling ist soeben zu Ende gegangen und wird nie wiederkehren. Im Winter werden wir alles erfahren.« Dies sind die Worte des tschechischen Schriftstellers Ludvík Vaculík, und sie sind seinem *Manifest der 2000 Worte* entnommen, das vergangenen Juni von verschiedenen tschechischen Zeitungen veröffentlicht wurde, zu einer Zeit, als sich die Tschechoslowakei noch im Freudentaumel befand. Das Manifest wurde von mehr als siebzig Tschechen unterzeichnet – »von Sportlern und Wissenschaftlern, von Kommunisten und Nichtkommunisten«, berichtete Jerry Landay, Nachrichtenkommentator bei Radio WINS, der erst kürzlich aus Prag zurückgekehrt ist. Am Mittwoch, dem 21. August sprach Mr Landay in seiner Sendung über das Manifest und las von Mitternacht bis zum Morgengrauen Auszüge daraus vor. Wir in New York hatten gerade vom Einmarsch der Russen in die Tschechoslowakei erfahren. WINS ist ein Nachrichtensender, und uns wurde mitgeteilt, dass Panzer durch die Straßen Prags rollten, dass die Gebäude des Zentralkomitees und von Radio Prag

umstellt wurden und Alexander Dubček sowie andere
hohe Regierungsvertreter an unbekannte Orte verschleppt
worden waren, und immer wieder war davon die Rede,
dass einige tschechische Bürger versuchten, »das Vorrücken
der russischen Panzer mit ihren Körpern zu verhindern«.
Von Zeit zu Zeit wiederholte Mr Landay seine Ansprache
und teilte uns mit, er sei aus Prag mit einem Andenken zurückgekehrt, das er in hohen Ehren halte – sechs Blätter
mit der englischen Übersetzung von Ludvík Vaculíks Manifest. Das Manifest war von der Dubček-Regierung zwar
nicht gutgeheißen, aber auch nicht verboten oder unter-
drückt worden. Jedes Mal, wenn Mr Landay von dem Manifest und seinen Unterzeichnern sprach, sagte er dasselbe:
»Es war das lebendige Symbol der tschechischen Wieder-
geburt – eine inoffizielle Unabhängigkeitserklärung –, und
plötzlich ist es ein Testament.« Während ich Radio WINS
hörte, blätterte ich in der Stadtausgabe der *New York Times,*
die in Druck gegangen war, als aus Prag eben die ersten
Katastrophenmeldungen eingingen. Auf der Titelseite stand
eine dreispaltige Schlagzeile: PRAG MELDET EINMARSCH
VON TRUPPEN DER SOWJETUNION, POLENS UND DER
DDR. Der nachfolgende Bericht enthielt sämtliche Nachrichten, die bis halb elf verfügbar gewesen waren. Ich las
die Ausgabe der *Times* von vorn bis hinten durch – alles
über die Vorbereitungen zum Parteikonvent der Demo-
kratischen Partei, alles über jeden. Ich las von dem Londoner, der seinen Goldfisch George vor dem Ertrinken

gerettet hatte und für seinen Einsatz womöglich eine Auszeichnung der Königlichen Gesellschaft zur Verhütung von Grausamkeit an Tieren erhalten wird. Und noch eine Geschichte aus London las ich: Eine Putzfrau in der St. Alban's Cathedral hatte unter einer Kirchenbank eine zerdrückte braune Papiertüte aufgehoben und darin nicht etwa die verschimmelten Sandwiches gefunden, die sie erwartet hatte, sondern Gold, Platin, Diamanten, Blutsteine und Onyxe im Wert von 7 500 Dollar – ein überwältigender Fund. Auf der zweiten Seite der *Times* gab es ein Foto von Graf Carl Gustaf von Rosen, dem schwedischen Kampfflieger, der die nigerianische Blockade Biafras durchbrochen hatte, um dem hungernden Volk von Biafra Lebensmittel zukommen zu lassen. Und auf Seite drei war ein Foto, das ich immer wieder betrachtete, weil ich das Gefühl hatte, dass sich in den beiden Gesichtern, die es zeigte, der Geist der Worte Ludvík Vaculíks spiegelte. Es war ein Foto von zwei weißen südafrikanischen Studenten, die reglos, mit erhobenem Kopf, dastanden, während andere weiße Studenten sie mit weißer Farbe bewarfen. Der *Times* zufolge war eine Gruppe Studenten die dreißig Meilen von der Witwatersrand University bis zum Sitz des Premierministers Vorster in Pretoria gefahren, um eine Petition zu überreichen, mit der sie dagegen protestierten, dass die Regierung gegen die Berufung eines schwarzen Sozialanthropologen auf eine Dozentur an der University of Cape Town ein Veto eingelegt hatte. Die beiden abgelichteten Studenten sind neunzehn oder zwanzig Jahre alt, haben eine konventionelle Frisur – einen Jungenhaarschnitt – und tragen konventionelle Anzüge. Einer von ihnen trägt Hemd und Krawatte unter seinem Jackett, aber der andere ist so mit Farbe beschmiert, dass man nicht richtig sieht, ob er eine Krawatte trägt oder nicht. Auf alle Fälle haben sie sich anlässlich der Überreichung der Petition gut angezogen, und jetzt sind ihre Sachen ruiniert. Sie stehen mit hängenden Armen da – ich glaube, sie haben ihre Bücher dabei –, und das einzige Anzeichen, das auf Selbstverteidigung hindeutet, sind ihre halb geschlossenen Augen. Ihre Mienen sind düster, aber nicht wütend oder gequält, und sie sehen aus, als wollten sie nicht von der Stelle weichen, weder jetzt noch in Zukunft. Es gab eine Menge zu lesen in dieser Ausgabe der *Times,* während ich WINS und Jerry Landay hörte, aber immer wieder kehrte ich zu den beiden südafrikanischen Jungen zurück.

Gegen sechs brach die Dämmerung über der Stadt herein – eine trübe, dunkelorangene Dämmerung, die langsam einem blassen, lustlosen Morgenhimmel wich. Sobald es richtig hell geworden war, ging ich zur 74. Straße und zur Second Avenue. Ich wollte herausfinden, ob es in der Jan Hus Presbyterian Church einen Frühgottesdienst gab, doch außer einem Mann, der auf der Vordertreppe saß und Zeitung las, war niemand in oder vor der Kirche zu sehen. Ich ging ein wenig spazieren. In diesem offenen, luftigen Teil der Stadt in der Nähe des Flusses finden sich die üblichen neuen hohen Apartmenthäuser mit Balkonen, die neben den älteren, kleineren, dunkleren und unmodernen Gebäuden sehr sauber und groß wirken. Ein paar Leute waren unterwegs, die ihren Hund ausführten, aber die First Avenue wirkt breit und großzügig, denn zu dieser Stunde – etwa Viertel nach sieben – gibt es nur wenig Verkehr, und die Hunde und ihre Herrchen oder Frauchen sahen ungezwungen und glücklich aus, als wohnten sie in der Stadt, weil es ihnen gefiel, und nicht, weil sie dazu gezwungen waren. Früher waren die meisten tschechischen und slowakischen Bürger New Yorks in der Gegend von der 71. bis zur 75. Straße ansässig, und es gibt noch immer viele tschechische und slowakische Restaurants und Geschäfte, ein tschechisches Bestattungsunternehmen – allenthalben tschechische und slowakische Namen. Der Inhaber eines winzigen tschechischen Souvenirladens stand im Eingang und las die *Times,* aber abgesehen von seinem Gesichtsausdruck gab es nirgendwo ein Anzeichen dafür, dass es einen Schlag gegeben hatte, der vielleicht den ganzen Erdball zertrümmern, auf jeden Fall aber tiefe, sich ausdehnende Risse in ihm hervorrufen würde. Mein Spaziergang führte mich wieder an der Jan Hus Presbyterian Church vorbei. Der Mann mit der Zeitung saß noch immer allein da, in seine Lektüre vertieft. Ich nahm mir ein Taxi zur 56. Straße, Ecke Fifth Avenue und ging von dort zu Fuß Richtung Downtown. Es war schon fast acht, und die Gehsteige waren voller Menschen, die zur Arbeit wollten – eine

friedvolle Großstadtszene, die auf der Ostseite der Avenue
von der St. Patrick's Cathedral und auf der Westseite vom
Rockefeller Center beherrscht wurde. Ein dünner, dun-
kelhaariger junger Mann, der eine französische Zeitung mit
Schlagzeilen über die Russen und die Tschechen las, hastete an mir vorüber. Als ich zur Ecke 44. Straße/Fifth Avenue kam, blickte ich die Straße hinunter und sah ganz hinten eine kleine Menschenmenge, die sich um das Fenster
des Hammondorgelgeschäfts drängte und hineinspähte.
Ich dachte: Die Orgelleute haben bestimmt einen Fernseher ins Schaufenster gestellt, und alle sehen sich die Nachrichten aus Prag an. Ich eilte hin, um mich zu ihnen zu
gesellen, und verschaffte mir einen Platz zwischen zwei distinguiert aussehenden Männern, der eine ein Schwarzer,
der andere ein rosiger Weißer, beide in elegante Geschäfts-
anzüge gekleidet. Da ich ziemlich klein bin, musste ich
mich nach vorn drängeln, um überhaupt etwas zu sehen,
und als ich endlich ins Schaufenster spähen konnte, sah ich
nicht etwa ein Fernsehgerät, sondern eine grauhaarige
Dame, die vor einer großen Orgel saß und über unsere
Köpfe hinweg etwas anlächelte. Ich drehte mich um. Vor
dem Imbiss auf der gegenüberliegenden Straßenseite war
eine hohe Kamera aufgebaut, und dann sah ich den ver-
trauten Film-Lkw – allerdings nur einen. Es wurde ein Film
gedreht. Ich wandte mich wieder um und starrte die Dame
an. Nicht sehr lange. Ein großgewachsener junger Mann
mit schwarzgelocktem Haar überquerte die Straße und bat

uns, zur Seite zu treten – nicht alle, nur einige. Offenbar gehörten einige von denen, die vor dem Schaufenster standen, zu den Darstellern. Die beiden distinguiert aussehenden Männer und ich traten zurück und stellten uns auf dem Gehweg in einer Reihe auf. Von dort blickten wir zu dem Lockenkopf, der mit uns nicht zufrieden zu sein schien. »Weiter zurück«, sagte er geduldig. »Bitte treten Sie weiter zurück. Bis zur Tür, *bitte*.« Wir drei beeilten uns, etwa zehn Meter weiter zurückzutreten, und als wir uns abermals neu formiert hatten, überquerte unser Regisseur die Straße und kehrte wieder zu seiner Kamera und seiner Crew zurück. Plötzlich ging uns ein Licht auf, was für ein Licht es auch sein mochte, wir zerstreuten uns hastig, und jeder ging seiner Wege.

Ich selbst ging ins Algonquin Hotel, kaufte mir die Spätausgabe der *Times,* setzte mich hin und begann, sie mit meiner zerlesenen Frühausgabe zu vergleichen. In der Spätausgabe reichten die Balken der tschechischen Schlagzeilen quer über die Titelseite und nahmen so viel Platz in Anspruch, dass viele der Nachrichten, die zuvor auf der ersten Seite gestanden hatten, auf die hinteren Seiten verschoben worden waren, wo sie andere Meldungen verdrängten, darunter auch die über den Goldfisch George und die über die Putzfrau von St. Alban's Cathedral. Graf Carl Gustaf von Rosen hingegen zeigte auf Seite zwei der Welt noch immer ein interessiertes Gesicht, und die südafrikanischen Studenten behaupteten sich auf Seite drei. In ihren Gesichter spiegelte sich noch immer die prophetische Herausforderung der Worte Ludvík Vaculíks. Ich würde gern einen Hochruf auf die südafrikanischen Studenten ausbringen und einen Hochruf auf Graf Carl Gustaf von Rosen. Einen Hochruf auf Jerry Landay. Einen Hochruf auf die *New York Times*. Einen Hochruf auf den kleinen George, dem sein liebevolles und geschicktes Herrchen, Mr Peter Humphrey, fünfundfünfzig, das Leben gerettet hatte. Einen Hochruf auf die Putzfrau Mrs Ivy Rickman, die von der Tüte mit Juwelen gesagt hatte: »Mir fielen fast die Augen aus dem Kopf. Ich wusste, ich würde es dem Küster sagen müssen, aber ich konnte einfach nicht widerstehen, ich musste erst ein paar Ringe und Armbänder anprobieren.« Keine Hochrufe auf Ludvík Vaculík. Ich bat Gott, ihn zu segnen und zu schützen, damit er bald wieder in Freiheit schreiben könne. »Dieser Frühling ist soeben zu Ende gegangen und wird nie wiederkehren. Im Winter werden wir alles erfahren.«

7. September 1968

Der Name Minnie Smith

Gestern aß ich im zweiten Stock von Schrafft's in der Fifth Avenue, Ecke 46. Straße früh zu Abend. Als ich fast fertig war, kamen zwei Damen herein und setzten sich an den Nebentisch. Die beiden trugen sehr große Hüte und mehrere Perlensträngen, und ich konnte nicht umhin, jedes Wort zu hören, das sie sagten, weil sie sich sehr laut unterhielten. Die beiden waren Inhaberinnen (vielleicht aber auch nur Geschäftsführerinnen, da war ich mir nicht sicher) von Boutiquen und kamen gerade von einer Modenschau in der Seventh Avenue. Früher einmal hatten sie in demselben Modegeschäft gearbeitet, aber bis zu dieser Begegnung, die mit einem Abendessen bei Schrafft's endete, hatten sie einander mehrere Jahre lang nicht gesehen. Sie erwähnten die Namen zahlreicher Bekannter, und jeder Name wurde mit ein, zwei Bemerkungen abgehakt, die den Erfolg oder Misserfolg der abwesenden Person umrissen – sie hatte geheiratet, oder sie hatte nicht geheiratet, sie war geschieden, sie war aus New York weggezogen oder nicht, sie hatte ein eigenes Geschäft aufgemacht oder war dabei gescheitert und arbeitete jetzt für jemand anderen. Es hagelte Namen, und ich hatte das Gefühl, dass jeder Mensch auf der Welt gleichermaßen klein und unbedeutend war und wir alle mühelos aus dem Weg geschafft werden könnten, falls diese beiden Frauen jemals unserer Namen habhaft würden. Die Kellnerin hatte mir die Rechnung gebracht, und ich zählte mein Geld, als ein weiterer Name genannt wurde. Ich sage mal, der Name war Minnie Smith. Beide Damen waren eifrige Plaudertaschen, aber die eifrigere von beiden sagte: »Ach, Minnie Smith. Nette kleine Frau. Die zählt doch gar nicht.« Dann ließ sie einen neuen Namen fallen, aber mehr hörte ich nicht, denn ich war bereits auf dem Weg zur Kasse, um zu zahlen, was ich schuldig war. Ich fuhr mit Schrafft's majestätischem Aufzug nach unten, trat hinaus auf die Fifth Avenue und ging diese hinauf bis zur 49. Straße und die 49. Straße entlang bis zu dem Hotel, in dem ich wohne, in der Nähe der Seventh Avenue. Auf dem Weg begegnete ich zahlreichen Menschen jeder Größe, Form, Farbe und Altersgruppe. Ich begegnete amerikanischen Soldaten und ausländischen Matrosen und Laufburschen und Kellnern und Büroangestellten und Gruppen sehr junger Mädchen und Gruppen sehr junger Knaben und Vätern und Müttern und Tanten und Onkeln und Zigeunern und Schuhputzern und Priestern und Polizisten und Taxifahrern und Theatergängern. die sich für einen Abend am Broadway herausgeputzt hatten. Bin ich Minnie Smith begegnet? Ich werde es nie erfahren. Dauernd dachte ich: Ach, Minnie Smith, was hast du diesen grässlichen Frauen angetan? All die anderen

Namen wurden fallen gelassen und zerquetscht und zertreten, aber der Name Minnie Smith musste ausgelöscht werden, und in der Auslöschung gewann sie Konturen, und da ist sie nun, überlebensgroß. Stellen Sie sich die Macht einer Minnie Smith vor, die gar nicht zählt und die nicht da ist und die trotzdem den Spaten, mit denen sie ihr Grab ausheben, in eine Flagge mit ihrem Namen verwandeln kann. Ich rechne nicht damit, die beiden Damen vom Schrafft's jemals wiederzusehen, daher besteht kaum eine Chance, dass ich der Eifrigeren von ihnen noch einmal ins enttäuschte Herz blicken kann, in dem Namen nach dem Ausmaß des Grolls angeordnet sind, den sie gegen sie hegt, aber einer Sache bin ich mir sicher – auf jener immer länger werdenden Liste steht der Name Minnie Smith ganz vorn.

31. August 1963

Howards Apartment

Ich bin wieder im Village und verbringe ein paar Tage im Apartment eines Freundes, der gerade in London weilt. Das Apartment ist klein, ordentlich und individuell – eine Ein-Personen-Wohnung, die, seit ich sie am Donnerstag mit meinem Koffer betreten habe, zurückhaltend geblieben ist (freundlich, aber zurückhaltend). »Wir haben keine Geheimnisse«, scheinen die beiden kleinen Zimmer zu sagen, »aber wir gehören *ihm*.« Und ich glaube, übermorgen, wenn ich wieder ausziehe, wird dieselbe Spielzeugstimme, die jetzt aus den Wänden flüstert, lauthals rufen: »Was ist geschehen? Wer hat auf meinem Stuhl gesessen? Wer hat in meinem Bett geschlafen?« Ich kenne diese Stimme. Sie ist mir vertraut, so wie sie jedem vertraut ist, der allein lebt. Es ist die Stimme der drei Bären, die jede ein Echo der anderen ist – Vater Bär, Mutter Bär und Baby Bär. Sie fangen an zu flüstern, wenn ich mein Zuhause über Nacht oder für eine Woche oder einen Monat sich selbst überlassen habe und nach einer Zeit der Abwesenheit die Tür aufschließe. »Wer ist in meiner Küche gewesen? Wer hat meine Bücher gelesen? Wer hat meine Sachen angerührt?« Der Schreck in der Stimme der Bären wird hörbar, wenn sie die Köpfe zusammenstecken, um zu beweisen, dass sie nachdenken und alles mitbekommen, dass sie keine verschlafenen, treuherzigen Narren sind, sondern wachsame, kluge Bären, die sich in der Welt zurechtfinden. (Natürlich finden sich die Bären in der Welt gar nicht zurecht, und das wissen sie auch, aber wissen andere Leute, dass sie das wissen?) Jede Ausrede ist ihnen recht, um ihre Pappgewehre zu schultern und das Dunkel herauszufordern. »Wer da?« »Freund.« »Du darfst passieren, Freund.« Moment mal. »Wer da?« »Feind.« »Du darfst passieren, Feind.« Freund oder Feind, was macht das schon? Die Bären haben ihren Mann gestanden und gehen, äußerst zufrieden mit sich, wieder schlafen.

Das Apartment meines Freundes ist in der 10. Straße zwischen der Fifth und der Sixth Avenue, im dritten Stock eines Sandsteinhauses, das seinen Architekten entzücken würde, sollte er je wieder ins Leben zurückkehren und sehen, wie gelassen sein Werk den Jahren getrotzt hat. Das Apartment liegt nach hinten hinaus, und die Leute, die vorne wohnen, geben eine Party. Es fast sechs, und eine Stunde lang habe ich ihre Gäste die Treppe heraufkommen hören. Wenn die Neuankömmlinge den Korridor erreichen, geht die Nachbartür auf, und ich höre Begrüßungsrufe und atemlose Beschwerden von Männer- und Frauenstimmen über den langen Aufstieg, und dann schließt sich die Tür wieder hinter der Party und dem Partylärm. Jetzt ist die Tür geschlossen, aber es gibt ein neues

Geräusch. Vor einer Minute, vielleicht war es auch erst vor wenigen Sekunden, hatten wir einen Wolkenbruch. Es goss in Strömen. Ein Blitz, ein Donnerschlag, und der Himmel, der weiß gewesen war, wurde schwarz. Als der Regen, gleich nach den ersten Tropfen, seine volle Wucht entfaltete, verschwand der blaue Holzboden der Terrasse vor den Wohnzimmerfenstern unter einem erstaunten azurblauen Dunst – Millionen Wassertropfen prasselten auf die Dielen herab und prallten in die Höhe, bevor sie für immer niedersanken. Der große, demütige Hütehund, jener Götterbaum, der seine Schultern gegen die Terrasse lehnt, war sofort durchnässt und neigte seine schweren Köpfe in ewiger Unterwerfung vor der geringen Meinung, die der Mensch von ihm hat. Der Regen machte großen Lärm, aber die Rosenstöcke, die die Terrasse säumen, hielten seiner Gewalt gelassen stand, und ihre Blätter flatterten in dem Strom reiner, frischer Luft. Während die Rosenblätter den Regenguss flatternd willkommen hießen, zitterte der Götterbaum am ganzen Leib. Die glatte rot-schwarze Seitenwand eines einen halben Block entfernten großen Apartmenthauses glänzte in allen Farben. Wo immer der Regen hinfiel, war Farbe, und der Regen fiel überallhin. Beim ersten Anzeichen des Sturms, als der Blitz zuckte und der Regen herabdonnerte, erhob ich mich von dem grünen Samtsofa, auf dem ich saß, und ging hinüber, um die Terrassentür zu schließen, und als ich mich umwandte, lag das Zimmer im Dämmerlicht – von der

Helligkeit, die es den ganzen Tag erfüllt hatte, war nichts geblieben. Jetzt wirkt das Zimmer unbestimmt und körperlos und erweist sich als das, was es in Wahrheit ist – zufälliger Schauplatz eines rätselhaften, aber durchaus nicht beunruhigenden Traums, den ich früher schon geträumt habe, in Zimmern der Vergangenheit, und den ich wieder träumen werde, in Zimmern, die ich noch gar nicht gesehen habe. Es ist ein Traum ohne Menschen. Der Regen hat das Zimmer und mich in eine unsichtbare Welt katapultiert, wo es weder Tag noch Nacht gibt und wo Wände und Spiegel und Bäume und Brücken aus anschwellenden und abklingenden Geräuschen geformt sind. In diesem Augenblick kann man sehr gut erkennen, wie Berge und Ozeane durch eine Lichtveränderung geschaffen und wieder ausgelöscht werden, und man versteht mühelos, dass die feste Erde ohne jede Vorwarnung zu einem verschwindend kleinen Punkt unter unseren Füßen zusammenschrumpfen könnte. Der Regen fällt steil herab, bildet im Fallen regelrechte Felswände, und seine Kraft hat das Zimmer in eine Höhle verwandelt, die nur deswegen wirklich ist, weil sie hohl ist – ein Ort der Geräusche, an dem es nur ein Geräusch gibt. In der tiefen Stille, die jetzt entsteht, schwinden selbst Echo und Erinnerung.

In dem Moment, da ich aufstand, um die Terrassentür zu schließen, müssen auch die Bewohner der vorderen Wohnung zu ihren Fenstern geeilt sein, um sie zu schließen. Sie haben keine Terrasse. Ihre Fenster blicken auf die

10. Straße, die ziemlich schmal ist, und über sie hinweg auf eine Zeile von Häusern, die sich einen langen, geraden schmiedeeisernen Balkon teilen – als hätte man ihren Vorderfronten einen ausländischen Poststempel aufgedrückt. Alljährlich werden die Leute, die entlang dem Balkon wohnen, Zeugen eines Wunders auf dieser Straßenseite: wenn eine kraftvolle alte Glyzinie die Front dieses Hauses vom Gehweg bis zum Dach in die Arme schließt. Wenn die Glyzinie kurz vor der Blüte steht, wendet sie sich der Welt zu und bietet sich mit aller Macht unseren Blicken dar. Aber nur die Spatzen, die die Wand auf und ab fliegen, können die Glyzinie in voller Blüte beschreiben. Sie berühren sie hier und dort und zeigen, dass ihr Sitz und Zufluchtsort eine große Wolke aus Violett und Grün geworden ist, die den Eingang umwogt und dann majestätisch das Haus emporwallt, von der Erde bis zum Himmel. Mr Ainsworth, der Hauseigentümer, wohnt im Erdgeschoss und behandelt seinen großen Götterbaum und seine große Glyzinie wie Haustiere. Jeder, der sieht, wie er sie betrachtet, weiß, dass er sie am liebsten jeden Abend ins Haus bringen, sie manchmal vielleicht sogar ausführen würde. Er kümmert sich um sie mit leidenschaftlicher Hingabe, lehnt sich weit aus den hohen Vorderfenstern und viel zu weit über den Rand dieser Terrasse, hält Ausschau nach ersten Anzeichen von Krankheit in den zähen knochigen Ranken seiner Glyzinie oder in den Blättern und Ästen seines Götterbaums. Der Götterbaum ist gut dran, und auch die

Glyzinie ist gut dran, und auch dieses Haus ist gut dran und wird heiß und innig geliebt.

Der Regen fällt noch immer schnell und schwarz. Die Fenster der vorderen Wohnung, in der die Party stattfindet, müssen von Regen überströmt sein, müssen geradezu brodeln vor Regen, und auch die 10. Straße muss von Regen überströmt sein und schwarz brodeln. Aber eine Cocktailparty muss sich, wenn es irgend geht, ausweiten, und mittlerweile haben die Bewohner der vorderen Wohnung ihre Tür aufgemacht und offen stehen lassen. Was für einen Lärm sie veranstalten mit Gläsern und Flaschen und Musik und Stimmen! Hunderte von Leuten müssen dort versammelt sein. Dann und wann ertönt ein lautes Lachen aus dem Gesprächsgewirr, und dann und wann ein leiser Schrei. Draußen wird alles Geräusch der Welt vom Regen in die Erde gehämmert, und drinnen sprudelt alles Geräusch, das es gibt, auf der Cocktailparty. Nur in diesem Zimmer herrscht Stille, und die Stille ist angespannt. Das Zimmer wartet darauf, dass etwas geschieht. Ich könnte den Kamin in Gang setzen, aber mein Freund hat vergessen, mir Brennholz dazulassen. Ich könnte eine Lampe anknipsen, aber bei Elektrizität stellt sich kein animalisches Gefühl ein. Ich stehe nochmals auf, gehe zum Schallplattenspieler und schalte ihn ein, ohne die Platte zu wechseln, die ich heute Morgen gespielt habe. Die Musik wird stärker und bewegt sich umher, beleuchtet die Bilder, die Bücher und den Kaminsims aus verfärbtem weißem Marmor wie Feuerschein. Jetzt ist meine Bleibe keine Höhle mehr, sondern ein Zimmer mit Wänden, die friedlich lauschen. Ich höre die Musik, und ich beobachte die Stimme. Ich kann sie sehen. Es ist eine Stimme, der man mit seinem geistigen Auge folgen kann. »*La Brave, c'est elle.*« Es gibt keine andere. Billie Holiday singt.

11. November 1967

Inhalt

Tanz der Dienstmädchen

New Yorker, die es sich leisten können, wohnen in Herbert's Retreat. Hier fährt man Jaguar im Partnerlook, hält sich zur intellektuellen Erbauung einen Theaterkritiker – und beherrscht die Regeln einer exklusiven Gesellschaft, die so eisern wie unklar sind. Vor allem aber verfügt man über eine Aussicht auf den Fluss und über die besten irischen Dienstmädchen. Aus deren Perspektive wirft Maeve Brennan einen Blick auf die noble Herrschaft, mit feinem Gespür für menschliche Schwächen, falsche Töne und eitle Gewissheiten. Bei allem Neid, bei aller Bösartigkeit im Ringen um Status, sind allesamt verlorene Seelen, die versuchen, dem Leben etwas Glück abzutrotzen.

»Eine unvergleichlich scharfsinnige Studie über die Prinzipien von Macht und Unterdrückung; auch über die Macht der Underdogs. Maeve Brennan, seit vielen Jahren tot, ist so lebendig, so aktuell, dass man sich am liebsten mit ihr verabreden würde.« *Bernadette Conrad, Neue Zürcher Zeitung*

»Ein spitzer, amüsanter, gelungener Erzählband. Ein bissiges, aber fein akzentuiertes Porträt einer mit sich selbst beschäftigten Gesellschaft.« *Hans-Peter Kunisch, süddeutsche.de*

PABLO DE SANTIS *Die sechste Laterne*

Als der junge Italiener Silvio Balestri 1914 nach New York auswandert, wird er von einem einzigen Gedanken beherrscht: Er will einen zweiten Turm zu Babel bauen. Jahrelang arbeitet er Nacht für Nacht an den Plänen. Als seine Frau einfach verschwindet, bemerkt er dies kaum. Während Balestri das innerste Geheimnis der Baukunst ergründet, heuert ihn ein Architekturbüro für die Lösung eines scheinbar ganz profanen Geheimnisses an: Die New Yorker Architekturbüros stehen in einem gnadenlosen Wettkampf um den höchsten und modernsten Wolkenkratzer der Welt. Jede neue Idee wird sogleich der Konkurrenz in die Hände gespielt. Balestri soll das Leck finden. Die Aufgabe führt ihn in ein unentwirrbares Geflecht aus Intrigen und schließlich zu dem Geheimbund Die sechste Laterne.

CHESTER HIMES *Harlem-Romane*

Hart, beunruhigend und radikal wie der Schauplatz selbst sind Chester Himes' Kriminalromane: Im Harlem der 1940er und 1950er Jahre gehen Coffin Ed Johnson und Grave Digger Jones, zwei kompromisslose schwarze Detectives, auf Gangsterjagd – dem Gesetz des weißen Mannes, aber auch ihren schwarzen Landsleuten verpflichtet, die von diesem Gesetz fortlaufend ausgeschlossen und schikaniert werden.

»Chester Himes ist eine Schlüsselfigur in der Literatur des 20. Jahrhunderts, ein scharfsinniger und wütender Chronist des täglichen Lebens.« *Thomas Wörtche*

Mehr über alle Bücher und Autoren auf *www.unionsverlag.com*

Durch die blauen Felder

Mit Verlust kennen sie sich aus: der Priester, der seine Geliebte mit einem anderen verheiraten muss; der Bruder, der seine Schwester nicht beschützen kann; der Förster, der einen Hund verschenkt, der ihm nicht gehört; das Mädchen, das sich von ihrem Jugendfreund schwängern lässt. Liebe und Nähe sind rar: Die Männer verstehen zwar etwas vom Land, von Moor und Vieh; ihre Frauen aber, die »Regen riechen können und das Gras wachsen hören«, bleiben ihnen eher fremd.

Auf kleinstem Raum entfaltet Claire Keegan ganze Lebensdramen und lässt uns an dem Augenblick teilhaben, der vielleicht alles verändert.

Das dritte Licht

Irland, zu Beginn der 1980er Jahre: An einem heißen Sommertag liefert ein Vater seine kleine Tochter bei entfernten Verwandten auf einer Farm im tiefsten Wexford ab. Seine Frau ist schon wieder schwanger, noch ein Maul wird zu stopfen sein.

So findet sich das Mädchen bei dem kinderlosen Ehepaar John und Edna Kinsella. Es ist ein ungewohnt schöner und behaglicher Ort, es gibt Milch und Rhabarber und Zuwendung im Überfluss. Hier gibt es aber auch ein trauriges Geheimnis, das einen Schatten auf die leuchtend leichten Tage wirft, in denen das Mädchen lernt, was Familie bedeuten kann: Wirkliches Zusammenleben, Zuneigung, Zärtlichkeit.

Mehr über Autorin und Werk auf *www.unionsverlag.com*